艺文北京丛书主编 | 安平秋

京代戏曲中的

李简 主编
薛舒丹 编注

北京出版集团
文津出版社

图书在版编目（CIP）数据

古代戏曲中的北京 / 李简主编；薛舒丹编注.
北京：文津出版社，2024.9. —（艺文北京丛书）.
ISBN 978-7-80554-913-2

I. I237

中国国家版本馆 CIP 数据核字第 2024YN5705 号

统　　筹：许庆元　王忠波
责任编辑：乔天一　李　健　李更鑫
责任营销：猫　娘
责任印制：燕雨萌
装帧设计：周伟伟

·艺文北京丛书（安平秋　主编）·

古代戏曲中的北京
GUDAI XIQU ZHONG DE BEIJING

李简 主编
薛舒丹 编注

出　　版	北京出版集团
	文津出版社
地　　址	北京北三环中路6号
邮　　编	100120
网　　址	www.bph.com.cn
印　　刷	河北鑫玉鸿程印刷有限公司
发　　行	北京伦洋图书出版有限公司
开　　本	880 毫米 ×1230 毫米　1/32
印　　张	11.125
字　　数	179 千字
版　　次	2024 年 9 月第 1 版
印　　次	2024 年 9 月第 1 次印刷
书　　号	ISBN 978-7-80554-913-2
定　　价	79.80 元

如有印装质量问题，由本社负责调换
质量监督电话　010-58572393

前言

李简

北京地区的行政区划范围在历史上多有变化，其政治地位日趋重要。自会同元年（938）契丹（辽）以幽州为陪都，金、元、明、清诸朝次第定其为王朝首都，北京地区遂由北方的重要行政中心，发展成为王朝的政治中心、文化交流中心。王朝都城的特色烙印于此，不同的文化荟萃于此。在对传统的延续与变化中，文学创作亦在多民族文化融合中，在娱乐的发展中，表现出新的色彩。深受社会各阶层欢迎的娱乐方式——戏曲，更是与北京这座都城密切相关，结下深厚的因缘。

辽代的陪都南京（又称燕京），城中"坊市、廨舍、寺观，盖不胜书"[1]，是"辽朝五京中商业贸易最繁荣的

（1）［元］脱脱等撰：《辽史》卷四十《地理志四》"南京道"，中华书局1974年版，第494页。

城市"[1]，"城北有市，陆海百货，聚于其中"[2]。辽亡国后，北宋一度接管过辽南京城，并建立燕山府。宣和七年（1125）此地复为金王朝所有。许亢宗曾称赞其地"人物繁庶"，"城北有三市，陆海百货，萃于其中。僧居佛宇，冠于北方。锦绣组绮，精绝天下，膏腴蔬蓏、果实稻粱之类，靡不毕出，而桑柘麻麦、羊豕雉兔，不问可知"[3]。贞元元年（1153），金王朝把国都迁到燕京，改名中都。元好问《临锦堂记》说："燕城自唐季及辽为名都，金朝贞元迄大安，又以天下之力培植之，风土为人气所移，物产丰润，与赵、魏无异。"[4]

金代娱乐业延续北宋，继续发展。《金史》中即记载有优人演杂剧影射时事之事：

> 自钦怀皇后没世，中宫虚位久，章宗意属李氏。而国朝故事，皆徒单、唐括、蒲察、拿懒、仆散、纥石烈、乌林答、乌古论诸部部长之家，世为姻婚，

---

[1] 齐大芝主编：《北京商业史》第二章，人民出版社2011年版，第18页。
[2] [宋]叶隆礼撰，贾敬颜、林荣贵点校：《契丹国志》卷之二十二《州县载记》之"四京本末"，中华书局2014年版，第241—242页。
[3] 贾敬颜著：《五代宋金元人边疆行记十三种疏证稿》之《〈许亢宗行程录〉疏证稿》，中华书局2004年版，第222页。
[4] [金]元好问著，狄宝心校注：《元好问文编年校注》卷五，中华书局2012年版，第690页。

娶后尚主，而李氏微甚。至是，章宗果欲立之，大臣固执不从，台谏以为言，帝不得已，进封为元妃，而势位熏赫，与皇后侔矣。一日，章宗宴宫中，优人瑇瑁头者戏于前。或问："上国有何符瑞？"优曰："汝不闻凤皇见乎？"其人曰："知之，而未闻其详。"优曰："其飞有四，所应亦异。若向上飞则风雨顺时，向下飞则五谷丰登，向外飞则四国来朝，向里飞则加官进禄。"上笑而罢。[1]

至于元代，在蒙古征服中原的过程中，因为政策的调整、战线的南移，北方地区的经济得到恢复，部分重要的城市、地区，或因处于政治枢纽的地位，或因汉人世侯的经营，经济得到保护或迅速恢复，社会安定繁荣。中都燕京即是其中之一。元太祖十年（1215），蒙古占领中都，宫阙为乱兵所焚，大火月余不绝，市井成墟，萧条荒芜。但蒙古占领中都后，城市迅速得到恢复，同年置燕京路。太宗八年（1236）六月，"耶律楚材请立编修所于燕京"[2]。世祖中统二年（1261）十月，修燕京旧城。

---

[1]［元］脱脱等撰：《金史》卷六十四《后妃下》，中华书局1975年版，第1528页。
[2]［明］宋濂等撰：《元史》卷二《太宗本纪》，中华书局1976年版，第34页。

至元元年（1264），诏改燕京为中都，至元四年（1267），开始在旧城东北兴建新城，至元八年（1271）十一月，忽必烈正式改国号为元，至元九年（1272），将新建的都城定为元代的首都，名为大都。元大都是当时世界上最壮丽的城市。马可·波罗描述大都的皇宫说：

> 君等应知此宫之大，向所未见。宫上无楼，建于平地。惟台基高出地面十掌。宫顶甚高，宫墙及房壁满涂金银，并绘龙、兽、鸟、骑士形象，及其他数物于其上。屋顶之天花板，亦除金银及绘画外别无他物。[1]

吴节《故宫遗录序》称：

> 故宫遗录者，庐陵萧洵之所撰也。革命之初，任工部郎中，奉命随大臣至北平毁元旧都，因得遍阅经历，凡门阙楼台殿宇之美丽深邃，阑槛琐窗屏障金碧之流辉，园苑奇花异卉峰石之罗列，高下曲折，以至广寒秘密之所，莫不详具该载，一何盛哉！自近古以来未之有也。观此编者，如身入千门

---

[1] [法]沙海昂注，冯承钧译：《马可·波罗行纪》第二卷第八三章《大汗之宫廷》，中华书局2004年版，第324页。

万户,犹登金马,历玉阶,高明华丽,虽天上之清都,海上之蓬瀛,犹不足以喻其境也。[1]

随着王朝对燕京(大都)的经营,燕京的城市人口迅速增长。尤其在将燕京定为首都后,任职于各类官僚机构的官员居住于此,游历或寻求发展机会的文人往来于此,工匠大量迁入。

国家初定中夏,制作有程,乃鸠天下之工,聚之京师,分类置局,以考其程度而给之食、复其户,使得以专于其艺。故我朝诸工制作精巧,咸胜往昔矣。[2]

大都虽在战争中受到掳掠、破坏,但在战后逐步发展为繁华的大都市。在城市发展、人口数量增长、交通运输发达的情况下,大都的商业颇为繁荣,娱乐繁兴。曾瑞的套曲《思乡》曾写到京城的宴乐繁华:

辇毂下人生有幸,乐太平歌舞同欢庆。金绮陌玉娉婷,闻笙簧歌转流莺。斗驰骋,粉浓兰麝、肌

---

[1] [明]萧洵著:《故宫遗录》,北京出版社2018年版,第75页。
[2] [元]赵世延、虞集等撰,周少川、魏训田、谢辉辑校:《经世大典辑校》第十《工典》之《诸匠》,中华书局2020年版,第869—870页。

莹琼酥、花解语娇相并。旦暮花魔酒病，诗酬酢好句，词赓和新声。樱唇月下品玉箫，春笋花前按银筝。正宴乐皇都，忽忆吴山，顿思越景。[1]

吴弘道曾歌咏官中教坊司的演出：

大殿里，设宴会，教坊司承应在丹墀。有舞的，有唱的，有凤箫象板共龙笛。奏一派乐声齐。[2]

姚旅的《露书》曾记载官内的戏剧演出：

元大内杂剧，许讥诮为乐。尝演《吕蒙正》，长者买瓜，卖瓜者曰："一两！"长者曰："安得十倍其直？"卖瓜者曰："税钱重。十里一税，宁能不如是！"及蒙正来，卖瓜者语如前。蒙正曰："吾穷人，买不起。"指傍南瓜曰："买黄的罢。"卖者怒曰："黄的亦要钱。"时上觉其规己，落其两齿。[3]

北宋时期已经出现的瓦舍勾栏在元代继续受到民众的欢迎，夏庭芝《青楼集志》云：

（1）[元] 杨朝英选，隋树森校订：《朝野新声太平乐府》卷之九，中华书局1958年版，第362页。
（2）《越调·斗鹌鹑·圣药王》，[元] 杨朝英选，隋树森校订：《新校九卷本阳春白雪》卷之四，中华书局1957年版，第150—151页。
（3）[明] 姚旅撰：《露书》卷十二，明天启刻本，第19a页。

内而京师，外而郡邑，皆有所谓勾栏者，群优萃而肆乐，观者挥金与之。[1]

勾栏是戏曲演出的重要场所。赵半闲《构栏曲》称：

街头群儿昼聚嬉，吹箫挝鼓悬锦旗。粉面少年金缕衣，青鬟拥出双蛾眉。骏翁前趋罢母诮，丑姬嗔妒狂客笑。虬髯奋戟武略雄，蜂腰束翠歌唇小。眼前幻作利名场，东驰西骛何苍惶。栖栖犹是蓬蒿客，须臾唤作薇垣郎。新欢未成愁已作，危涂堕马千寻壑。关山万里客心寒，妻子衰灯双泪落。纷然四座莫浪悲，是醒是梦俱堪疑。红铅洗尽歌管歇，认渠元是街头儿。[2]

北曲杂剧在忽必烈受元宪宗委任经营漠南汉地（1251）以后，进入创作的繁盛期。文人观赏杂剧演出，讨论曲体创作、杂剧表演，也积极参与杂剧剧本的写作。日益繁华的大都成为北曲杂剧发展的重要区域。吴梅先生在其著名的《曲学通论》第十二章"家数"中指出：

---

[1]　[元]夏庭芝撰：《青楼集》，赵魏抄校本，第1b页。
[2]　杨镰主编：《全元诗》第65册，中华书局2013年版，第13页。

大抵元剧盛,首推大都。自实甫继解元之后,创为妍丽之言。而关汉卿以雄肆易其赤帜,所作《救风尘》《玉镜台》《谢天香》诸剧,类皆奔放滉漾,跅弛以自喜。东篱又以清俊开宗,《汉宫》《荐福》,允推大家。自是三家鼎立,矜式群英。[1]

所言元杂剧的三位代表人物王实甫、关汉卿、马致远均为大都(今北京)人,可见大都在元杂剧创作中的领袖地位。王国维的《宋元戏曲史》讨论元代杂剧作家的里居,亦指出剧作家中北人甚众,而北人之中"大都产者"尤多。[2]元代杂剧的繁盛,与演员表演技艺的出色亦密切相关。根据目前已知的文献资料,明确记载在大都演出的杂剧演员就有二十余人,比如夏庭芝《青楼集》中记录的"杂剧为当今独步"的珠帘秀,"杂剧为闺怨最高,驾头、诸旦本亦得体"的顺时秀,"长于驾头杂剧,亦京师之表表者"的南春宴,"长于绿林杂剧,尤善谈谑,得名京师"的国玉第,等等。[3]

朱元璋建立明王朝后,定都应天府(今南京)。燕

---

(1) 王卫民编校:《吴梅全集》(理论卷上),河北教育出版社2002年版,第228—229页。
(2) 参见王国维著:《宋元戏曲考》"九元剧之时地",《王国维遗书》第九册,上海书店出版社1983年版,第613页。
(3) [元]夏庭芝撰:《青楼集》,赵魏抄校本,第3a、4a、5b、7a页。

王朱棣洪武十三年（1380）前往封地北平。侍于燕邸、得其宠信的剧作家有贾仲明、汤舜民等人。永乐十八年（1420），朱棣下诏迁都北京，永乐十九年（1421）以北京为京师。再度成为国都的北京城中，戏曲日益得到发展。明代宫廷中戏曲演出的活跃，可从现存的众多剧目、文人的记述一窥面目，比如《脉望馆钞校本古今杂剧》中的"内府本"，编选《元曲选》的臧懋循所言的"录之御戏监"等[1]，均展示、透露着宫廷戏曲演出繁盛的信息。民间的戏曲演出则比宫廷更加兴盛。北曲杂剧和日益流行的南曲作品是官员、市民百姓热衷的消遣方式，家宅、会馆、酒楼、寺庙均为观赏戏曲演出的场所。晚明祁彪佳的日记《涉北程言》《栖北冗言》《役南琐记》记录了他在北京的生活，其中既谈及读戏曲剧本（《犀轴记》《马陵道》），也写到怂恿朋友作北剧，写到柳白屿出自作剧相示，写到评论陈自营新作剧，还记录了他观看戏曲演出的经历，从中可见戏曲活动在京城的活跃，在京城文人生活中的重要位置。就戏曲演出而言，仅崇祯五年（壬申岁，1632）一年之中，祁彪佳公务之余，就曾观看了四十余次的戏曲演出，所看剧目

---

[1] 臧懋循：《元曲选序》，[明]臧懋循编《元曲选》，中华书局1958年版，第3页。

有《珍珠衫》《双红剧》《宫花剧》《拜月亭》《紫钗记》《琵琶记》《玉盒记》《回文记》《彩笺记》《一文钱》《西楼记》《异梦记》《宝剑记》《蕉帕记》《囗花记》《教子剧》《双珠传奇》《祝发记》《明珠记》《春芜记》《香囊记》《百花记》《连环记》《檀扇记》《红拂记》《五福记》《彩楼记》《八义记》《石榴花记》《牡丹亭记》《合纱记》《桃符记》《绣襦记》等。

　　清代的戏曲演出，在康熙时得到复兴。传奇名作中，洪昇的《长生殿》、孔尚任的《桃花扇》均完成于北京，著名剧作家李渔曾带家班在北京演出。洪昇曾在北京国子监学习并肄业，为了谋生，屡屡奔波于北京、杭州之间；孔尚任作为国子监博士，又在北京为官多年；李渔在韩家胡同建的芥子园是京师名士常临之所。清代这三位杰出的戏曲家与北京的因缘，反映了北京作为全国文化中心的地位。乾隆以后，花部兴起，北京地区伶工荟萃，戏曲演出如火如荼，并在交流与融合中，于徽班中最终形成了京剧。

　　古代戏曲的成长与北京地区的发展深度相伴。作为都城，北京文化繁荣，商业繁华，人员辐辏，娱乐生活发达。丰富的京城生活亦反复进入剧作者的笔下，成为故事发生的背景，展开的空间。借由剧本的写作，往昔的北京留下部分的痕迹。在故事的演绎中，在曲、白、介、诨间，曾经活跃于北京地区的人物、曾经的街市容貌、曾经的生活日常，这片土地上曾经经历的战乱与鼎革，朝廷政治、官员酬酢、百姓家常，均得到呈现。在这些剧本中，我们读到历史上的重大事件，比如唐代的安禄山起兵，金代的贞祐迁都，宋代的文天祥之死，明代的燕王朱棣起兵、于谦谏阻迁都、崇祯之死、甲申之变。读到朝廷中的政治纷争，比如严嵩用事与忠臣劾奸，阉党对东林党人的迫害。也读到京城中元夕的灯会，城市中书生、豪杰、无赖的种种行为。读到良乡塔、玉河桥、长安西街、太仆寺桥、黄金台，以及京城中的酒楼、胡同中的宅院。叙事与抒情结合的古代戏曲剧本折射着北京地区的历史变迁，生动体现了古代北京地区独特又普通的生活面貌。

在古代戏曲选本众多，北京文化研究已经取得很多成果的今天，《古代戏曲中的北京》突出地域视角，选择与北京相关的古代戏曲剧本，或全本，或片段，奉献给读者。希望藉这些戏曲文本，使今人于戏曲剧本的曲词与对话中，透过戏曲人物、戏曲故事、戏曲场景，真切地感知这片有着悠久历史的土地上的生活，体会这座古老都城多元与包容的气度，体味其于悠悠历史中所曾经历的幸福与惨烈，感受其中流淌的厚重而持久的生命活力。古老的传统戏曲剧本为认识、了解北京提供了形象而别致的路径。

2024年5月16日

目录

元代戏曲七部

闺怨佳人拜月亭（杂剧）……………关汉卿 003

王瑞兰闺怨拜月亭（南戏）…………施惠 010

四丞相高会丽春堂（杂剧）…………王实甫 017

便宜行事虎头牌（杂剧）……………李直夫 033

昊天塔存孝盗骨（杂剧）……………朱凯 065

女姑姑说法升堂记（杂剧）…………无名氏 080

海门张仲村乐堂（杂剧）……………无名氏 091

明代戏曲十三部

香囊记（传奇）………………………邵璨 101

鸣凤记（传奇）………………………无名氏 107

锦笺记（传奇）………………………濮炀 122

观灯记（传奇）………………………林章 131

易水寒（杂剧）………………………叶宪祖 141

翠屏山（传奇）………………………沈自晋 148

燕子笺（传奇）………………………阮大铖 162

西楼记（传奇）	袁于令	170
四贤记（传奇）	狄玄集	183
双珠记（传奇）	沈鲸	196
东郭记（传奇）	孙钟龄	206
霞笺记（传奇）	无名氏	212
感天地群仙朝圣（杂剧）	无名氏	220

清代戏曲九部

一捧雪（传奇）	李玉	231
清忠谱（传奇）	李玉	245
千钟禄（传奇）	李玉	261
虎口余生（传奇）	遗民外史	269
长生殿（传奇）	洪昇	284
桃花扇（传奇）	孔尚任	290
冬青树（传奇）	蒋士铨	306
文星榜（传奇）	沈起凤	316
帝女花（传奇）	黄燮清	324

| 编后记 | 薛舒丹 | 333 |

元代戏曲 七部

关汉卿像（李斛绘）

闺怨佳人拜月亭（杂剧）

关汉卿

楔　子

（孤、夫人上，云了[1]）（打唤了[2]）（正旦扮引梅香上了，见孤科）（孤云了）（情理打别科[3]）（正旦把盏科，云）父亲年纪高大，鞍马上小心咱！（孤云了）（正旦做掩泪科，唱）

【仙吕】【赏花时】卷地狂风吹塞沙，映日疏林啼暮鸦。满满的捧流霞，相留得半霎，咫尺隔天涯。

【幺篇】行色一鞭催瘦马。（孤云了）（正旦唱）你直待白骨中原如卧麻。虽是这战伐，负着个天摧地塌，是必想着俺子母每早来家。

（下）（孤、夫人云了）

第一折

（末、小旦云了）（正末打救外末了）（正旦共夫人相逐慌走上了）（夫人云了）（正旦云）怎想有这场祸事！（做住了，唱）

【仙吕】【点绛唇】锦绣华夷，忽从西北，天兵起。

觑那关口城池，马到处成平地。

【混江龙】许来大[4]中都城内，各家烦恼各家知。且说君臣分散，想俺父子别离。遥想着尊父东行何日还？又随着车驾、车驾南迁甚日回？（夫人云了）（正旦做嗟叹科，唱）这青湛湛碧悠悠天也知人意，早是秋风飒飒，可更暮雨凄凄。

【油葫芦】分明是风雨催人辞故国！行一步一叹息。两行愁泪脸边垂。一点雨间一行恓惶泪，一阵风对一声长吁气。（做滑倒科，唱）啦！百忙里一步一撒！嗨！索与他一步一提。这一对绣鞋儿分不得帮和底，稠紧紧粘软软带着淤泥。

【天下乐】阿者[5]，你这般没乱慌张到得那里？（夫人云了）（正旦做意了，唱）兀的般云低天欲黑，至轻的道店十数里。上面风雨，下面泥水。阿者！慢慢的柱步显的你没气力。

（夫人云了）（正旦对夫人云了，唱）

【醉扶归】阿者！我都折毁尽些新镮鍉[6]，关扭碎些旧钗篦，把两付藤缠儿轻轻得按的掮批[7]，和我那压钏通三对，都绷在我那睡裹肚薄绵套里，我紧紧的着身系。

（夫人云了）（哨马[8]上，叫住了）（夫人云了）（正旦做惨科)(夫人云了，闪下)(小旦上了，闪下)(正旦便自上了，做寻夫人科，云)阿者！阿者！(做叫两三科。没乱科)(正末云了)(正旦猛见正末打惨害羞科)(正末云了)(正旦做住了，云)不见俺母亲，我这里寻哩！(正末云了)(正旦做意)(正末云了)(正旦云)呵！我每常几曾和个男儿一处说话来！今日到这里无奈处也，也怎生呵是那？(唱)

【**后庭花**】每常我听得绰的说个女婿，我早豁地离了坐位，悄地低了咽颈，缊地红了面皮。如今索强支持，如何回避，藉不的⁽⁹⁾那羞共耻。

(正末云了)(正旦做陪笑科，唱)

【**金盏儿**】您昆仲各东西，俺子母两分离，怕哥哥不嫌相辱呵，权为个妹。(正末云了)(正旦寻思了，唱)哥哥道做：军中男女若相随，有儿夫的不掳掠，无家长的落便宜。(做意了，云)这般者波！(唱)怕不问时权做弟兄，问着后道做夫妻。

(正末云了)(正旦随着末行科)(外末云了)(正旦打惨科，随正末见外末科)(外末共正末厮认住了⁽¹⁰⁾)(正旦做住了，云)怎生这秀才却共这汉是弟兄来？(做住了，唱)

【**醉扶归**】你道您祖上亲文墨，昆仲晓书集，从上流传直到你,辈辈儿都及第。您端的是姑舅也那叔伯也那两姨?偏怎生养下这个贼兄弟!

(外末云了)(正末云了)(正旦云)哥哥,你有此心,莫不错寻思了末?(唱)

【金盏儿】你心里把褐衲袄脊梁上披,强似着紫朝衣,论盆家饮酒压着诗词会。嫌这攀蟾折桂做官迟,为那笔尖上发禄晚,见这刀刃上变钱疾。你也待风高学放火,月黑做强贼!

(正末云了)(外末做住了)(正旦云)本不甚吃酒了。(正末云了)(正旦云)你休吃酒也,恐酒后疏狂。(正末云了)(正旦唱)

【赚煞尾】然是弟兄心,殷勤意,本酒量窄推辞少吃。乐意开怀虽恁地,也省可里不记东西。(做扶着正末科,做寻思科,唱)呵!我自思忆,想我那从你的行为,被这地乱天翻教我做不的伶俐。假妆些厮收厮拾,佯做个一家一计,且着这脱身术谩过这打家贼!(下)

作者简介

关汉卿,号已斋叟,大都(今北京)人,或属太医院户籍。大约生于金元之际,卒于元成宗大德元年(1297)之后。

关汉卿是"元曲四大家"之首。元末熊梦祥《析津志》云其:"生而倜傥,博学能文,滑稽多智,蕴藉风流,为一时之冠。"明初贾仲明为《录鬼簿》补撰【凌波仙】曲,赞其为"驱梨园领袖,总编修帅首,捻杂剧班头"。近代王国维《宋元戏曲史》中称其"一空依傍,自铸伟词,而其言曲尽人情,字字本色。故当为元人第一"。关汉卿所作杂剧知有六十余种,今存约十八种(个别剧目的归属尚存争议)。其中,《感天动地窦娥冤》《关大王单刀会》《闺怨佳人拜月亭》等部分剧目长期在戏曲舞台盛演,影响深远。

题解

《闺怨佳人拜月亭》四折一楔子,旦本杂剧(即由正旦一人主唱)。全剧以金宣宗南迁这一历史事件为背景,讲述金尚书王镇之女王瑞兰因兵乱与母亲逃离中都(今北京),途中二人离散。与此同时,秀才蒋世隆同样与妹妹蒋瑞莲被乱兵冲散。因瑞兰、瑞莲名字发音相近,在呼喊过程中王瑞兰误寻至蒋世隆处,二人于是结伴前往金朝南京(今河南开封),途中生情,私下结为夫妻。二人后遇王镇,他不满于蒋世隆身份低下,强行将女儿瑞兰带回家中。瑞兰归家后发现母亲收养有义女瑞莲，但她此时并不知晓瑞莲正是蒋世隆失散的亲妹。瑞兰思夫心切，于夜晚烧香拜月，自诉衷肠，恰巧被瑞莲听见，二人终于明了彼此身份。后又经过一些波折，王瑞兰终于再见蒋世隆，此时他已考中状元，父亲王镇再无理由阻拦，两人终获团圆。本编选录该剧与北京历史相关的楔子与第一折文本。

贞祐二年（1214），金宣宗在内忧外患的双重夹击下做出了将都城由中都北京迁往南京开封的无奈抉择，史称"贞祐南迁"。作为金代历史上最为重大的事件之一，此举是金廷当下自救的合理之举，却在客观上为后来金朝的衰亡与蒙元的一统按下加速键。通过阅读《闺怨佳人拜月亭》的楔子与第一折文本，我们可以看到重大历史事件中身不由己的个体境遇，体会战乱中的颠沛流离。

《闺怨佳人拜月亭》今存《元刊杂剧三十种》本，另有各种今人校订本。本编选用徐沁君《新校元刊杂剧三十种》本。

简注

（1）云了：舞台指示，指一段宾白结束。

（2）打唤了：舞台指示，指呼唤角色上场的动作结束。"打"，意为做。

（3）情理打别科：元杂剧中的"某某科"是指舞台表演动作，此处是指角色做出送别的表演动作。

(4) 许来大:意为"这样大"。

(5) 阿者:女真语,意为母亲。

(6) 镮(huán)鏼(huì):镮,通"环",泛指圆圈形物;鏼,尖锐兵器。这里指角色身上的贵重配饰。

(7) 㮾(biǎn)秕(bǐ):㮾,通"扁";秕,通"秕",干瘪的谷粒。此处作形容词,指被压扁的样子。

(8) 哨马:指强盗。

(9) 藉不的:意为"顾不得"。

(10) 外末共正末厮认住了:外末扮演山寨头领陀满兴福登场,与正末扮演的蒋世隆相认,二人是结拜兄弟。

王瑞兰闺怨拜月亭（南戏）

施惠

第四折　金主设朝

（旦贴扮金瓜武士上）大金天子登龙位，文武公卿列两边。阊阖门开宫殿广，拜朝金阙九重天。（末扮黄门[1]上唱）

【北点绛唇】渐辟东方，星残月淡。苍明犹显，平闪清光，点滴滴檐铃振。

【混江龙】珠帘才卷，禁令出丹墀[2]。每日侍龙颜，反复间朝廷传命。毕竟邦畿顺令，遂达枫宸。金钟才罢，华鼓初鸣，摆列着卿班齐品位，准备着朝衣将相展山呼。山呼万岁，有道国王忠孝显，太平齐贺各安宁。

吾乃金国一个小黄门是也。往来金阙，侍奉宸宫，传领百官之奏章，钦承一人之命令。正是国有明君治道益，家无逆子孝心生。而今天色昧爽之际，东方渐白，正当早朝时分，恐有官员奏事，只得在此等候。怎见得早朝？但见月落参横，星移斗转；金炉香霭氤氲，宝殿灯光灿烂。铜壶漏滴千声尽，醮鼓频献五点终。近闻鸡声咿喔，遥观星影沉昏。寒鸦拥树鸣初起，旭日升空影午明。午门外车马骈阗,九宫里管弦声亮。丹墀间摆列金瓜武士,宸禁里拱立羽扇宫人。百官专听静鞭三下响,文武低首拜丹墀。兀的君王登龙位,奏事官员早进。(外扮军下书)下战书,下战书!(末)呀,番使虽下战书,不得入朝!(净扮聂古丞相)圣帝须纳谏,忠臣乐进前。早朝天阙道,朝惹御炉烟。吾乃聂古丞相便是。闻知番兵犯界,不免奏与官里[3]知道。

【北端正好】莫不是语有虚真?臣直章奏,毕竟是哪一个谗佞臣,诱引北番,犯界何忍?当朝须戒警,俺这里一封奏达九重霄,见祥云蔽掩龙颜,极目的他邦绕隘。微臣奏,扬尘舞蹈金阶下。

(奏介)诚惶诚恐,顿首顿首,臣有短章,冒奏天颜:近日听闻大朝军马,犯侵本国边界,军马已到榆关[4]上,离俺中都,只有三百二十里地。况他那里人强马壮,俺这里将老兵衰,难为抵敌。愿我王迁都汴梁,上保国家无危,下免生灵涂炭。夫汴梁者,东有秦关坚固,西有铁隘难攻;南有潼关,北有巨海,地广土厚,可以迁都。(内应介)官里到来,准臣所奏。可与众文武商议,即便迁都汴梁,免使两国相争。(净)谢皇恩。不施万丈深潭计,怎得骊龙颔下珠?(下)(外扮海牙丞相)

【破阵子】出王庭,班居列品,畏甚番兵临境城?迅漂贼卒远他方,典立朝纲当辅弼,执掌山河循万春。

两朵金花按日月,一双袍袖捧乾坤。天下虽皇王管,半由天子半由臣。自家不是别人,乃是大金国左丞相,陀满海牙便是。功同休戚,累世忠良,身居左丞之职。有事不可不谏。近闻大朝军马,侵患本国边界,军马已到榆关,只离俺中都三百二十里田地。今被佞臣弄权,妄奏天子迁都汴梁,此事不谏,是不忠也。只得冒死进谏。(奏介)臣海牙,诚惶诚惶,顿首顿首!臣有短章,冒奏天颜:君乃臣之主,臣乃君之仆;君无臣谏,不成其国;臣无君言,不成其令。君君、臣臣、父父、子子,君臣所以相同,乃为万世之基。今闻大朝军马,犯吾边界,我主听信谗佞,欲待迁都汴梁。愿我主纳臣之谏,休得迁都。可遣将兴兵,与他拒敌。若胜,免得迁都;如不胜,那时迁都未迟。(内应介)左丞所奏有理,奈缘朝中缺少良将,难与抵敌。卿可举荐何人,统领三军前去?(外)臣举一人,乃臣之子陀满兴福。此子六韬三略,件件皆能,有万夫不当之勇。手下又有三千忠孝军,人人勇猛,个个英雄,可退大朝军马。我主休要迁都汴梁,纳臣之谏。(净怒介)哪一个敢奏不要迁都?(外)是俺奏。

【点绛唇】大国欺凌,幼弱当畏。迁都地,不知是哪一个文武公卿,敢止上扶危困?举领三军,保家邦社稷。

（外）若论俺英雄无比[5]，能施立国安邦之志。（净）丞相，那大朝军马勇猛，真好怕人呵！（外）谗臣！俺觑那大朝军马，只是如儿戏。（净怒介）丞相，他那里有百万虎狼，只怕难为抵敌呵。（外做打净介）佞臣！（唱）纵他有百万雄兵难抵，俺这里有三千忠孝军，可以相迎敌。

（净）打得好！你如今逆阻銮驾，不得迁都汴梁，倚着你孩儿陀满兴福勇猛，因而起此造反之心，待俺奏与我主得知。（奏介）诚惶诚惶，顿首顿首。臣奏我主：今有陀满海牙，阻住銮驾，恃他孩儿兴福，胸藏六韬三略，又有万夫不当之勇，故意苦谏，实有反叛之心，望我主参详此事。（内应介）官里道来，既陀满海牙有反叛之心，无效忠之意，就令金瓜武士，即时打死，勿得再奏。（做打死外介）（净）臣奏我主，既将陀满海牙逆贼打死，他有孩儿兴福，现掌三千忠孝军，恐削草不除根，萌芽依旧发。（内应介）圣旨到来，就着五百名羽林军，将陀满兴福三百家口，尽行诛戮，老幼不留。再着聂古列前去监斩，不得容情。（净）谢皇恩，万万岁！

早朝奏准退金阶，画戟层层列将台。

不使天上无穷计，难免今朝目下灾。

作者简介

施惠,字君美,生卒年不详。元钟嗣成《录鬼簿》记其"居吴山城隍庙前,以坐贾为业。好谈笑,诗酒之暇,惟以填词和曲为事"。故施惠应为与钟嗣成同时代的杭州人。一般认为南戏《王瑞兰闺怨拜月亭》出于其手。

题解

南戏《拜月亭》在《永乐大典·戏文二十五》和《南词叙录·宋元旧篇》中均见著录。元关汉卿作有同主题杂剧。南戏《拜月亭》最早成书于宋元间,为民间艺人所作。元人施惠根据此本,再参考关汉卿杂剧,创作出南戏《王瑞兰闺怨拜月亭》,其主体剧情与关作相近,因篇幅较长的南戏体制,有更多具体细节。施惠原本今不存,今存本皆经过明人改动。其中,世德堂刊《重订拜月亭记》本、进贤堂重刊《全家锦囊·拜月亭》本为同一流传系统,较接近原貌;容与堂刻李卓吾评本《幽闺记》、汲古阁刻《幽闺记》等为通行本系统,有较多改动。本编选用世德堂刊本。

世德堂本《拜月亭》共四十三折,本编选录与金宣宗迁都决策相关的第四折文本。

简注

(1) 黄门：指宦官。

(2) 丹墀（chí）：指宫殿前的红色台阶和地面。

(3) 官里：指皇帝。

(4) 榆关：指山海关。

(5) 此首曲子缺少曲牌，应为【混江龙】。

明末凌氏朱墨套印本《幽闺怨佳人拜月亭》插图

四丞相高会丽春堂（杂剧）

王实甫

第一折

（冲末扮押宴官引祇从上，诗云）小帽虬头裹绛纱，征袍砌就雁衔花。花根本艳公卿子，虎体鹓班将相家。老夫完颜女真人氏，小字徒单克宁，祖居莱州人也。幼年善骑射，有勇略，曾为山东路兵马都总管、行军都统，后迁枢密院副使，兼知大兴府事，官拜右丞相[1]。老夫受恩甚厚，以年老乞归田里。圣人言曰："朕念众臣之功，无出卿右者。"今拜左丞相之职。时遇蕤宾节届，奉圣人的命，但是文武官员，都到御园中赴射柳会。老夫为押宴官，射着者有赏，射不着者无赏。老夫在此久等，这早晚官人每敢待来也。（正末引属官上，云）老夫完颜女真人氏，小字乐善。老夫幼年跟随郎主，南征北讨，东荡西除，多有功劳汗马。谢圣恩可怜，官拜右丞相，领大兴府事，正受管军元帅之职。今日五月端午，蕤宾节令，奉圣人命，都着俺文武官员御园中赴射柳会。圣人着左丞相徒单克宁为押宴官。想老夫幼年间苦争恶战。得到今日，非同容易也呵。（唱）

【仙吕】【点绛唇】破虏平戎,灭辽取宋,中原统。建四十里金镛,率万国来朝贡。

【混江龙】端的是走轮飞鞚[2],车如流水马如龙。绮罗香里,箫鼓声中,盛世黎民歌岁稔[3],太平圣主庆年丰。正遇着蕤宾节届,今日个宴赏群公。光禄寺酝江酿海,尚食局炮凤烹龙,教坊司趋跄妓女,仙音院整理丝桐,都一时向御苑来供奉。恰便似众星拱北、万水朝东。

(带云)是好一座御园也。(唱)

【油葫芦】则见贝阙蓬壶一望中,从地涌。看了这五云楼阁日华东,恰似那访天台误入桃源洞。端的便往扬州移得琼花种。胜太平独秀岩,冠神龙万寿峰。则他这云间一派箫韶动,不弱似天蕊珠宫。

【天下乐】可正是气压山河百二雄,元也波戎,将军校统。宰臣每为头儿又尽忠,文官每守正直,武将每建大功,到今日可也乐升平,好受用。

(云)令人报复去,道某家来了也。(祗从报科,云)有四丞相来了也。(押宴官云)道有请。(见科)(押宴官云)老丞相,今奉圣人的命,教俺文武官员今日赴射柳会。左右那里,都摆布下了也未?(祗从云)都摆布了也。(净扮李圭上,诗云)幼年习兵器,都夸咱武艺,也会做院本[4],也会唱杂剧。要饱一只羊,好酒十瓶醉,听的去厮杀，躲在帐房睡。某普察人氏，姓李名圭，见为右副统军使。我这官不为那武艺上得的，为我唱得好，弹得好，舞得好。今日是葰宾节令，圣人的命着俺大小官员赴射柳会。到那里我便射不着呵，也有我的赏赐。可早来到也，令人报复去，道我李监军来了也。（祗从报科）（押宴官云）着过来。（李圭见科，云）老大人，小子李圭来了也。（押宴官云）李监军，你来了也。我奉圣人的命，在此押宴。左右那里，将这圣人赐来的锦袍玉带。若射着的，将这锦袍玉带赏与他，先饮酒。射不着的，则饮酒，无赏。（祗从云）理会得。（押宴官云）老丞相，圣人前日分付操练的军马如何？（正末云）大人，数日前分付老夫操练的军马，都有了也。（押宴官云）如今有那几员上将？（正末唱）

【那吒令】俺如今要取讨呵，有普察副统，要辨真呵，有得满具中，要做准呵，有完颜内奉：非是咱卖蕴藉，夸强勇，端的是结束威风。

【鹊踏枝】衲袄子绣揿绒，兔鹘碾玉玲珑。一个个跃马扬鞭，插箭弯弓。他每那祖宗是斑斓的大虫，料想俺将门下无犬迹狐踪。

（押宴官云）老丞相先射。（正末云）您官人每那个先射？（李圭云）老丞相勿罪，小官先射。（押宴官云）你若射着,这锦袍玉带便与你。(李圭做射不中科,云)我本射着了,我这马眼叉[5],走了箭也。(押宴官云)李副统,你不中,靠后,老丞相请射。(正末云)老夫射来,孩儿先领马者。(做射中,众呐喊擂鼓科)(正末唱)

【赏花时】万草千花御苑东,簌翠偎红彩绣巾,满地绿茸茸。更打着军兵簇拥,可兀的似锦胡同。

【胜葫芦】不刺刺引马儿先将箭道通,伸猿臂揽银鬃,靶内先知箭有功。忽的呵弓开秋月,扑的呵箭明飞金电,脱的呵马过似飞熊。

【幺篇】俺只见一缕垂杨落晓风。(押宴官云)老丞相射中三箭也。将过那锦袍玉带来,送与老丞相。令人将酒来,老丞相满饮一杯。(正末唱)人列绣芙蓉,翠袖殷勤捧玉钟。赢的这千花锦段、万金宝带,拚[6]却醉颜红。

(押宴官云)老丞相再饮一杯。(正末做醉科)(李圭云)我也吃一杯。(押宴官云)老丞相,今日吃酒已散。圣人的命,教您这管军元帅明日都到香山赏玩,排有筵宴,管待您咱。(正末云)感谢圣恩。大人,老夫酒醉了也。(押宴官云)老丞相再饮几杯。(正末唱)

【赚煞】公吏紧相随,虞候忙扶捧,休落后了一行步从。得胜归来喜笑浓,气昂昂志卷长虹。饮千钟满面春风,回首金銮紫雾重。趷登登催着玉骢,笑吟吟袖窝着

丝鞚。(做上马科)(押宴官云)老丞相慢慢的行。(正末唱)我可便醉醺醺扶出御园中。(下)

(押宴官云)你众人每都散罢。令人将马来,我回圣人的话去也。(下)(李圭云)大人,俺回去也。(出云)羞杀人!我为副将军,一连三箭无一箭中的,将锦袍玉带都着四丞相赢将去了,怎么气得过。这也容易,他说道明早叫俺这几个管军的元帅都到香山赏玩,安排筵宴管待俺。前人赐与我的一领八宝珠衣,明日穿到香山去。我与四丞相不射箭,和他打双陆,将我这八宝珠衣,赌他那锦袍玉带,他必然输与我也。我若赢了他呵,便是我平生之愿。(诗云)我一生好唱曲,弓马原不熟。明日到香山,只与他赌双陆。(下)

第二折

(押宴官引祗从上,云)老夫左丞相是也。昨日在御园中射柳已过,今日在此香山设宴,着老夫仍旧做押宴官。这早晚官人每敢待来也。(正末上,云)昨日在御园中射柳,今日在香山设宴,须索走一遭。是好香山也呵。(唱)

【中吕】【粉蝶儿】山势崔巍,倚晴岚数层金碧,照皇都一片琉璃。端的个路盘桓,山掩映,堆蓝叠翠。俺这里伫立丹墀,则见那广寒宫在五云乡内。

【醉春风】堪写在画图中,又添入诗句里。则我这紫藤兜轿趁着浓阴,直等凉些儿个起、起。受用足万壑清风,半阶凉影,一襟爽气。

(云)可早来到也,令人报复去,道某家来也。(祗从报科)(押宴官云)有请。(见科)(押宴官云)老丞相,昨日再饮几杯去也好。(正末云)大人,老夫昨日沉醉,多有失礼也。(唱)

【迎仙客】不知几时节离御苑,多早晚出庭闱,不记得是谁人扶下这白玉梯。(押宴官云)老丞相昨日也不曾饮甚么酒。(正末唱)怎当他酬酢[7]处两三巡,揭席时五六杯。醉的我将宫锦淋漓,莫不我触犯着尊严罪。

(押宴官云)老丞相请坐。则有李圭不曾来,着人觑者,若来时报复知道。(李圭上,云)小官李圭,我今日就穿着这八宝珠衣,和四丞相打双陆,那锦袍玉带,必然输与我。可早来到也,接了马者,令人报复去,道有李圭来了也。(祗从报见科)(李圭云)大人,老丞相,昨日恕罪,可不是我射不着,我那马眼生,他躲一躲,把我那箭擦过去了。(押宴官云)你也说不过。老丞相、李监军,您众官每听者,我非私来,奉圣人的命,如今八方宁静,四海晏然,五谷丰登,万民乐业,俺文武官僚,同享太平之福。昨日在御园中射柳，今日教您这管军元帅在此香山，一者饮宴，二者教您游赏取乐。随你官人每手谈博戏，盘桓一会，慢慢的饮酒。（正末云）比及饮酒呵，我等且博戏一会咱。（李圭云）住、住、住。老丞相，我与你打一会儿双陆。（正末云）你要和我打双陆，好波，我和你打。（李圭云）老丞相，这般打无兴，可赌些利物。（押宴官云）你二位，老夫奉圣人的命，在此押宴，则许你作欢取乐，不许你闹吵争竞。但有搅扰，着老夫便奏知圣人，决无轻恕。（李圭云）谁敢吵闹？我将这圣人赐与我的八宝珠衣为赌赛。老丞相，你将甚么配的我这八宝珠衣？（正末云）是好一领袍也。（唱）

【红绣鞋】 金彩凤玲珑翡翠，绣蟠龙璎珞珠玑，他怎生下工夫，达着俺那大人机？则俺那仁慈的明圣主，掌一统锦华夷，可则是平安了十万里。

（李圭云）老丞相，你将甚么配得我这八宝珠衣的？（正末云）要配的过那八宝珠衣，孩儿，将先王赐与我的那剑来。（辛子做拿剑科）（李圭云）苦也，他怎么拿出那件来？老丞相，这剑有甚好处？（正末云）怎生我这剑不好？（唱）

【上小楼】 且休说白虹贯日，青龙藏地，这剑比那太阿无光，镆铘无神，巨阙无威[8]。你可休将他小觑的轻微不贵,端的个有吹毛风力。

（云）这剑上立了多少大功,你那珠衣怎比的我这剑？（李圭云）你这剑也不值钱。（正末云）你不知,这剑先帝赐与我的。（李圭云）老丞相,虽然如此,我这珠衣是无价之宝哩。（正末唱）

【幺篇】你的是无价宝,则我的也不是无名器,是祖宗遗留,兄弟相传,辈辈承袭。（李圭云）老丞相,则怕我如今一回双陆,赢了你这剑可怎了？（正末唱）饶你便会泛迟,快打疾,能那能递,怎赢的俺这三辈儿齐天福气。

（李圭输科,云）色不顺,不是我输了。（押宴官云）老丞相赢了也。（正末唱）

【满庭芳】这都是托赖着大人的虎势,赢的他急难措手,打的他马不停蹄,做色数唤点儿皆随意。（李圭云）我可生悔气,这色儿不顺。（正末云）你昨日也说马眼叉哩。（唱）不比你射柳处也推着马眼迷奚。（押宴官云）李监军,你输了这翡翠珠衣也。老丞相你饶他一掷波。（正末唱）我若不觑大人面皮,直赢的他与我跟随。（李圭云）你说这大话,赢的我跟随,我和你如今别赌些利物,看那个赢那个输。（正末云）我如今再和你打。饶你一掷。（唱）饶先递。（李圭云）我怎么要你饶？（正末唱）则你那赤瓦不剌强嘴[9],兀自说兵机。

（押宴官云）你两个便再打一会。（李圭云）恰才我翡翠珠衣输与他了，我如今再打一会。若输了的，抹一个黑脸。（正末云）我待不和你打，你输了，你忍不的这口气。料着我便输了呵，他便怎敢抹我个黑脸？我再和你打。（李圭云）也罢，我若赢了呵，搽他个黑脸，也出了这场气。咱打来。（正末唱）

【石榴花】 紫云堆里月如眉，几点晓星稀，岸滑霜冷玉尘飞。已抛下二掷，似啄木寻食。从来那捻无凝滞，疾局到底便宜。（李圭云）这一盘是我赢了。（正末唱）我见他那头盘里打一个无梁意。（李圭云）你这马不得到家[10]，可不输了。（正末云）则我要一个么六[11]。（做喝科）（李圭云）他喝么六就是么六，这骰子是你的骨头做的？（正末唱）只喝着个么六是赢的。

（李圭云）可知叫不出，是你输了。（正末唱）

【斗鹌鹑】 这本是贱骨无知，怎肯便应声也那做美？不争我连胜连赢，却教你越羞越耻。也是我不合单行强出了底，便输呵怕甚的。虽然是作耍难当，怎敢失了尊卑道理？

（云）呀，我输了也。（李圭云）你输了。将墨来搽脸。（末怒做拂双陆科，云）李圭，你是甚么人，敢如此无礼？（李圭云）一言为定，元说道输了的搽墨脸。（押宴

官云）你两个休得吵闹，有圣人的命在此。（正末唱）

【耍孩儿】这泼徒怎敢将人戏，你托赖着谁人气力，（李圭云）难道我托赖你的气力？（正末唱）睁开你那驴眼可便觑着阿谁？我更歹杀者波是将相的苗裔。大人呵，尚兀自高擎着玉液来酬我，你待浓蘸着霜毫敢抹谁？这厮也不称你那戎职。（李圭云）甚么这厮那厮，只管骂谁？（正末云）我不敢骂你，敢打你。（做打科，唱）我则待一拳两脚，打的他似土如泥。

（李圭云）好也，打下我两个门牙来也。（押宴官云）你两个不得无礼。你既是大臣，怎敢不尊上命！（李圭云）大人可怜见，昨日射柳是他赢了锦袍玉带，今日打双陆，又赢了我翡翠珠衣，我恰才赢了他。他就不许我抹黑脸，咱须是赌赛哩。（押宴官云）你都回去。（正末唱）

【尾声】我与那左丞相是兄弟，我和你须叔侄。若不为圣人言怕搅了香山会，我不打你这泼无徒，可也放不过你。（下）

（押宴官云）不想四丞相将李圭殴打，搅了筵宴。老夫不敢欺隐，须回圣人话去。（诗云）则为李监军素性疏狂，香山会搅乱非常。也不是我有心私向，从实的奏与君王。（下）

作者简介

王实甫，一说名德信，大都人。生卒年与生平事迹不详，大约生于金元之际，主要活动年代约在元世祖至元到元成宗大德年间。

明初贾仲明为《录鬼簿》补撰【凌波仙】曲，赞其："风月营，密匝匝列旌旗；莺花寨，明飙飙排剑戟；翠红乡，雄赳赳使智谋。作词章，风韵美，士林中等辈伏低。新杂剧，旧传奇，《西厢记》天下夺魁。"明代宁献王朱权在《太和正音谱》中赞道："王实甫之词，如花间美人。"又云："铺叙委婉，深得骚人之趣。极有佳句，若玉环之出浴华清，绿珠之采莲洛浦。"王实甫所作杂剧今知有十四种。其中，《崔莺莺待月西厢记》《四丞相高会丽春堂》《吕蒙正风雪破窑记》三种有存本传世。

题解

《四丞相高会丽春堂》共四折，末本杂剧（即由正末一人主唱）。前二折写金代右丞相完颜乐善因与右副统军使李圭端午御苑竞射柳、次日香山斗双陆而积怨。后二折写因李圭向皇帝告状，完颜乐善被贬至济南府，后因草寇作乱被皇帝复召回京，并在皇帝赐宴上与李圭终释前嫌。本编选录该剧中与金中都文化生活密切相关的前两折文本。

第一折篇首，金代左丞相徒单克宁作为押宴官登场，点明故事的发生背景:"时遇蕤宾节届,奉圣人的命,但是文武官员,都到御园中赴射柳会。"蕤(ruí)宾节,古人以十二律配对应十二月,蕤宾律在五月,蕤宾节即指端午节。射柳,又谓截柳、躤(jí)柳,是自西汉起便盛行于我国北方地区的一种集祭祀、娱乐、体育等功能于一体的传统风俗。流传已久的射柳风俗同样被金人所继承,据《金史》卷六《世宗本纪》记载,大定三年(1163)"五月……乙未,以重五,幸广乐园射柳,命皇太子、亲王、百官皆射,胜者赐物有差"。可知,剧中这场由皇帝牵头,安排在端午节,带有明显节庆娱乐色彩的御苑射柳会并非作者杜撰,而是源自于真实存在的金代节俗。

第二折的故事发生在端午节次日,皇帝于香山设下御宴,李圭因前日射柳落败不服,提出与完颜乐善再斗双陆,并以御赐八宝珠衣为赌注。双陆,一般认为起源于古印度,本名婆罗塞戏,于曹魏时期流入中国,后在南北方各族中均有流播,逐渐融合于中国传统文化之中。至与两宋同时的辽金时期,双陆得到更加广泛的流行。从南宋出使金国,在金羁留十余年的洪皓(1088—1155)在其《松漠纪闻》中记载:"燕京茶肆,设双陆局,或五或六,多至十,博者蹴局,如南人茶肆中置棋局也。"这种风靡于金代朝野上下的博戏在本剧第二折中有着鲜活呈现。通过阅读这两折文本,我们不仅能够亲身欣赏"如花间美人"般的"实甫之词",还可以借此了解两种在金元时期流行于北京地区的文化娱乐活动,感受一段具有地域特色的中华历史文化记忆。

《四丞相高会丽春堂》今见三种传本,分别为《元曲选》本、明脉望馆钞校《古今杂剧》本和《古今名剧合选·酹江集》本,三种传本略有差异。本编选用《元曲选》本。

简注

(1) 右丞相:金代官制,大臣有上下四府之目,自尚书令而下,左右丞相、平章政事二人为宰相;尚书左右丞、参知政事二人为执政官。

(2) 鞚(kòng):意为马笼头。

(3) 稔(rěn):意为庄稼成熟。

(4) 院本:金院本,是宋杂剧在宋金分治后在北方的保留形式,也是元杂剧成熟前我国戏剧发展的重要阶段。

(5) 眼叉:即眼岔,指视线错误。

(6) 拚(pàn):意为舍弃、抛弃。

(7) 酬酢(zuò):泛指交际应酬。酬,意为向客人敬酒;酢,意为向主人敬酒。

(8) 太阿、镆铘、巨阙:均为中国古代名剑。

(9) 赤瓦不剌:即女真语"赤瓦不剌海"的省略。"赤",是女真语"你"的意思。"瓦不剌海",亦作"洼勃辣骇"。宋人洪皓《松漠纪闻》注解"洼勃辣骇"云："彼云敲杀也。"即打死之意。赤瓦不刺强嘴,即"你这该打死的强嘴"。

(10) 你这马不得到家:双陆棋子为马形,分黑白二色,各十五枚。此处的"马"指棋子。

(11) 幺六:意为十六,指骰子掷出的点数。

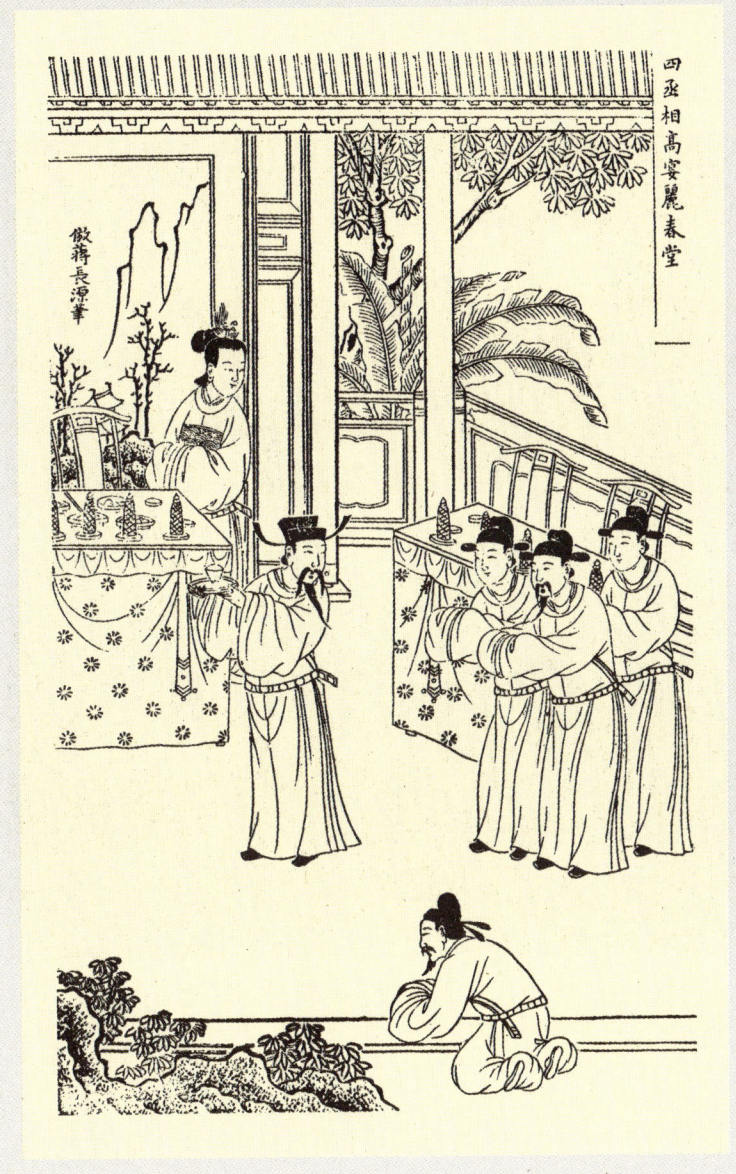

《元曲选》本《四丞相高会丽春堂》插图

［唐］周昉（传）《内人双陆图》（局部）

便宜行事虎头牌（杂剧）

李直夫

第一折

（旦扮茶茶引六儿上）（【西江月】词云）自小便能骑马，何曾肯上妆台？虽然脂粉不施来，别有天然娇态。若问儿家夫婿，腰悬大将金牌。茶茶非比别裙钗，说起风流无赛。自家完颜女直[1]人氏，名茶茶者是也。嫁的个夫主乃是山寿马，现为金牌上千户[2]。今日千户打围猎射去了。下次[3]孩儿每！安排下茶饭，则怕千户来也。（冲末扮老千户同老旦上，云）老夫银住马的便是。从离渤海寨，行了数日，来到这夹山口子。这里便是山寿马的住宅，左右接了马者。六儿，报复去，道叔叔婶子来了也。（六儿报科）（旦云）道有请。（见科，云）叔叔婶子前厅上坐，茶茶穿了大衣服来相见。（旦换衣、拜科，云）叔叔婶子，远路风尘。（老千户云）茶茶，小千户那里去了？（旦云）千户打围射猎去了。（老千户云）便着六儿请小千户来，说道：有叔叔婶子，特来看他哩。（旦云）六儿，快去请千户家来！叔叔婶子，且请后堂饮酒去，等千户家来也。（同下）（正末扮千户，引属官踏马上，诗云）腰横辘轳剑，身被鹧鸪裘[4]。华夷图上看，惟俺最风流。自家完颜女直人氏，姓王，小字山寿马，现做着金牌上千户，镇守着夹山口子。今日天晴日暖无甚事，引着几个家将打围射猎去咱。（唱）

【仙吕】【点绛唇】一来是祖父的家门，二来是自家的福分，悬牌印。扫荡征尘，将勇力施呈尽。

【混江龙】几回家开旗临阵，战番兵累次建功勋。怕不的资财足备，孳畜成群。长养着百十槽冲锋的惯战马，掌管着一千户屯田的镇番军。我如今欲待去清愁闷，则除是飞鹰走犬，逐逝追奔。

（六儿上，云）来到这围场中，兀的不是？爷，家里有亲眷来看你哩。（正末云）六儿，你做甚来？（六儿云）有亲眷来了也。（正末唱）

【油葫芦】疑怪这灵鹊儿坐在枝上稳，畅好是有定准，（云）六儿，来的是甚么亲眷？（六儿云）则说是亲眷，不知是谁。（正末唱）则见他左来右去再说不出甚亲人。为甚么叨叨絮絮占着是迷丢没邓的混？为甚么獐獐狂狂便待要急张拒遂的褪？眼脑又剔抽秃揣的慌，口角又劈丢扑搭的喷，只见他蹅蹅忽忽身子儿无些分寸，觑不的那奸奸诈诈没精神。

（六儿云）待我想来。（正末唱）

【天下乐】只见他越寻思越着昏，敢三魂失了二魂。（带云）我试猜波。（唱）莫不是铁哥镇抚家远探亲？（六儿云）不是。（正末唱）莫不是达鲁家老太君？（六儿云）也不是。（正末唱）莫不是普察家小舍人？（六儿云）也不是。（正末唱）莫不是叔叔婶子两口儿来访问？

（六儿云）是了，是叔叔婶子哩！（正末云）是叔叔婶子？且收了断场[5]，快家去来。（下）（老千户同老旦上，云）怎么这时候千户还不见来？（旦云）小的门首觑者，千户敢待来也。（正末上，云）接了马者！茶茶，叔叔婶子在那里？（做拜见科）（老千户云）孩儿，相别了数载，俺两口儿好生的思想你哩！今日一径的来望你也。（正末云）叔叔婶子请坐。（唱）

【醉中天】叔叔你鞍马上多劳困，婶子你程途上受艰辛，一自别来五六春，数载家无音信。则这个山寿马别无甚痛亲，我一言难尽，来探你这歹孩儿索是远路风尘。

（老千户云）孩儿，想从小间俺两口儿怎生抬举你来？你如今峥嵘发达呵，你可休忘了俺两口的恩念。（正末云）叔叔婶子，你孩儿有甚么不知处？（唱）

【金盏儿】我自小里化了双亲，忒孤贫，谢叔叔婶子把我来似亲儿般训，演习的武和文。我如今镇边关为元帅，把隘口统三军。我当初成人不自在，我若是自在不成人。

（云）小的一壁厢杀羊宰猪，安排筵席者！（外扮使命上，云）小官完颜女直人氏，是天朝一个使臣。为因山寿马千户，把守夹山口子，征伐贼兵，累著功绩，圣人的命，差小官赍敕[6]赐他。可早来到他家门首也。左右接了马者！报复去，道有使命在于门首。（六儿报科）（正末云）妆香来。（跪科）（使云）山寿马，听圣人的命！为你守把夹山口子，累建奇功，加你为天下兵马大元帅，行枢密院事；敕赐双虎符金牌带者，许你便宜行事，先斩后闻；将你那素金牌子，但是手下有得用的人，就与他带着，替你做金牌上千户，守把夹山口子，谢了恩者！（正末谢恩科，云）相公鞍马上劳神也。（使云）恭喜相公得此美除！（正末云）相公吃了筵席呵去。（使云）小官公家事忙，便索回去也。（正末送科，云）相公稳登前路。（使云）请了。正是：将军不下马，各自奔前程。（下）（正末云）小的，筵席完备未曾？（六儿云）已备下多时了也。（老千户云）夫人，恰才天朝使命，加小千户为天下兵马大元帅。我听的说道，将他那素金牌子，就着他手下得用的带了，替做千户。我想起来，我偌大年纪，也无些儿名分，甲首也不曾做一个。央及小姐和元帅说一声，将那素金牌与我带着，就守把夹山口子去呵，不强似与了别人？（老旦云）老相公，你平生好一杯酒，则怕你失误了事。（老千户云）夫人，我若带牌子做了千户呵，我一滴酒也不吃了。（老旦云）你道定者！（老千户云）我再也不吃了。（老旦云）既是这般呵，我对茶茶说去。（老旦见旦云）媳妇儿，我有一句话，可是敢说么？（旦云）婶子说甚话来？（老旦云）恰才那使臣言语，将双虎符金牌，与小千户带了。那素金牌子，着他手下有得用的人与他带。比及与别人带了，与叔叔带了可不好那？（旦云）婶子说的是，我就和元帅说。（旦见正末，云）元帅，恰才叔叔婶子说来，你有双虎符金牌带了，那素金牌子，着你把与手下人带。比及与别人带时，不如与了叔叔可也好也。（正末云）谁这般说来？（旦云）婶子说来。（正末云）叔叔平日好一杯酒，则怕他失误了事。（旦云）叔叔说道，他若带了牌子，做了千户呵，他一滴酒也不吃了。（正末云）既然如此，将那素金牌子来。叔叔，恰才使臣说来，如今圣人的命，着你孩儿做的兵马大元帅，敕赐与双虎符金牌，先斩后奏，这素金牌子，着你孩儿手下有得用的人，就与他带了，做金牌上千户。我想叔叔幼年，多曾与国家出力来。叔叔你带了这牌，做了上千户，可不强似与别人？（老千户云）想你手下多有得用的人，我又无甚功劳，我怎生做的这千户？（正末

云）叔叔休那般说。（唱）

【一半儿】则俺那祖公是开国旧功臣，叔父你从小里一个敢战军，这金牌子与叔父带呵，也是本分。见姊子那壁意欣欣，（云）叔父，你受了这牌子者！（老千户云）我可怎么做的？（正末唱）我见他一半儿推辞一半儿肯。

（老千户云）元帅，难得你这一片好心。我受了这牌子者。（正末云）叔叔，你受了牌子，便与往日不同，索与国家出力，再休贪着那一杯儿酒也。（老千户云）你放心，我带了这牌子呵，我一点酒也不吃了。（正末云）如此恰好。（唱）

【金盏儿】我为甚么语谆谆，单怕你醉醺醺，只看那斗来粗肘后黄金印，怎辜负的主人恩。但愿你扶持今社稷，驱灭旧妖氛。常言道："家贫显孝子，国难识忠臣。"

（老千户云）我则今日到渤海寨，搬了家小，便往夹山口镇守去也。（正末云）叔叔，则今日你孩儿往大兴府去。叔叔去取行李，路上小心在意者！（唱）

【赚煞】则今日过关津，度州郡，没揣的逢他敌人，阵面上相持赌的是狠。托赖着俺祖公是番宿家门[7]，哎，你莫因循。便只待人急偎亲，畅好道厮杀无过是咱父子军，誓将那鲸鲵[8]来尽吞。只将这边关守紧，你可便舍

一腔热血报明君。(同旦儿、六儿下)

(老千户云)俺侄儿去了也。则今日往渤海寨搬取家小走一遭去。(同老旦下)

第二折

(老千户同老旦上,云)老夫自到的渤海寨,搬取了家小,来到俺这庄头,见了众多亲眷。听的我做了千户,这个请我吃两瓶,那个请我吃三瓶,每日则是醉。虽然吃酒,则怕误了到任日期。有二哥哥金住马在这庄儿上住坐,我辞了哥哥,便往夹山口子去也。(老旦云)老相公,咱在这里等者,你去辞了伯伯,早些儿来。(下)(老千户云)远远的望着,敢是哥哥来也。(正末扮金住马上,云)自家金住马的便是。我有个兄弟,是银住马。他如今做了金牌上千户,去镇守夹山口子,听的道往我这村儿前过。我无甚么,买了这一瓶酒,与兄弟饯行走一遭去。(唱)

【**双调**】【**五供养**】愁冗冗,恨绵绵,争奈我赤手空拳,只得问别人借了几文钱。可买的这一瓶儿村酪酒,待与我那第二个弟兄祖饯。想着他期限迫难留恋,可若是今番去也,知他是甚日个团圆。

(云)兀的不是我兄弟?(老千户云)兀的不是我哥

哥?(见科,云)哥哥,你兄弟做了金牌上千户,如今镇守夹山口去,一径的辞哥哥来。(正末云)兄弟,我知道你做了金牌上千户,镇守夹山口子去。我无甚么,买这一瓶儿酒,与兄弟饯行。(老千户云)看你这般艰难,你那里得这钱来买酒?教哥哥费心。(正末做递酒科,唱)

【落梅风】我抹的这瓶口儿净,我斟的这盏面儿圆。(老千户做接盏科)(正末云)兄弟,且休便吃。(唱)待我望着那碧天边太阳浇奠。则俺这穷人家又不会别咒愿,则愿的俺兄弟每可便早能勾相见。

(做浇奠、再递酒科,云)兄弟满饮一杯。(老千户云)哥哥先饮。(正末云)好波,我先吃了。兄弟饮。(老千户云)待你兄弟吃。(正末云)兄弟再饮一杯。(老千户云)只我今日见了哥哥,吃几杯酒;到了夹山口子,我一点酒也不吃了。(正末云)兄弟,你哥哥无甚么与你。(老千户云)我今日辞哥哥去,敢问哥哥要甚么?(正末唱)

【阿那忽】再得我往日家缘[9],可敢赍发与你些个盘缠。有他这镖接来的两根儿家竹箭,(老千户云)你兄弟收了者。(正末云)还有哩。(唱)更有条蜡打来的这弓弦。(老千户云)这两件,你兄弟正用的着哩。(正末云)兄弟,你酒要少吃,事要多知。(老千户云)请哥哥放心,

我若到夹山口子去,整掤军马,堤备贼兵,我一点酒也不吃了。(正末唱)

【慢金盏】我着这苦口儿说些良言,劝你那酒莫贪,劝你那财休恋。你可便久镇着南边,夹山的那峪前,统领着军健,相持的那地面。但要你用心儿把守得安然,你可便只愁升,不愁贬。

(老千户云)哥哥,俺那山寿马侄儿,做着兵马大元帅,我便有些疏失,谁敢说我?(正末云)兄弟,你休那般说!(唱)

【石竹子】则俺那山寿马侄儿是软善,犯着的休想他便肯见怜。假若是罪当刑死而无怨,赤紧的元帅令,更狠似帝王宣。

(老千户云)想哥哥那往日,也曾受用快活来。(正末唱)

【大拜门】我可也不想今朝,常记的往年,到处里追陪下些亲眷。我也曾吹弹那管弦,快活了万千,可便是大拜门撒敦家的筵宴。

(老千户云)我想哥哥幼年间,穿着那等样的衣服,今日便怎生这等穷暴了?(正末唱)

【山石榴】往常我便打扮的别,梳妆的善,干皂靴鹿皮绵团也似软,那一领家夹袄子是蓝腰线。

【醉娘子】则我那珍珠豌豆也似圆,我尚兀自拣择穿。头巾上砌的粉花儿现,我系的那一条玉兔鹘[10]是金厢面。

(老千户云)哥哥,你那幼年间中注模样,如今便怎生老的这等了?(正末唱)

【相公爱】则我那银盆也似庞儿腻粉钿,墨锭也似髭须着绒绳儿缠。对着这官员,亲将那筹箸传,等的个安筵盏初巡遍。

【小拜门】则听的这【者刺骨】[11]笛儿悠悠聒耳喧,那驼皮鼓冬冬的似春雷健。我向这筵前、筵前,我也曾舞蹁跹,舞罢呵,谁不把咱来夸羡!

【也不啰】对着这众官员,诸亲眷,送路排筵宴。道是"去也去也"难留恋,甚日重相见?

(老千户悲科,云)哥哥,不知此一别,俺兄弟每再几时相见也。(正末唱)

【喜人心】今朝别后,再要相逢,则除是梦中来见,奈梦也未必肯做方便。只落的我兄弟行冥落,婶子行熬煎,侄儿行埋怨,世事多更变,好弱难分辨。

(老千户云)哥哥,兀的不痛杀你兄弟也!(正末唱)

【醉也摩娑】则被你抛闪杀业人也波天,则被你抛闪杀业人也波天。我无卖也那无典,无吃也那无穿,一年不如一年。

（老千户云）我曾记得哥哥根前[12]，有个孩儿，唤作狗皮。他如今在那里？（正末云）我也久忘了，你又提将起来做甚的！（唱）

【月儿弯】则俺那生忿忓逆的丑生，有人向中都曾见。伴着火泼男也那泼女，茶房也那酒肆，在那瓦市里穿，几年间再没个信儿传。有句话舌尖上挑着，我去那喉咙里咽。

（老千户云）俺哥哥有一句话，待要说可又不说。（正末背云）我有心待问兄弟讨一件儿衣服呵，则是难以开口。我且慢慢的说将去。兄弟，你哥哥这一年四季，春夏秋冬，煞是艰难也。（唱）

【风流体】我到那春来时，春来时和气喧；若到那夏时节，夏时节薰风遍。我可便最怕的，最怕的是秋暮天；更休题腊月里，腊月里飞雪片。

【忽都白】兄弟哎，我也曾有那往日的家缘，旧日的庄田，如今折罚的我无片瓦根椽、大针麻线。着甚做细米也那白面，厚绢也那薄绵！兄弟哎，你则看俺一双父母的颜面，怕到那冷时节有甚么替换下的旧袄子儿，你便与我一领儿穿也波穿。（老千户云）哥哥若不说呵，你兄弟怎生知道？我就着人打开驼垛[13]，将一领绵团袄子来,与哥哥御寒。(正末唱)不是我絮絮叨叨,聒聒煎煎,两泪涟涟,霍不了我心头怨,趁不了我平生愿。(老千户云)俺哥哥,你往常时香球吊挂,幔幕纱幮,那等受用,今日都在那里?(正末唱)

【唐兀歹】往常我幔幕纱幮在绣围里眠,到如今枕着一块半头砖。土炕上、土炕上弯着片破席荐,畅好是恓惶也波天。

(云)兄弟,你到那里,好生整搠军马者,少饮些酒。(老千户云)哥哥,你放心!如今太平天下,四海晏然,便吃几杯酒儿,有甚么事?(正末唱)兄弟,你休那般说!(唱)

【离亭宴煞】虽然是罢干戈、绝士马、无征战,你索与他演枪刀、轮剑戟、习弓箭,则要你坚心儿向前。你去那寨栅内莫忧愁,营帐内休惧怯,阵面上休劳倦。(老千户做拜辞科,云)则今日拜辞了哥哥,便索往夹山口子去也!(正末云)兄弟,你稳登前路。(老千户云)左右那里?将马来!(做上马科,云)哥哥,慢慢回去。(正末唱)则你那匹马屹蹬蹬的践路途,我独自个气丕丕归庄院。(老千户云)俺哥哥,你还健着哩。(正末唱)我可便强健杀者波,活的到明年后年?(老千户云)待我到那里,便来取哥哥。(正末唱)你待要

重相见面皮难。(带云)兄弟,(唱)咱两个再团圆可兀的路儿远。(下)

(老千户云)俺哥哥回去了也。则今日领着家小,便往夹山口子镇守去来。(诗云)我如今把守去夹山寨口,打点着老精神时常抖擞。料番兵无一个擅敢窥边,只管里一家儿絮叨叨劝咱不要吃酒。(下)

第三折

(老千户同老旦上,云)欢来不似今朝,喜来那逢今日。自从到的这夹山口子呵,无甚事,正好吃酒。我着人去请金住马哥哥到来,谁想他已亡化过了也。今日八月十五日,是中秋节令。夫人,着下次孩儿每安排酒来,我和夫人玩月畅饮几杯。(动乐科)(杂当报云)老相公,祸事也,失了夹山口子也!(老千户慌科)(老旦云)老相公,我说道你少吃几钟酒,如今怎么好?(老千户云)既然这般,如今怎了?左右将披挂来,赶贼兵去!(下)(外扮经历[14]上,云)小官完颜女直人氏,自祖父以来,世掌军权,镇守边境。争奈辽兵不时侵扰,俺祖父累累与他厮杀,结成大怨。他倒骂俺女直人野奴无姓,祖父因此遂改其名,分为七姓:乾坤宫商角徵羽,乾道那驴姓刘,坤道稳的罕姓张,宫音傲国氏姓周,商音完颜氏姓王，角音扑父氏姓李，徵音夹谷氏姓佟，羽音失米氏姓肖。除此七姓之外，有扒包包、五骨伦等，各以小名为姓。自前祖父本名竹里真，是女真回回禄真。后来收其小界，总成大功，迁此中都，改为七处。想俺祖父舍死忘生，赤心报国，今日子孙承袭，也非是容易得来的。（诗云）祖父艰辛立业成，子孙世世袭簪缨。一心只愿烽尘息，保佐皇朝享太平。某乃元帅府经历是也。如今有这把守夹山口子老完颜，每日恋酒贪杯，透漏贼兵，失误军期，非是小目[15]罪犯，三遍将文书勾去，倒将去的人累次殴打。他倚仗是元帅的叔父，相公甚是烦恼。今番又着人勾去，不来时，直着几个关西曳剌[16]，将元帅府印信文书勾去，也不怕他不来。左右，你可说与勾事的人，小心在意，疾去早回。待老完颜到时，报复某家知道。（下）（老千户领左右上，云）只因八月十五夜，失了夹山口子，第二日我马上亲率许多头目，复杀了一阵，将掳去的人口牛羊马匹，都夺回来了。那头目每与我贺喜，再吃酒。（又吃科）（老旦云）小的每，安排酒来，与老相公把个劳困盏儿。（净扮勾事人上）（见科，云）元帅有勾！（老千户喝云）兀那厮，你是甚么人？（勾事人云）元帅将令，差我勾你来！（老千户云）我是元帅的叔父，你怎么敢来勾我？左右，拿下去打着者！（左右打科）（勾事人诗云）老完颜见事不深，元帅令敢不遵钦。我来勾你你倒打我，我入你老婆的心！（下）（净扮勾事人上，云）老千户有勾！（老千户喝云）兀那厮，是甚么人？（勾事人云）元帅将令，差我勾你来！（老千户云）哎！只我是元帅的叔父，你怎么敢来勾我？左右，与我抢出去！（左右打科）（勾事人诗云）老完颜做事忒不才，倒着我湿肉伴干柴。我今来勾你你不去，看后头自有狠的来。（下）（外扮曳剌上，云）洒家是个关西曳剌，奉元帅的将令，有老完颜失误了夹山口子，差人勾去勾不来，差我勾去。可早来到也。（做见科，云）老千户，元帅将令，差人来勾你，你怎么不去？（做拿铁索套上科，诗云）老完颜心粗胆大，元帅令公然不怕。我这里不和你折证，到元帅府慢慢的说话！（老千户云）老夫人，这事不中了也。如今元帅府里勾将我去，我偌大年纪，那里受的这般苦楚！老夫人，与我荡一壶热酒赶的来。（下）（老旦云）似这般怎生是好？我直到元帅府里，望老相公走一遭。（下）（正末引经历、祗候排衙上，正末唱）

【双调】【新水令】贺平安报喏可便似春雷，你把那明丢丢剑锋与我准备。他误了限次，失了军期，差几个曳剌勾追，（云）经历，你去问镇守夹山口子的，（唱）兀那老提控到来也未？

（曳刺锁老千户上，云）行动些！（老千户云）有甚么事？我是元帅的叔父，怕怎么！（曳刺见经历云）把夹山口子的老完颜勾将来了也。（正末云）勾到了么？拿过来！（经历云）拿过来者！（正末云）开了他的铁锁，摘了他那牌子。（老千户做不跪科）（正末云）好无礼也呵！（唱）

【沉醉东风】只见他气丕丕的庭阶下立地，不由我不恶噷噷心下猜疑。（带云）我歹杀者波，（唱）我是奉着帝主宣，掌着元戎职，可怎生全没些大小尊卑？（带云）你是我所属的官呵，（唱）还待要诈耳佯聋做不知，到根前不下个跪膝。

（云）你今日犯下正条划的罪来，兀自这般崛强哩。经历，你问他为甚么不跪？他若是不跪呵，安排下大棒子，先攧折他两臁骨[17]者！（经历云）理会的。（老千户云）经历，我是他的叔父，那里取这个道理来，要我跪着他！（经历云）相公的言语道，你不跪着呵，大棒子先敲折你两臁骨哩。（老千户云）我跪着便了，则着你折杀他也。（正末云）经历，着他点纸画字者。（经历云）老完颜，着你点纸画字哩。（老千户云）经历，我那里省得点纸画字？（经历云）这纸上点一点，着你吃一钟酒。（老千户云）我点一点儿呵，吃一钟酒？将来将来！我直点到晚。(经历云)你画一个字者。(老千户云)画字了。(经历云)老完颜点了纸,画了字也。(正末云)经历,你高高的读那状子着他听。(经历读云)"责状人完颜阿可。阿可见年六十岁,无病疾,系京都路忽里打海世袭民安下女直人氏。承应劳校,见统领征南行枢密院先锋部统领勾当。近蒙行院相公差遣,统领本官军马,把守夹山口子,防御贼兵。自合常常整搠戈甲,堤备战敌,却不合八月十五晚,以带酒致彼有失,透漏贼兵过界,打破夹山口子,掳掠人民妇女牛羊马匹。今蒙行院相公勾追,自合依准前来,却不合抗拒不行赴院,故违将令,又将差去公人,数次拷打。今具阿可合得罪犯,随供招状,如蒙依军令施行,执结是实。伏取钧旨:一、主把边将闻将令而不赴者,处死;一、主把边将带酒不时操练三军者,处死;一、主把边将透漏贼兵不迎敌者,处死。秋八月某日,完颜阿可状。"(老千户云)这等,我该死了?(做哭科)(正末唱)

【搅筝琶】咱须是关亲意,也索要顾兵机。官里着你户列簪缨,着你门排画戟,可怎生不交战,不迎敌,吃的个醉如泥。情知你便是快行兵的姜太公、齐管仲、越范蠡、汉张良,可也管着些甚的,枉了你哭哭啼啼。

(云)经历,将他那状子来。(经历云)有。(正末云)

判个"斩"字，推出去斩讫报来！（经历云）理会的。左右那里？推出老完颜斩了者！（做绑出科）（老千户云）天那！如今要杀坏了我哩，怎的老夫人来与我告一告儿。（老旦慌上，云）哥哥每，且住一住！我是元帅的亲婶子，待我过去告一告儿。（做见正末跪叫科）（正末云）婶子请起！（老旦云）元帅，国家正厅上，不是老身来处。想你叔叔带了素金牌子，因贪酒失了夹山口子，透漏贼兵，掳掠人民，元帅见罪，待要杀坏了。想着元帅，自小里父母双亡，俺两口儿抬举的你长立成人，做偌大官位。俺两口儿虽不曾十月怀耽[18]，也曾三年乳哺，也曾煨干就湿，咽苦吐甘。可怎生免他项上一刀，看老身面皮，只用杖子里戒饬[19]他后来，可不好也？（正末云）你那知道那男子汉在外所行的勾当！（唱）

【胡十八】他则待殢酒食，可便恋声妓，他那里肯道把隘口退强贼，每日则是吹笛擂鼓做筵席。（老旦云）你叔叔老了也。（正末云）你道叔叔老了，他多大年纪也？（老旦云）他六十岁了。（正末唱）他恰才便六十。（云）姜太公八十岁遇文王，戊午日兵临孟水，甲子日血浸朝歌，扶立周朝八百年天下。（唱）他比那伐纣的姜太公，尚兀自还少他二十岁。

（云）婶子请起，这个是军情事，饶不的。（老旦出门科，云）老相公，他断然不肯饶，怎生好那？（老千户云）老夫人，请将茶茶小姐来，着他去劝一劝可不好？（旦上，云）叔叔婶子，怎生这般烦恼呀?!（老旦云）茶茶，为你叔叔带酒失了夹山口子，元帅待要杀坏了你叔叔，你怎生过去劝一劝儿可也好。（旦云）叔叔婶子，我过去说的呵，你休欢喜；说不的呵，你休烦恼。（旦见正末科）（正末怒云）茶茶！你来这里有甚么勾当那？（旦云）这是讼厅上，不是茶茶来处。只想你幼年间父母双亡，多亏了叔叔婶子，抬举你长成，做着偌大的官位。你待要杀坏了叔叔，你好下的？怎生看着茶茶的面，饶了叔叔可也好。（正末云）茶茶，这三重门里，是你妇人家管的。谁惯的你这般粗心大胆哩！（唱）

【庆宣和】 则这断事处，谁教你可便来这里？这讼厅上可便使不着你那"家有贤妻"。（云）着他那属官每便道："叔叔犯下罪过来，可着媳妇儿来说。"（唱）你这个关节儿常好道来的疾，（云）茶茶，你若不回去呵，（唱）可都枉擘破咱这面皮、面皮！

（云）快出去！（旦云）我回去则便了也。（做出门见老千户云）元帅断然不肯饶你，可不道"法正天须顺"，你甚的"官清民自安"！我可甚么"妻贤夫祸少"，呸！也做不得"子孝父心宽"。（下）（老旦云）似这般如之奈何？（老千户云）经历相公，你众官人每告一告儿可不好？（经历云）且留人者！（众官跪科）（正末云）你这众属官每做甚么？（经历云）相公，罚不择骨肉，赏不避仇雠。小官每怎敢唐突？但老完颜倚恃年高，耽酒误事，透漏贼兵打破夹山口子，其罪非轻。相公幼亡父母，叔父抚育成人，此恩亦重。据小官每愚见，以为老完颜若遂明正典刑，虽足见相公执法无私，然而于国尽忠，于家不能尽孝，贤者或不然矣。（诗云）告相公心中暗约，将法度也须斟酌。小官每岂敢自专，望从容尊鉴不错。（正末唱）

【步步娇】则你这大小属官都在这厅阶下跪，畅好是一个个无廉耻。他是叔父我是侄，道底来火须不热如灰，你是必再休提。（云）他是我的亲人，犯下这般正条款的罪过来，我尚然杀坏了。你每若有些儿差错呵，（唱）你可便先看取他这个傍州例[20]。

（云）你每起去，饶不的！（经历出门科，云）相公不肯饶哩。（老千户云）似这般怎了也！（经历云）老完颜，你既八月十五日失了夹山口子，怎生不追他去？（老千户云）我十六日上马赶杀了一阵，人口牛羊马匹，我都夺将回来了。（经历云）既是这等，你何不早说！（见正末云）相公，老完颜才说，他十六日上马复杀了一阵，将人口牛羊马匹，都夺将回来了，做的个将功折罪。（正末云）既然他复杀了一阵，夺的人口牛羊马匹回来了，这等呵，将功折过，饶了他项上一刀，改过状子，杖一百者！（经历云）理会的。（读状云）"责状人完颜阿可，见年六十岁，无疾病，系京都路忽里打海世袭民安下女直人氏，见统征南行枢密院事先锋都统领勾当。近蒙差遣，把守夹山口子，自合谨守，整搠军士，却不合八月十五日晚，失于堤备，透漏贼兵过界，侵掳人口牛羊马匹若干。就于本月十六日，阿可亲率军士，挺身赴敌，效力建功，复夺人口牛羊马匹，于所侵之地，杀退贼兵，得胜回还。本合将功折过，但阿可不合带酒拒院，不依前来，应得罪犯，随状招伏。如蒙准乞，执结是实，伏取钧旨。完颜阿可状。"（正末云）准状，杖一百者！（经历云）老完颜，元帅将令免了你死罪，则杖一百。（老千户云）虽免了我死罪，打了一百，我也是个死的。相公且住一住儿，着谁救我这性命也。老夫人，咱家里有个都管，唤做狗儿，如今他在这里，央及他劝一劝儿。（做叫科）（净扮狗儿上，云）自家狗儿的便是。伏侍着这行院相公，好生的爱我。若没我呵，他也不吃茶饭；若见了我呵，他便欢喜了。不问甚么勾当，但凭狗儿说的便罢了。正在灶窝里烧火，不知是谁唤我？（老千户云）狗儿，我唤你来。(做跪科,云)我央及你咱。(狗儿云)我道是谁,元来是叔叔。休拜,请起!(做跌倒科,云)直当扑了脸。叔叔,你有甚么勾当?(老千户云)狗儿,元帅要打我一百哩,可怜见,替我过去说一声儿。(狗儿云)叔叔,你放心,投到你说呵,我昨日晚夕话头儿去了也。(老千户云)如今你过去告一告儿。(狗儿云)叔叔放心,都在我身上!(见正末科)(正末云)你来做甚么?(狗儿云)我无事可也不来。想着叔叔他一时带酒,失误了军情,你要打他一百,他不疼便好,可不道大能掩小,海纳百川?看着狗儿面皮休打他,若打了他呵,我就恼也。饶了他罢!(正末唱)

【沽美酒】则见他怛[21]憋憋的做样式,笑吟吟的强支对。他那里口口声声道是饶过只,我这里寻思了一会,这公事岂容易?

【太平令】我将他几番家叱退,他苦央及两次三回,则管里指官画吏,不住的叫天吁地。(带云)狗儿,(唱)你可向这里,问你,莫不待替吃?(狗儿云)我替吃,我替吃!(正末云)你替吃?令人,你安排下大棒子者。(唱)我先拷的你、拷的你腰截粉碎。

(云)令人,拿下去打四十!(做打科)(正末云)打了抢出去!(狗儿跌出科)(老千户云)狗儿,说的如何?

（狗儿云）我的话头儿过去了也。（老千户云）你再过去劝一劝。（狗儿云）他叫我明日来。（老千户推科，云）你再过去走一遭。（见科）（正末云）你又来做甚么？（狗儿云）我来吃第二顿。相公，叔叔老人家了也，看着你小时节，他怎么抬举你来。叔叔便罢了，那婶子抱着你睡，你从小里快尿，常是浇他一肚子。看着婶子的面皮，饶了他罢！（正末云）你待替吃么？（狗儿云）我替吃，我替吃！（正末云）再打二十！（做打科）（正末云）抢出去！（狗儿跌出科）（老千户云）狗儿，你说的如何？（狗儿捧屁股科，云）我这遭过去不得了也。（老千户再推科）（狗儿云）相公！（正末云）拿下去！（狗儿慌科，云）可怜见，我狗儿再吃不得了也。（正末云）将铜铡来，切了你那驴头！（狗儿跌出科）（老千户云）你再过去劝一劝。（狗儿云）老弟子孩儿，你自挣揣去！（下）（正末云）拿过来者！替吃了多少也？（经历云）替吃了六十也。（正末云）打四十者！（做打科）（正末唱）

【雁儿落】你畅好是腕头有气力，我身上无些意。可不道厨中有热人，我共他心下无仇气。

【得胜令】打的来一棍子一刀锥，一下起一层皮。他去那血泊里难禁忍，则着俺校椅上怎坐实？他失误了军期，难道他没罪谁担罪？（云）打了多少？（经历云）打了三十也。(正末唱)才打到三十,赤瓦不剌海,你也忒官不威牙爪威!

(云)再打者!(经历云)断讫也,扶出去。(老千户云)老夫人,打杀我也!谁想他不可怜见我,打了这一顿,我也无那活的人也!(老旦哭云)老相公,我说甚么来,我着你少吃一钟儿酒。(老千户云)老夫人,打了我这一顿,我也无那活的人了也。老夫人,有热酒筛一钟儿我吃。(下)(正末云)经历,到来日牵羊担酒,与叔父暖痛去!(唱)

【鸳鸯煞】你则合眠霜卧雪驱兵队,披星带月排戈戟。你也曾对咱盟咒,再不贪杯。唱道索记前言,休贻后悔。谁着你旦暮朝夕,尝吃的来醺醺醉,到今日待怨他谁?这都是你那恋酒迷歌上落得的。

第四折

(老千户同老旦上,云)谁想山寿马做了元帅,则道怎生样看觑我,谁想道着他打了一百!老夫人,闭了门者,不问谁者,只不要开门。(老旦云)老相公打坏了也,我关上这门者。我如今闭门家里坐,还怕甚祸从天上来!(正末引旦、经历、祗从上,云)经历,今日同夫人牵羊担酒,与叔叔暖痛去来。(经历云)理会的。(正末

云）可早来到叔叔门首，怎么闭着门在这里？令人，与我叫开门来。（祗从做叫门科）（正末唱）

【正宫】【端正好】则为他误军期，遭残害，依国法断的明白。寻思来这期亲[22]尊长多妨碍，俺今日谢罪也在宅门外。

【滚绣球】疾去波，到第宅，休道是镇南边统军元帅，则说是亲眷家将羊酒安排。休道迟，莫见责，省可里[23]便大惊小怪，将宅门疾快忙开。报与俺那老提控叔叔先知道，则说我侄儿山寿马和茶茶暖痛来，莫得疑猜。

（云）怎么叫了这一会，还不开门？经历，你与我叫门去。（经历云）理会的。（做叫门科，云）老完颜，你开门来，俺有说的话。（老千户云）我不开门。（经历云）你真个不开门？（老千户云）我不开！（经历云）你那旧状子不曾改，还要问你罪哩。（老千户云）你要问我的罪，再打上一百罢了。我死也只不开门，随你便怎么样来！（经历云）相公，老完颜只不开门，怎生是好？（正末唱）

【伴读书】他道你结下的冤仇大，伤了他旧叔侄美情怀。一任你昨日的供招依然在，休想他低头做小心肠改。便死也只吃杯儿淡酒何伤害，到底个不伏烧埋。

（云）茶茶，你叫门去。（旦做叫门科，云）叔叔婶子,我茶茶在门外,你开门来,开门来!(老旦云)想茶茶昨日也曾为你告来,是那山寿马侄儿,执性不肯饶你。看茶茶面上,开了门罢。(老千户云)他既然今日到我家来,昨日便为我再告一告儿不得,譬如我已打死了,只不要开门。(正末唱)

【笑和尚】他问我今日个一家儿为甚来,昨日个打我的可是该也那不该,把脸皮都撇在青霄外,从今后拚着个贪杯的老不才,谢了个贤慧的女裙衩,休、休、休,休想他便降阶的忙迎待。

(云)待我自家去。叔叔,你侄儿山寿马自在这里,你开门来。(老旦云)既然元帅亲身到此,须索开门,请他进来者。(做开门)(正末同旦、经历跪科,云)这是侄儿不是了也。(老千户云)你昨日打我这一顿,亏你有甚么面皮又来见我!(正末云)叔叔,这不干你侄儿事。(老旦云)你叔叔偌大年纪,你打他这一顿,兀的不打杀了也!(正末唱)

【川拨棹】你得要闹咳咳,闹咳咳,使性窄,我须是奉着官差,法令应该,岂不知你年华老迈?故意的打你这一百。

(老千户云)我老人家被你打了这一顿,还说不干你事,倒干我事?(正末唱)

【七弟兄】你也不索左猜、右猜，既带了这素金牌，则合一心儿镇守着夹山寨，谁着你赏中秋玩月畅开怀？敢前生少欠他几盏黄汤债！

【梅花酒】呀，这一场事不谐，又不是相府中台、御史西台，打的你肉绽也那皮开。你心下自裁划，招状上没些歪，打你的请过来，将牌面快疾抬，老官人觑明白。

（老千户云）依你说，是谁打我这一百来？（正末唱）

【收江南】呀，这的是便宜行事的那虎头牌！（老千户云）元来是军令上该打我来。（正末唱）打的你哭啼啼，湿肉伴干柴，也是你老官人合受血光灾。休道是做侄儿的忒歹，早忘了你和俺爷爷奶奶是一胞胎。

（云）茶茶，快与我杀羊荡酒来，与叔叔暖痛者！（唱）

【尾煞】将那暖痛的酒快酾，将那配酒的羔快宰，尽叔父再放出往日沉酣态。只留得你潦倒余生，便是大古里呆[24]。

（老千户云）既是这般呵，我也不记仇恨了，只是吃酒！（老旦云）你也记的打时节这般苦恼，少吃些儿罢！（正末云）非是我全不念叔侄恩情，也只为虎头牌法度非轻。今日个将断案从头说破，方知道忠和孝元自相成。

题目　枢院相公大断案

正名　便宜行事虎头牌

作者简介

李直夫，本姓蒲察，世称蒲察李五，元初女真族杂剧作家。居于德兴府（今河北涿鹿），大约生活在至元、延祐年间。作有杂剧十二种，今仅存《便宜行事虎头牌》一种。

题解

《便宜行事虎头牌》四折，末本杂剧。叙述金朝初年边防将领山寿马率兵把守夹山口子，因累建奇功被擢升为天下兵马大元帅，并敕赐双虎符金牌"便宜行事，先斩后闻"，让他将原先的素金牌转交给得力的人，接替他把守夹山口子。其时，对山寿马有养育之恩的叔父银住马夫妇前来探亲，银住马以骨肉亲情，说动山寿马的妻子茶茶，提出要让银住马接替山寿马原来的军职。后银住马失守夹山口子，倚仗是元帅的叔父，拒不认罪，山寿马遂差武士将银住马锁至帅府，依照军法推出斩决。这时山寿马的婶子和妻子以亲情相劝。山寿马不愿因私废公，仍判叔父死刑，后因得知银住马在失了夹山口子的次日，已经"将人口牛羊马匹都夺将回来"，于是改判杖责。在杖责叔父后，山寿马专程登门，说明军令无亲疏，请求谅解。本编选录该杂剧全本。

《便宜行事虎头牌》中山寿马的叔父银住马居住在渤海寨，系京都路忽里打海世袭民安下女直人氏。渤海寨村今天仍存，位于北京密云境内。山寿马在被擢升为天下兵马大元帅后"往大兴府去"，其元帅府所在的大兴府，即中都大兴府，为北京旧称。金贞元元年（1153），改燕京为中都，定为国都。原燕京析津府被改为永安府。金贞元二年（1154），又改永安府为大兴府，隶属于中都路。该剧为女真族作者书写的女真族故事，语言质朴活泼，曲调多为女真族音乐，是一部独具特色的元杂剧佳作。

《便宜行事虎头牌》的完整剧本今仅见《元曲选》本。本编选用此本。

简注

（1）完颜女直：完颜，原为女真族部落，后成为其族人姓氏。女直，即女真。

（2）金牌上千户：金牌，官职地位的象征。元代规定万户佩金虎符，千户佩金符，百户佩银符。千户，为金代官名，世袭军职。统兵七百以上为上千户，五百以上为中千户，三百以上为下千户。

（3）下次：意为下边。

（4）鹔（sù）鹴（shuāng）裘：鹔鹴，古代五方神鸟之一，为西方神鸟。鹔鹴裘，相传为司马相如所着裘衣。

（5）断场：意为打猎场。

（6）赍（jī）敕（chì）：赍，拿东西送人；敕，皇帝的诏令。"赍敕"即指携持诏令。

(7) 番宿家门：指武将世家、宿卫家族。元代皇帝以宿卫（即禁卫军）为心腹，轮番值班警卫，宿卫子弟可以世代为官。

(8) 鲸鲵：即鲸鱼，雄为鲸，雌为鲵。常用来比喻凶恶的敌人。

(9) 家缘：意为家产、家业。

(10) 玉兔鹘：指金元时期的玉制腰带，玉制"兔鹘"为腰带中最上等，其下还有以黄金、犀角、象骨装饰的"兔鹘"。

(11)【者剌骨】：女真族音乐曲牌。

(12) 根前：通"跟前"，意为身边、附近。

(13) 驼垛：指捆扎起来可供驮运的行李货物。

(14) 经历：官名。元代在万户府设经历或经历知事，为万户属官。

(15) 小目：指律法中不重要的条目。

(16) 曳剌：契丹语，意为壮汉、走卒。

(17) 臁（lián）骨：意为小腿胫骨。

(18) 怀耽：意为怀孕。

(19) 戒饬：意为告诫。

(20) 傍州例：意为榜样、先例。

(21) 怞（zhòu）：回族口语词，意为固执。

(22) 期（jī）亲：旧俗，指叔父去世，侄子服丧一年。期，意为周年。剧中指代叔侄双方的密切亲缘关系。

(23) 省可里：意为不要、休要。

(24) 便是大古里睬：这便是你大概的运气了。睬，意为彩头、幸运。

《元曲选》本《便宜行事虎头牌》插图

昊天塔存孝盗骨（杂剧）

朱凯

第二折

（外扮岳胜上，诗云）帅鼓铜锣一两敲，辕门里外列英豪。三军报罢平安喏，紧卷旗幡再不摇。某乃花面兽岳胜是也，官封帅府排军之职，佐于六郎哥哥麾下。不知哥哥今日为着边关上那些军情事务，天色黎明，早升营帐，某须索先去伺候咱。（杨景领卒子上，诗云）昨夜分明见父亲，休言梦里事非真。我今不报冤仇去，枉做英雄一世人。（岳胜见科，云）哥哥，今日为着甚事，升帐的恁早？（杨景云）兄弟，你却不知。俺夜来作其一梦，见我父亲同七郎兄弟来，在于灯下，挥着眼泪，亲对俺说。元来我父亲被番兵困在两狼山虎口交牙峪，里无粮草，外无救兵，身撞李陵碑而死。其时我七郎兄弟，打出阵来求救，被潘仁美那奸贼，将兄弟绑在花标树上，攒箭射死。现今韩延寿将俺父亲骨殖，挂在幽州昊天寺塔尖上，每日轮一百个小军儿，每人射三箭，名曰百箭会。幽魂疼痛不过，分付俺亲率孟良，快去搭救他。俺想父亲受如此般苦楚，待不信来，怎么分分明明，有这等一个显梦？待要信来，真假未辨。因此早早升帐，请众兄弟与俺商议，作个行止。（岳胜云）您兄弟理会的。我袖传一课，此梦不虚。今日时当卓午[1]，家中必然有人寄书信来，便知端的也。（杨景云）似此可怎了？令人门首觑者，看有甚么人来。（丑扮小军儿上，诗云）肉我吃斤半，酒我吃升半。听的去厮杀，唬得一身汗。自家是杨家府里一个小军儿，奉佘太君奶奶的命，着我前去瓦桥关上，与六郎元帅寄一封家书去，可早来到门首也。令人报复去，说太君奶奶差一个小军儿，寄家书来了也。（卒子云）你则在这里，我报复去。（做报科，云）喏！报的元帅得知，有太君奶奶差着一个小军儿寄书来，在于门首。（杨景云）着他过来。（卒子云）着过去。（小军儿见科，云）元帅，俺太君奶奶，差我来寄一封书与元帅知道。（杨景做接书跪拆看科，云）嗨！元来是母亲的书也。说父亲、兄弟，托梦与他，一句句都和我做的梦象相合，有这等异事？小军儿，赏你酒十瓶、羊肉二十斤。与我把定辕门，二十四个指挥使，但是来的，都放过来，则当住孟良一个，休着他过来者！（小军云）元帅，假似不放他过来，他打我呢！（杨景云）你也打他。（小军云）假似骂我呢？（杨景云）你也骂他。（小军云）假似咬我呢？（杨景云）胡说！（岳胜云）哥哥，你不要孟良过来，却是甚的主意?(杨景云)兄弟,你那里知道!我想孟良是个懒强的性儿,你使他去,他可不去,你不使他去,他可要去。某等他来时,我故意的着几句话恼激他,不怕他不和俺搭救父亲去也。(卒子云)我把着这辕门,看有甚么人来?(正末扮孟良上,云)某乃孟良是也。奉哥哥的将令,使我巡绰边境去,平安无事。须索回哥哥话走一遭也呵。(唱)

【中吕】【粉蝶儿】这些时无处征伐,我去那界河边恰才巡罢,我做的一个个活捉生拿。涌彪躯,舒猿臂,肝横胆乍。也不索将武艺盘咱,回头儿只看咱披挂。

【醉春风】比及你架上掇雕鞍,槽头牵战马,宣花斧钺手中担,觑敌军似耍、耍。万骑交驰,两军相见,咱手里半筹不纳。

(正末做见小军科,云)这厮在这里做甚么?(小军云)做甚么?在这里捉虱子哩。奉元帅的将令,着我把守辕门,不放人过去。(正末云)我要过去。(卒子拦科,云)不放,不放。(孟良怒科,云)你敢道三声不放我过去么?(小军云)休说三声不放,我说一百二十声不放。(正末做打科)老爷,老爷休打,我放你过去罢。(正末见科,云)哥哥将令,着兄弟巡界河去,平安无事,回哥哥的话来。(杨景云)无甚事,你且回避者。(正末云)

小军儿,元帅着你回避了也。(杨景云)着你回避。(正末云)着谁回避?(杨景云)着你回避。(正末云)着我回避?我不回避、不回避!你就这里杀了我,也不回避!(杨景云)岳家兄弟,你看这厮,他那里知道我心中的事也?(正末唱)

【红绣鞋】往常时无我处不喜欢说话,今日个见我来低着头无语嗟呀,有甚的机密事孟良也合知么?(杨景做与岳胜打耳喑科,云)他那里知道?(正末唱)一个将眼角觑,一个将脚尖踢,好着我半合儿傒倖杀[2]。

(杨景云)孟良,我的勾当你试猜咱。(正末云)我猜着波。(杨景云)称猜着我便用你,你猜不着不用你,且回避。(正末唱)

【石榴花】莫不是大辽军马厮蹅踏?我与你火速的便去争杀。(杨景云)不是。(正末唱)莫不是王枢密搬弄着宋官家?我与你疾忙鞴马,便赴京华。(杨景云)也不是。(正末唱)莫不是佘太君有人相欺压?(杨景云)我的母亲,谁敢欺负他?(正末云)那厮是不敢也。(唱)则除是赵玄坛威力无加,才敢把虎头来料须来抹,我与你亲自把那贼徒拿。

【斗鹌鹑】哎,那厮须不是布雾的蚩尤,又不是飞天的夜叉。(杨景云)那厮见你手段高强,被他藏了躲了呢?(正末唱)那厮便藏在云中,躲在、躲在地下,我也翻过乾坤若见他。说那厮能变化,我呵,喝一喝骨碌碌的海沸山崩,瞅一瞅赤力力的天摧地塌。

(杨景云)孟良,你猜了半日,只是猜不着。你回避。(正末云)既是猜不着,我且回避。(正末出门见小军,云)兀那厮!你来这里做甚么?你快实说。你若不说,劈了你这颗狗头来,我则一斧!(小军云)适才元帅赏了我酒十瓶、羊肉二十斤,不争你劈了我这头,教我怎么吃?(正末云)快说!你若不说,我就一斧。(小军云)老爷不要燥暴,就把斧头劈下来,待我说,我说。我是杨家府里小军儿,奉佘太君奶奶的命,着我寄一封书与元帅。道是梦中看见老令公,说与番兵交战,不想番兵将老令公困在两狼山虎口交牙峪,困的里无粮草,外无救军。有七郎打出阵来求救,不想被潘仁美将七郎绑在花标树上,攒箭射死。老令公不能得出,撞李陵碑身死。今被韩延寿将老令公尸首烧了,将骨殖挂在幽州昊天寺塔尖上。但是过来过往的人,有箭的射三箭,无箭的打三砖,名曰百药箭。(正末云)敢是百箭会?(小军云)你说的是。(正末云)眼见的哥哥召集众将商量,取那父亲骨殖去,是一件紧要的事,故瞒着我来。嗨!哥哥,我们二十四个指挥使,都是一般的兄弟,怎么偏心，只与他们计议，独独着我回避？我再过去，白破了哥哥咱。(见杨景科，云)哥哥，我猜着了也。(杨景云)你猜着甚的？(正末云)哥哥，你要搭救爹爹，抢回骨殖去，是么？(杨景云)谁道是俺奶奶来？兄弟，既然你知道，他如今把我父亲的骨殖，挂在幽州昊天寺塔尖上，我待要替我父亲盗取这骨殖去，展转寻思，并无妙策。如之奈何？(正末云)哥哥，别的都去不得，只有您兄弟去得。(杨景云)兄弟，你若肯去，就是我的重生父母也！(正末云)您兄弟回避！(杨景云)只这一句儿，你就还将我来。兄弟，凭着你是怎么去？你说一遍咱。(正末唱)

【上小楼】 凭着我这烧天火把，问甚么经文也那佛法？我大踏步踹入僧房，拿住和尚，揝[3]定袈裟。我气性差，忿怒发，拖离禅榻，我敢滴溜扑将脑袋儿撺在殿阶直下。

【幺篇】 胸脯上脚去蹬，面门上手去挝[4]。恁着我这蘸金巨斧，乞抽扢叉，砍他鼻凹。问甚么恶菩萨，狠那吒，金刚答话，我直着释迦佛也整理不下。

(岳胜云)兄弟到那里。小心在意者。(杨景云)兄弟既然要去，你可使甚么兵器，用甚么披挂？(正末唱)

【耍孩儿】 则我这慌忙不用别兵甲，轻轻的将衣服来拽扎。觑着他千军万马只做癞虾蟆，施逞会莽撞拳法。我脊梁边稳把葫芦放，顽石上撞撞的将斧刃擦。但撞着无干罢，直杀的他似芟[5]蒲刈苇，截瓠开瓜。

（云）排军，我分付与你两桩儿勾当。（岳胜云）兄弟，可是那两桩儿？（正末唱）

【三煞】准备着迎魂一首幡，安灵的几朵花，众儿郎都把那麻衣搭，紧拴将亡父驮丧马，哥也，你牢背着亲爷的灰骨匣。孝名儿传天下，说甚的孟宗哭笋，袁孝拖笆[6]。

（杨景云）兄弟也，咱到那幽州昊天寺，他那里有五百众上堂僧，出来的一个个都会轮枪弄棒，三门关的铁桶相似。怎生能勾开也？（正末云）哥哥，凭着你兄弟，不怕他不开。（唱）

【二煞】门环用手摇，门楻使脚踏。则为那老令公骨殖浮屠挂。石攒来的柱础和泥掇，铜铸下的幡杆就地拔。那愁他四天王紧向山门把，我呵，显出些扶碑的手段，举鼎的村沙。

（杨景云）兄弟，父亲的骨殖，在那幽州昊天寺塔尖儿上，怎生能勾下来？（正末云）哥哥，你放心者。（唱）

【煞尾】火轮左手拿，管心右手掐。我摇一摇撼两撼厮琅琅震动琉璃瓦，兀良我与你直推倒了这一座玲珑舍

利塔。(下)

(杨景云)孟良去了也。兄弟，你与我镇守着三关[7]。则今日接应孟良，取我父亲的骨殖走一遭去。(诗云)岳排军紧守营盘，孟火星谁敢当拦？众头领休离信地，杨六郎暗下三关。(同下)

第三折

(丑扮和尚上，诗云)我做和尚无尘垢，一生不会念经咒。听的看经便头疼，常在山下吃狗肉。小僧是这幽州昊天寺一个小和尚。有杨令公的骨殖在塔尖上挂着，每日轮一百个小军儿，每人射三箭，名曰百箭会。到晚夕取将下来，锁在这里面，则怕有人偷了去。天色晚了也，关上这三门者。(正末同杨景上，云)好大火也！兄弟也，咱走动些、走动些！(正末云)哥哥，咱和你走、走、走。(唱)

【正宫】【端正好】只一道火光飞，早四野烟云布，都出在我背上的这葫芦。火龙万队空中舞，明朗朗正照着那幽州路。

【滚绣球】烧的来无处居，满城中都痛哭，似伴着老令公灰骨，且休题官法如炉，也不索祭风台，也不索狼烟举，抵多少六丁神发怒，我则见通红了半壁天衢[8]。

恰便似汉张良烧断了连云栈，李老君推番炼药炉，这火也从无。

（杨景云）兄弟，可早来到这寺门首也，我是唤门咱。和尚开门来！（和尚云）不开门，不开门！（杨景云）你因何不开门？（和尚云）有布施便开门，没布施不开门。（正末唱）

【倘秀才】端的是好热闹也禅房寺宇，了得也山僧施主，可不道四大人天火最毒，只我个善知识，没贪图，待布施与你一千枝蜡烛。

（杨景云）和尚，我布施与你一千枝蜡烛。（和尚云）且慢者。一千枝蜡烛，一分银子一对，也该好些银子。我开开这门，放他入来。（做开门科）（正末入门，做揪住和尚科，云）和尚！杨令公的骨殖在那里？（和尚云）小僧不知道。（正末云）你怎生不知道？你说也！不说，我则一斧砍下你这头来。（和尚做看葫芦科，云）哦，可知你动不动的就要砍头，眼见的背上挂着那一个和尚的头哩。（正末云）你快说来，略迟些，我砍下来也！（和尚云）你休砍我，等我说罢！杨令公骨殖，日间挂在塔尖上，教一百个小军儿，每人射他三箭。到晚间取将下来，装在一个小小匣儿，收藏方丈里面。专怕有贼来偷了去，做牌儿骰子儿耍子。兀那方丈中卓上的小匣儿，这不是杨令公的骨殖?(杨景云)莫不是假的么?(和尚云)你道假的?是狗骨头那!这骨殖都有件数,每件件有郎主朱笔记认的字迹在上。那一个敢假得?(杨景哭科,云)父亲,兀的不痛杀我也!(正末云)虽然有了骨殖,不知全也不全?待我再问他。和尚,这骨殖全也不全?(和尚云)我元说这骨殖是有件数的。我一件件数与你听者。(唱)

【滚绣球】你为甚的来便么呼,只那杨令公骨殖儿有件数,试听俺从头儿说与。这便是太阳骨八片头颅,这便是胸膛骨无肠肚,这便是肩帮骨有皮肤,这便是膝盖骨带腿脡全付,这便是脊梁骨和胁肋连属。俺这里明明白白都交点,您那里件件桩桩亲接取,便可也留下纸领状无虚。

(正末云)你看这厮,且吃我一斧者。(和尚云)哎哟!(诗云)你头里叫门只不开,听的蜡烛放进来,骨殖桩桩都付与,又要砍我头来忒不该。(下)(正末云)哥哥,您收了这骨殖也。再放一把火,烧了这寺!哥哥,走、走、走。(唱)

【倘秀才】不甫能撞开了天关地户,跳出这龙潭虎窟。(云)哥哥小心者。(杨景云)兄弟也,走便走,你这般叫怎。(正末唱)我则怕孟火星今番惹下火烛,疾快的,骤龙驹,紧走些儿路途。

【滚绣球】人奔似室火猪,马窜如尾火虎,哥也猛回头定睛儿偷觑,咱两个可正是凌烟阁上的人物。知道是和尚在钵盂在,知道是他受苦也俺受苦?这一场拚着不做,抵多少诸葛也那周瑜。畅好是焰腾腾博望烧屯计,不刺刺鏖兵赤壁图,不枉了费尽我工夫。

(云)哥哥,你将着父亲的骨殖,先上三关去,我在后面走着。倘有追兵来时,等我好敌住他。(杨景悲科,云)兄弟,想我父亲做了一世的虎将,这把骨殖,也还受了恁般苦楚,怎教我不痛杀了也,父亲也!(正末云)哥哥,走便走,你这般叫怎么?(杨景云)兄弟,我这一句儿,你也要还我哩。(正末唱)

【煞尾】你牢背着一匣儿骨殖疾归去,休绕着这千里关山放声哭。(杨景云)呀,后面喊声起,敢是追兵来了也!(正末云)哥哥你先走,等我敌住他。(唱)猛听的城边喊声举,早卷起足律律一阵黑尘土。多敢是韩延寿那厮紧追逐,恼了咱嘉州孟太仆。生咬定牙关自当住,那怕有十面军兵暗埋伏。且和他战个九千合来决胜负,也不是我杀人心忒狠毒,管教他便人亡马倒都做血糊突。若放了他一个儿抹的着回家路,哎,兀的不屈沉杀俺宣花也这柄蘸金斧。(下)

（杨景云）孟良兄弟当住追兵去了也，俺将父亲的骨殖背着，直至三关上去来。（诗云）父亲为国建功勋，谁知一命陷番军。今朝取得尸骸去，速下三关报母亲。（下）

作者简介

朱凯,字士凯,籍贯及生卒年不详。居杭州,曾任江浙行省掾史。在至顺元年(1330)曾为钟嗣成《录鬼簿》作序,约活动于元至顺前后。今存杂剧《昊天塔存孝盗骨》《刘玄德醉走黄鹤楼》两种。

题解

《昊天塔存孝盗骨》四折,末本杂剧。剧写杨家将故事,叙述杨业与杨七郎战死两狼山,尸首被辽兵收在昊天塔内,二人魂灵托梦六郎杨延昭,杨延昭遂命部将孟良一起前往盗骨,历经一番曲折后成功盗得骨殖,在杨五郎出家的五台山兴国寺做下大道场,超度亡魂。本编选录杂剧第二折和第三折文本。

杂剧第二折和第三折叙述杨六郎和孟良至幽州昊天寺盗取父兄骨殖的主体剧情。虽然《昊天塔存孝盗骨》中所述故事为作者虚构,但是作为故事发生地的幽州昊天塔却是真实存在的。昊天塔,即良乡多宝佛塔,俗称良乡塔,位于今北京房山境内。良乡多宝佛塔最早建于隋朝,隋唐以后寺庙被损毁,至辽代咸雍四年(1068)重建,自金代起历代多有修缮,至今仍存,并于2013年入选第七批全国重点文物保护单位。杂剧作者巧借现实中的辽代昊天寺塔,编撰出一篇勇壮动人的英雄凯歌,为元代同类型杂剧中极出色者。

《昊天塔存孝盗骨》今仅见《元曲选》本。本编选用此本。

简注

(1) 卓午：意为正午。

(2) 半合儿偰倖杀：半合儿，意为一会儿、刹那间；偰倖杀，此处意为疑惑。

(3) 撍（zuàn）：通"攥"，意为抓、握。

(4) 挝（zhuā）：意为击打，敲打。

(5) 芟（shān）：意为除草。

(6) 孟宗哭笋，袁孝拖笆：孟宗哭笋，即孟宗哭竹，二十四孝故事之一；袁孝拖笆，应指原孝拖笆。相传辽州（今山西左权）有稚子原孝，对祖母十分孝顺，但他的父母却对老母百般苛待，以至于用荆笆将其拖至前恼坡上让她自生自灭。原孝不忍，向父母说道，荆笆需要拖回，不可丢弃，待父母疑惑时，便答道等他二人年迈，他还需要用这荆笆把他们也拖到坡上。原孝父母听罢悔悟，接回老母养老送终。

(7) 三关：杨家将故事中的"三关"指雁门关、宁武关和偏头关，皆在今山西境内。

(8) 天衢（qú）：指京都的大路。

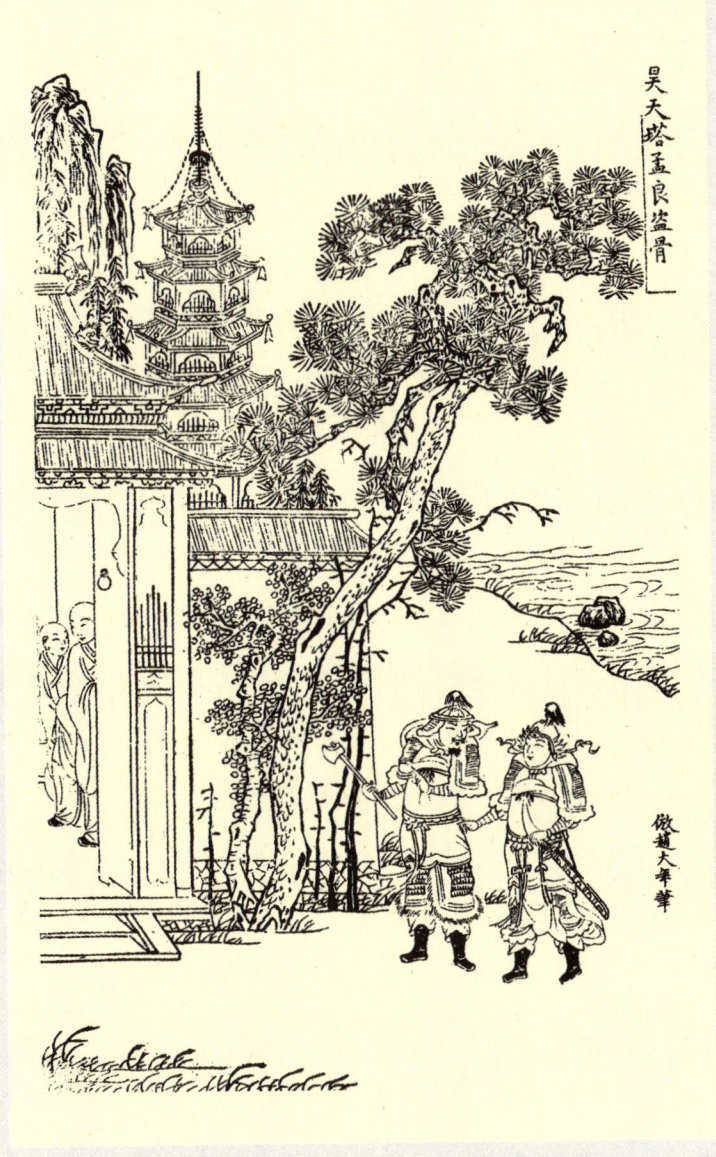

《元曲选》本《昊天塔存孝盗骨》插图

女姑姑说法升堂记（杂剧）

无名氏

第三折

（官人引张千上，云）韶光似箭催人老，日月如梭趱[1]少年。名利奔驰无尽日，人生何得暂时闲？老夫郑府尹，自从教王怀勒杀琼梅小姐，可早十年光景也，王怀也就不曾回来，小姐也不知音信。老夫眼睛一对，臂膊一双，则觑着琼梅小姐自别之后，忧愁的鬓发斑白，啼哭的我眼也昏花。每日则是思想我那琼梅孩儿。谢圣恩可怜，为老夫廉能清干，节操坚刚，今除老夫幽州节度使之职。自到任以来，颇得民心。老夫一喜一悲，喜来呵，累次迁官；悲来呵，思想我那琼梅孩儿，不知所在，未知有也是无。这幽州城外有一寺，是报国寺，有一个女僧，说道好生的深通经典，佛法精严，老夫亲身直至报国寺探望那女僧走一遭去，就替那琼梅小姐做斋，超度孩儿。老夫孤独年迈痛哀怜，私奔幼女我无缘。亲身相探临禅院，做斋[2]超度女生天。（下）

（正旦领净行童上，云）贫僧郑琼梅，自从与张端甫私奔出来，离我父母，今经可早十年光景。也多亏了王怀放了我，张端甫上朝求官应举去了，并无音信。我无计所奈，就在善喜寺舍俗出家。一应经文佛法，尽皆通晓。师父归空，众女僧拜我做长老，俺都游方到这幽州报国寺，五年不下禅床，到大来幽哉也。平生得失，岂在安排。人情弃绝，世事何来。灰寒瓦鼎，土暗尘埋。饭饱睡足，幽哉幽哉。（净云）师父每日家吃斋把素，看经念佛，打坐参禅，五年不下禅床，功行非同容易也。

【双调·新水令】则我这出家心，识破是和非，我可便守伽蓝，不同容易。（净云）终朝看经念佛，志心修持也。（唱）终朝掐[3]数珠，每日念阿弥，苦志修持。（净云）师父必然登佛位也。（唱）若是得登佛位，不容易。（正旦云）行童，三门前看着，若有宾客至，着我知道。（净云）理会的，我三门前看着，若有甚么施主来时，便来报知师父。看有甚么人来。

（官人上，云）乌纱巾上是青天，检束那知四十年。谁料当时臂鹰手，挑灯自送佛前钱。老夫，郑廉是也，这是报国寺，可早来到门首也。左右接了马者。寺门首立着个行童，兀那行童，你师父方丈里有么？（净云）师父在方丈里。（官人云）报复去，有本处节度使特来相访，有两句言语说将去。"报国寺尼僧安在？节度使亲临门外。"（净报科，云）报的师父得知，有本处节度使来探望,有两句言语说将进来。(正旦云)他说甚么来?(净云)他说,"报国寺尼僧安在?节度使亲临门外。"(正旦云)你说去,"问尊长有何贵干?相迎迟权时休怪。"(净云)师父说的是。偏他会说,师父也答他两句。(见官人,云)我说老官儿,我恰才对我师父说了,我师父也有两句说将出来了,"问尊长有何贵干?相迎迟权时休怪。"(官人云)你说去,"你吃的是幽州水土,何不出三门殷勤接待?"(净云)你又说这两句,我说去。(见旦科,云)师父,那官人又有两句话说将来了,可不干你徒弟事,可是他说来,"你吃的是幽州水土,何不出三门殷勤接待?"(正旦云)你说去,"念佛心把素持斋,不食荤餐松啖柏。"(净出门,云)说的正是,这等回他。(见官人科,云)老官儿,我们师父又有两句说将来,我们师父说道,"念佛心把素持斋,不食荤餐松啖柏。"(官人云)你说去,你"不知礼枉自持斋,忒迂阔十分分外"。(净云)我说老官儿,两头回来着,我说到几时?(见正旦科,云)师父,那官人又说了两句,不干您徒弟事,他说来,你"不知礼枉自持斋,忒迂阔十分分外"。(正旦云)比及着往来人口内传言,则不如我下禅床有何妨碍?我索亲身接待相公去。(净云)我师父五年不下这匣床来了,哦,是禅床。

【驻马听】既佛道皈依,先合差人到方丈里。(正旦云)相公有请。(官人云)姑姑莫不回避老夫么?(唱)非敢回避。(官人云)为何接待老夫迟慢?(唱)则这个行童才报与小僧知。(官人云)你因何见老夫不下礼?则打个问讯。(唱)我上不参父母共亲戚,下不拜朋友和邻里。谁会讲尊卑?(官人云)姑姑可是为何?(唱)怕失其应缺礼数,权休罪。

(正旦云)相公请坐,行童,烹茶来。(净云)理会的,茶汤来,里面着上几个蒜瓣儿。(官人云)姑姑,老夫是本处节度使,一敬的来相访,消不的你安排筵席管待老夫,可怎生则茶礼管待?(正旦云)相公,俺这出家儿人,见客来并无那杀羊造酒筵席的礼,则是茶礼待之。

【步步娇】休笑俺僧家贫活计早,难道水陆皆俱备?(官人云)我一敬的来相访,怎生则是茶礼相待?(唱)见客来烹玉蕊。(官人云)便安排筵席管待老夫有何妨碍?(唱)则俺这兔毛盏,清高似恁凤凰杯,这茶能明目,省昏迷。(正旦云)相公,用了茶呵。(唱)啜罢也衠[4]回味。(正旦云)相公请茶。(净云)相公你吃茶,我看斋去。(下)

(正旦做认科,背云)这老相公,不是俺父亲?我则推不认的,看他说甚么。敢问相公何往?(官人云)老夫一敬的来做个斋。(正旦云)敢问做的是愿心斋,可是报答斋?(官人云)也不是愿心斋,也不是报答斋。做个追荐[5]亡灵斋。(正旦云)亡过的是男子也是女人?(官人云)追荐的是我女孩儿。(正旦云)你那女孩儿在外身故,可是染病身亡了?(官人云)姑姑你直这般问的仔细那。(正旦云)俺出家儿,是这般问。(官人做认科,云)这不是琼梅小姐么?(正旦做应科,云)有谁唤琼梅?(官人云)孩儿也,我唤你哩。当初是我的不是了也,你认了我罢。(正旦云)我不唤做琼梅。

【风入松】我见他万千劳穰[6]意迟迟,可着我冷笑微微。(官人云)姑姑,你认了我者。(唱)可是他两三番向前,挨着禅衣。(官人扯着衣服科,云)姑姑,你正是我的孩儿,你认了我者。(唱)我见他泪漫漫扯住我这僧衣,请官人再觑个容仪,认眉眼口和鼻。(官人云)姑姑,认了我者。(正旦云)老相公,你那女孩儿为甚么身故了来?(官人云)我不瞒你说,我那女孩儿做了些不廉的事,跟的人私奔走了,我着人勒杀了来。(正旦云)相公,你说的差了,便好道人亡如灯灭,幽幽魂魄绝,欲待再重活,则除是水底捞明月。(官人云)你正是我的女孩儿琼梅,你认了我者。

【搅筝琶】老官人,你没巴鼻[7]做的个要偏宜,你可便大偿欺谁？（官人云）孩儿也，你认了我者。（官人扯衣服科）（唱）放手，你可便把袈裟放起。（正旦云）你女孩儿姓甚么？（官人云）我女孩儿姓郑，唤做琼梅。（唱）我身姓李，唤做江梅。（官人云）你多大年纪出家来？（唱）我自小里为尼。（正旦云）你那女孩儿多大年纪也？（官人云）俺女孩儿去时十八岁，去了十年，如今二十八岁也。（唱）我如今年纪儿整整的三十。（官人云）这等呵，是老夫错认了也。（唱）多管是你鞍马上困倦，一路上驱驰，年纪儿昏晦，眼力难加。（正旦云）相公寻思波。（唱）则他这普天下少甚么厮似的，空教我冷笑微微。（官人云）便好道时间风火性，烧却岁寒心。我恰才诉实情，尽说缘因。伤心泪擎阁不住，你自做的出乖弄丑，在家中难以停住，为情人恣意私奔，瞒双亲私离门户。我眼前面无一个亲人，则看着琼梅幼女，不争你背井离乡，全不想年高父母。女也，知他你在世为人，知他你身归地府，知他你富贵荣华，知他你遭驱被虏。我意迟迟不住的思量，泪漫漫放声啼哭。今日个白头耶苦痛哀哉，琼梅儿也，哎，你个青春女，何方受苦？（正旦云）你烦恼做甚么？你当初休着人勒死他，可不好来？我待不烦恼来，想着俺父母偌大年纪，则觑着我一个女孩儿，久以后谁是他亲人拜扫？（做叹气科）（官人云）孩儿也，谁说你不是我的女孩儿？恰才我烦恼为你，你为甚么长吁叹息？

【雁儿落】我可便伤心不为你，我则是叹浮生绝与废。老官人多背晦，偏忍不的我长吁气。

（官人云）孩儿也，你认了我，与你下礼陪话咱。（正旦云）拜袈裟看佛面，相公你则管问斋一事，没来由节外生枝做甚么？（官人哭科，云）孩儿，我不合着人勒杀你，是我的不是了也。

【得胜令】你正是佯孝顺，假慈悲。则你那闲话儿，便休题你当日心狠，着我归阴府，险将我路途中一命亏。我和你分离，今日我得到这高僧位，要脱这轮回。我怎肯再还俗，惹是非。（官人云）孩儿也，想老夫怎生抬举的你偌大的？怎下的不认我？那我便歹杀波，想你那母亲怎生般偎干就湿，十月怀耽，三年乳哺，想你母亲的恩念呵，你也认了我也。

【尾声】你着我离佛休想忘，再还俗无此理。你那老夫妻两口儿垂双泪。（官人云）孩儿你若认了，我回家去我与你下拜。（唱）你可便拜告杀贫僧，我其实去不的。（下）

（官人云）着意栽花花不活，等闲插柳却成林。老夫本来做一斋，不想正遇着琼梅小姐，他想着那十年前我着人勒死他的仇气,他不肯认我,这的是天指引俺父子相逢,我如今到的家中,对夫人说知,俺同来请女孩儿回家去,未为晚矣。左右那里?将马来,老夫回私宅家中去。(下)

(夫人上,云)庭前喜鹊喳喳噪,昨夜灯花特地开。怪底连宵有好梦,今朝定有好音来。老相公报国寺里去了,这早晚不见来,下次小的每,门首觑者,相公敢待来也。

(官人同张千上,云)可早来到门首也,左右接了马者,不必报复,我自己过去。夫人,你欢喜咱。(夫人云)老相公,有甚么欢喜?(官人云)俺琼梅小姐还有哩。(夫人云)孩儿在那里?(官人云)见在报国寺里出家哩,孩儿坚意不肯认俺。(夫人云)既是如此,俺明日一同到报国寺认孩儿,走一遭去。(官人云)夫人说的是。今有新州尹下马,他必然来拜见老夫,令人望着,若来时,报复我知道。(张千云)理会的。

(张端甫扮官人引从人上,云)去日曾携一束书,归来玉带挂金鱼。文章未必能如此,多是双亲积庆余。小官张端甫,自到帝都阙下,一举状元及第,除授幽州州尹之职,今日来到参见节度使大人,走一遭去。可早来到也,令人报复去,道有新州尹特来拜见大人。(张千云）理会的。报的老相公得知，有本处州尹特来拜见。（官人云）有请。（张千云）理会的，有请。（见科）（官人云）兀的不是张端甫？我的小姐呢？（张端甫云）不瞒老相公说，自从与小姐私奔出来，小姐染病身亡了，我泥个墓儿光光的。（官人云）我的小姐呢？（张端甫云）我才不说来，小姐染病身亡了，我泥个墓儿光光的。（官人云）张端甫你休慌，小姐还有哩，见在报国寺出家哩，到明日俺认孩儿去来。

（祗候拿王怀上，云）报的大人得知，拿住一个私度观津的。（官人云）拿过来。（拿见科）（官人云）兀的不是王怀？你这十年在那里来？我的小姐呢？（王怀云）我死也，相公可怜见，当日老相公着王怀赶上小姐和秀才，我不曾勒死他，放他两个走了也。（官人云）孩儿你休慌，这个不是张端甫？小姐见在报国寺出家哩，有人说孩儿明日升堂说法哩，俺领着张端甫并王怀一同至报国寺，认孩儿走一遭去。王怀、端甫用心机，夫人悔罪紧相随，夫人亲至报国寺，欢欢喜喜认琼梅。（同众下）

作者简介

《女姑姑说法升堂记》杂剧作者不详，应为元、明间人。王季烈《孤本元明杂剧提要》评价本剧云："曲文绮丽而合律，洵佳作也。"

题解

《女姑姑说法升堂记》四折二楔子，旦本杂剧。讲述开封府尹郑廉有一女琼梅，尚未婚配。郑廉收留落魄书生张端甫在府上做门馆先生，琼梅偶见张端甫，心生爱慕，后两人私奔。郑廉认为此事有辱家门，遂派家人王怀追杀。王怀追上二人后，依照琼梅母亲的嘱托将他们放走，自己也不再回郑府。张端甫上京应试，得中状元，居官十年未归。琼梅等不来张端甫，遂出家，后任幽州报国寺住持。郑廉升为幽州节度使，后悔前事，到寺庙追悼女儿，意外发现了尚在人世的琼梅，上前相认遭拒。郑廉回府，时任幽州州尹前来拜访，竟是张端甫。又有祗候擒获王怀。于是郑廉携众人次日前往报国寺，"王怀、端甫用心机，夫人悔罪紧相随"，最终使琼梅还俗，认回父母，与端甫重结夫妻。本编选录叙述郑廉与琼梅十年后在幽州报国寺内重逢剧情的第三折文本。

在今天北京的广安门内大街路北，确有一座报国寺。这座寺庙始建于辽代，于明成化二年（1466）重修，改名为慈仁寺。至清乾隆十九年（1754）又重修，乾隆帝亲赐额为"大报国慈仁寺"。不过，北京报国寺的最初缘起及其明代以前的具体面貌已经无从考证，因此我们也很难断言《女姑姑说法升堂记》剧中的"幽州报国寺"与北京报国寺一定为同一座。但是，如果我们仅尝试将剧中的时代设定推测在辽代，大抵是不错的。因为一方面，辽会同元年（938），北京被设为陪都，名南京幽都府，且辽初设有幽州节度使一职，这与剧中的"幽州报国寺""幽州节度使"等指称相符。另一方面，辽代崇佛之风极盛，以致后世有"辽以释废"的评断，剧中大量问禅说佛的曲文或与此相关。

《女姑姑说法升堂记》今见明万历间脉望馆钞校《古今杂剧》本、《孤本元明杂剧》本。本编选用明脉望馆钞校《古今杂剧》本。

简注

（1）趱（zǎn）：意为快走、追赶。

（2）做斋：指请僧道念经诵咒超度亡灵的活动。

（3）掐：指用手指轻按以计数。

（4）衠（zhūn）：意为真、纯。

（5）追荐：意为追悼。

（6）劳攘（rǎng）：形容劳神乱绪。攘，通"攘"，意为纷乱。

（7）没巴鼻：意为没来由。

海门张仲村乐堂（杂剧）

无名氏

第一折

（冲末扮同知同大旦、搽旦、净王六斤、张千上）（同知云）花下晒衣嫌日淡，池中濯足恨鱼腥。花根本艳公卿子，虎体鹓班将相孙。小官完颜女直人氏，完颜姓王，仆察姓李。自跟着狼主，累建奇功，加某为蓟州同知之职。嫡亲的三口儿家属。我有两个夫人，大夫人张氏，二夫人王氏腊梅。这个是我大夫人带过来的，姓王，是王六斤。我有个岳父，是海门张仲，在朝为官，因年老，如今致仕闲居。今日是我生辰之日，同僚官都来与我贺寿。大夫人，我则怕你父亲来。他来则说闲话，搅了我酒席。王六斤，但有人，都请过来；则有我那丈人，休着他过来。（王六斤云）理会的。（防御上，云）丝纶阁下文章静，钟鼓楼头刻漏长。独坐黄昏谁是伴，紫薇花对紫薇郎。小官蓟州防御是也。自中甲第以来，累蒙擢用。今圣恩可怜，加小官为蓟州府尹之职。今日是同知相公生辰贵降之日，与他上寿，走一遭去。可早来到也。张千，报复去，道有小官在于门首。（张千云）理会的。

报的大人得知,有防御大人在于门首。(同知云)道有请。(张千云)理会的。有请。(防御见科,云)相公,今日是相公寿诞之日,小官特来相贺。(同知云)量小官有何德能,着相公用心也。(做递酒科,云)将酒来,相公满饮一杯。小官也饮一杯,慢慢的饮酒,看有甚么人来也。(正末扮张孝友上,云)老夫姓张名仲,字孝友。幼年曾为县官,因为老夫年迈,致仕闲居,在南宫蓟州城南海门临村,盖了座堂,名曰是村乐堂。老夫有个女孩儿,嫁与这蓟州同知。今日是同知生辰之日,老夫遣些酒礼,与同知上寿,走一遭去也呵。

【**仙吕**】【**点绛唇**】我如今乐矣忘忧,暮年衰朽,甘生受。虚度了春秋,每日家诗酒消白昼。

【**混江龙**】遣家童耕耨[1],老夫则待爱庄农种植乐田畴。我无福穿轻罗衣锦,有分着坌[2]绢粗绸。我则索睡彻三竿红日晓,觉来时一壶浊酒再扶头。我将世事都参透,幻身躯似风中秉烛,可怜见,便似兀那水上浮沤[3]。

(云)想俺这闲居的是好快活也。

【**油葫芦**】每日家遥指南庄景物幽,指望待住的久,这的是祖宗基业子孙收。我和这等愚眉肉眼难相瞅,凡胎浊骨难相守。世间有三件事,我如今都一笔勾。到如今世财、红粉、高楼酒，休争气，看看白了少年头。

【天下乐】休、休、休，人到中年万事休。我如今孤也波身，孤身可便得自由，端的是飘飘一叶、不缆轻舟。假若我便得些自由，没揣的两鬓秋，争如我便且修身闲袖手？

（正末云）可早来到也。张千，报复去，道有老夫在于门首。（张千云）理会的。报的大人得知，有老相公来了也。（同知云）道有请。（张千云）理会的。有请。（见科）（同知云）呀、呀、呀，父亲，请、请、请。（大旦云）父亲来了也。父亲万福。（正末云）老夫今日备了些酒礼，特来贺寿。将酒来，我与同知递一杯。（同知云）量您孩儿有何德能，着父亲用心也。（正末做递酒科，云）同知请。再将酒来，老相公满饮一杯。（防御云）老相公请。（正末云）老相公请。（饮酒科）（正末云）将酒来，孩儿饮一杯。再将酒来，王都管吃。（王六斤云）您孩儿不敢。（大旦云）父亲，小夫人不曾吃酒哩。（正末云）一来老夫年纪高大，第二来与府尹相公攀话，忘了与二夫人把盏，夫人休怪老夫。（搽旦云）不敢，不敢。（同知云）下次小的每，看酒来。（正末云）休把盏，我与老相公闲攀话者。（搽旦背云）一席好酒，走将这老子来，又打搅了。（防御云）住、住、住，小官久闻老相公村乐堂的景致,你说一遍,我试听咱。(正末云)老夫那村乐堂上,一年四季,春、夏、秋、冬,都有景致。听我慢慢的说一遍咱。

【村里迓鼓】正值着那丽人天气,恰正是那太平的时候。趁着他这花红和柳绿,绕着这社南社北。他每则在兀那庄前庄后,他每都携着美酝,穿红杏,拖翠柳。我直吃的笑吟吟,醺醺的带酒。(防御云)老相公,夏间再有甚么景致?说一遍咱。

【元和令】锦模糊江景幽翠,崚嶒远山岫。正是稻分畦,蚕齐簇,麦初熟。我是个老人家闲袖手,就着这古堤沙岸那答儿绿阴稠,缆船儿执着钓钩。(防御云)老相公收纶罢钓,新酒活鱼,是好幽乐也。

【上马娇】我将这锦鲤兜,网索收。就着这村务酒初熟,恰归来半醉黄昏后。暮雨儿收,看牧童归去倒骑牛。(防御云)秋间可是如何?

【游四门】秋间恰正是败荷萍里正方秋,呀呀的寒雁过南楼。恰正是荷枯柳败芙蓉瘦,风力冷飕飕,看霜降水浪收。(防御云)老相公,这秋间的景致,还有几般清幽?再说一遍者。

【胜葫芦】我则见浅碧粼粼露远洲,滴溜溜红叶一林秋,怕的是明日黄花蝶也愁。仿孟嘉庄上,就渊明篱畔，老夫酒醒时节再扶头。(防御云)冬暮间天道，可是怎生也？

【后庭花】冬间老夫待寻梅访故友，踏雪里沽艳酒。宝篆焚金鼎，浊醪饮巨瓯。我和你意相投，酒筵中不够，者莫再约住林下叟，就村务将琴剑留。(防御云)酒够了，老夫告回也。(正末云)早哩，且坐的。

【柳叶儿】直吃到二更时候，笑喧哗交错觥筹，直待吃的月移梅影黄昏后。心相爱意相投，醉时节衲被蒙头。

(同知打净王六斤，云)王六斤，我分付你甚么来？不来亲者强来亲[4]。(正末云)可不道对客不得嗔狗。我本待去了来，恰才王都管吃了几下打，我是安抚他者。王都管。

【单雁儿】我向来打了个稽首，你身上的是非只为我恰才多开口。这的是我做下事，可着你承了头，可你敢休和老夫记冤仇。(王六斤云)老相公，您孩儿不敢也。

【尾声】我见他呵羞，我则推个逃席走，(防御云)老相公，再饮几杯。(拖下坐科)(唱)请你一个府尹官人放手。(正末云)同知！(唱)你可怎全不提防你那脑后忧，这的是你恋着金枷玉锁遭囚。我则怕你久已后，枉了将你闲忧，我正是莫与儿孙作马牛。你如今贪杯恋酒，(正末云)你到的卧房中，将的镜子来，照你那面皮去波。

（唱）则被这酒灌的你来黄干黑瘦,你正是养家活计下场头。(下)

（防御云）相公,酒够了,多多的定害。左右,将马来,回家中去也。(下)

（同知云）大夫人,我说你这父亲不达时务,来便则说闲话,把我那一席好酒都搅了。罢、罢、罢,防御相公也去了。安排酒肴,后堂中饮酒去来。为官受禄居州郡,安享荣华乐事多。今日画堂开玳宴,洞房犹是听笙歌。(同下)

作者简介

《海门张仲村乐堂》杂剧作者不详，王季烈《孤本元明杂剧提要》云其"曲文之古拙苍劲，隽永有味"，"断非明人所能为"。据此，本编将其录于元代戏曲一节。

题解

《海门张仲村乐堂》四折一楔子，末本杂剧。故事的时代背景设置在金朝，叙述在朝为官的张仲致仕后，在蓟州城南修建一座村乐堂，安享晚年，其女嫁给时任蓟州同知的完颜女真人王同知。王同知除妻子张氏外，还有妾王腊梅，王腊梅与都管私通，遂在汤中下毒，让张氏端给王同知，王同知发觉，将张氏和都管送官治罪，并向令史行贿。令史张本不肯按其意断罪，遂将赃款上报府尹。王同知怕官职不保，恳求岳父张仲认下行贿罪责，在女儿身陷牢狱的求救下，张仲不得已答应。最后府尹辨明案情，将王腊梅与都管治罪。本编选录第一折文本。

杂剧第一折叙述王同知生日设宴，岳父张仲不请自来，并于席上叙述自己的村乐堂景致，惹得王同知不快，最终双方不欢而散。金代在贞元元年（1153）正式迁都至中都（今北京），中都路管辖大兴府、通州、蓟州、顺州和涿州。剧中王同知便是任中都路蓟州同知一职。此外，根据现有资料可知，女真族与汉人之间的族际通婚在金代初年便已出现，并且在金元之际变得非常频繁，因此，本剧中王同知与张氏的这桩跨族婚姻与史实相符。

《海门张仲村乐堂》今见明脉望馆钞校《古今杂剧》本、隋树森《元曲选外编》本等。本编选用明脉望馆钞校《古今杂剧》本。

简注

（1）耕耨（nòu）：意为耕田除草，泛指耕种。

（2）坌（bèn）：意为粗笨。

（3）风中秉烛、水上浮沤：对偶成语，前者比喻即将消亡之人或事；后者比喻世事无常。剧中年迈的张仲借此感慨生命短暂。浮沤，指漂浮着的水泡。

（4）不来亲者强来亲：俗语，指原本不亲近却装出亲近的样子。

明代戏曲 十三部

王世贞像

香囊记（传奇）

邵璨

第十五出　起兵

【北点绛唇】（净扮兀术上）鼙鼓喧声，旌旗荡影。三军猛，离却边庭。直入中华境。

你看那边上好光景。只见雁塞茫茫，龙荒漠漠，苍苍凉凉，天清日淡，黯黯惨惨，雾结烟愁。迢迢隐隐，金城围绕控燕台；袅袅巍巍，铜柱高标分汉界。突突兀兀的崇墉雉堞[1]，依依稀稀的斥堠狼墩[2]。黑隼苍鹰、草雕青鹘，往往来来，高高下下，出没戏青霄；玄狐赤豹、白兔黄熊，祁祁戢戢[3]，仆仆儢儢[4]，纵横驰草莽。凛凛冽冽，冰雪冱阴山，那分冬夏；冥冥迷迷，风尘暗沙碛[5]，不辨昏朝。嫒嫒䂮䂮[6]，氛气护储胥；岩岩峣峣，峰峦横逻些。星星散散，部落屯兵，何止貔貅十万；整整齐齐，沙场牧马，那数騄牝[7]三千。皤皤娑娑，髧顶扰扰舞番童；络络绎绎，槌髻纷纷走胡妇。琵琶声唧唧嘈嘈，拨尽穹庐夜月；觱篥[8]调凄凄切切，吹残边戍秋风。濯濯𤚲𤚲的牛羊遍地，无非给口粮粮；班班剥剥的弓矢横腰，总是随身行仗。正是天生一般种族，地分两处山河。自家兀术的便是,诸部称为四太子,机谋变诈,膂力[9]粗豪。靴尖踢倒天关,枪柄戳穿地肺。闻气而蚩尤丧胆,望风而项羽消魂。只因天时暑热,一向休兵解甲。如今风高气肃,弓强马肥,正是征战之秋,不免整点戎阵,演习武艺,期日分道南侵,还定中原,多少是好。头目每那有?(末上)风生紫塞秋横剑,月落黄河夜渡兵。(丑上)巴童戍久能番语,胡马调多解汉行。将军有何分付?(净)前下战书去中朝,定在目下交兵。都要整着弓马,演习武艺。(末、丑)领钧旨。(净)今日就在祁连前面打围,不许部落分散,头目每各要逞说本事来。(末)骨冬冬乱敲画鼓,急绷绷满挽弓弰,腽脺脺云外落双雕,霹靡靡五犯跲倒。(净)且说对阵本事。(末)光烁烁旌旗荡扬,气腾腾战马咆哮,乱霍霍两手舞金刀,扑碌碌人头如刈草。(净)好勇汉。(丑)昏惨惨冥迷天日,淅索索乱撒风沙。哔嘿嘿前后奏胡笳,踯躅躅争奔猎马。(净)对阵时节。(丑)只见呼啦啦箭锋似雨,密蹦蹦戈戟如麻,黑瞳瞳双眼乱飞花,战兢兢怎当惊吓。(末笑介)你只好阵后兴兵。(净)这厮没用,拿去罚罪。(丑诨介,净)且饶他,各要向前打猎。论飞禽走兽,多得者重赏,没有者受罚。(众应介)

【红绣鞋】(净)悠悠羽旆云旌、云旌。蓬蓬羯鼓神钲、神钲。驰猎犬，臂胡鹰。人辟易，马飞腾。（合）醉穹庐且饱膻腥，醉穹庐且饱膻腥。

【前腔】（末）胡儿马上为生、为生。那管露宿霜征、霜征。毡帐暖，铁衣轻。秋气肃，暮烟横。（合前）

【前腔】（丑）打围直入长城、长城。汉人往往奔惊、奔惊。弓落月，箭流星。边日淡，陇云平。（合前）

【前腔】（净）群丑暂且归营、归营。明日管取交兵、交兵。心猛烈，气峥嵘。攻泽潞，取幽并⁽¹⁰⁾。（合前）

（净）飞走纷纷塞草腥。（丑）且櫜⁽¹¹⁾弓矢偃旄旌。

（末）洗兵鱼海云迎阵。（合）秣马龙沙月照营。

作者简介

邵璨,字文明,为宜兴老生员。据黄仕忠考证,可知其生于明正统四年(1439),卒于明弘治三年(1490)。因"左目眇,见鄙于有司",以生员终。其《香囊记》传奇作于明成化间,不晚于弘治二年(1489)。时宜兴生员杭道卿和武进生员钱孝参与了此剧修订。该剧的出现被视为民间南戏走向文人传奇的转折点,在戏曲发展史上具有重要意义。

题解

《香囊记》传奇共四十二出,是一部事关"孝友忠贞节义"的道德教化剧。主要叙述两宋之交,兰陵张九成、其弟张九思、其母崔氏、其妻贞娘一家四口在战乱动荡之下的悲欢离合。剧中张九成和张九思两兄弟一同进京赶考,分中状元、探花。九成因上书斥责时弊,被秦桧设计,被贬谪边塞随岳家军伐金,其弟九思则归家养亲。而家中张母因逃兵捡到的紫香囊,以为九成已死,因此九思又奉母命上路寻找兄长尸身。与此同时,张母与贞娘又因兵乱流离失所,分散两处,后张母在驿站偶遇九思,贞娘也被张家老仆收留。另一边的张九成因军功受赏,后被派遣出访金国,探访徽钦二帝,因拒绝金主赐婚,被拘禁异邦。十余年后,九成忠心感动王侍御,在他的帮助下九成归宋,张氏一家终于团聚。本编选录提及金代燕京行台的第十五出文本。

第十五出"起兵"演绎金兀术准备次日兴兵的剧情。其中，金兀术自述"金城围绕控燕台"一句，对应的是历史上金天眷三年（1140）置行台于燕京，任命金兀术为太保，兼领燕京行台尚书省、都元帅，集军事、民政大权于一身的史实。此外，本出借不同角色之口说出的宋金二国"正是天生一般种族，地分两处山河"，"巴童戍久能番语，胡马调多解汉行"等语，也在一定程度上反映出宋金对峙时期多民族大融合的社会现实。

《香囊记》今存世德堂本、继志斋本、李卓吾评点本和汲古阁《六十种曲》本等明代刊刻本，各传本之间差别不大。本编选用明汲古阁《六十种曲》本。

简注

（1）崇墉雉堞（dié）：崇墉，意为高墙；雉堞，又称齿墙，指锯齿状的城墙。

（2）斥堠（hòu）狼墩：斥堠，又作斥候，指侦察兵，职责在于侦探敌情；狼墩，指在墩台上驻守的墩军，职责在于瞭望预警。

（3）祁祁戢戢（jí）：形容密集的状态。

（4）儦儦（biāo）：形容行进的状态。

（5）碛（qì）：指沙石堆积成的浅滩。也指沙漠。

（6）瞹（ài）靆（dài）：形容云多而昏暗的状态。

(7) 騋（lái）牝（pìn）：騋，身高七尺的马；牝，为其雌性。泛指马。

(8) 觱（bì）篥（lì）：中国传统的双簧管乐器，以竹为管，芦苇为嘴，形似喇叭，在古代多用于军中奏乐。又称"筚篥"。

(9) 膂（lǚ）力：体力。膂，意为脊梁骨。

(10) 幽并：幽州和并州的合称，约指今天的河北、山西的北部，以及内蒙古、辽宁的部分地方。

(11) 櫜（gāo）：指装弓箭的袋子。

鸣凤记（传奇）

无名氏

第四出　严嵩庆寿

【夜朝游】（丑上）博带峨冠身显耀，登甲第始趋朝。富贵情怀，苞苴[1]志量，那管经纶廊庙。

金榜胪传姓字题，从今脱却破蓝衣，满堂金玉重重富，谁信当年一腐儒。自家赵文华，浙江慈溪人也。名登黄甲，官拜刑曹，只是平生贪利贪名，不免患得患失。附势趋权，不辞吮痈[2]舐痔；市恩固宠，那知沥胆披肝。且是舌剑唇枪，有一篇大诈若忠的议论；更兼奴颜婢膝，用几许为鬼为蜮的权谋。陷害忠良，如秤钩打钉，拗曲作直；模棱世事，如芦席夹囤，随方就圆。不学他一榜三百人，赛过那八关十六子[3]。我想起来，若不乞哀于黄昏，怎得骄人于白日。惟有谨身殿大学士严介溪，权侔人主，位冠群僚；公子严东楼，总揽朝纲，裁决机务。四方贡献，多归其府，满朝显要，半出其门。京中有大丞相、小丞相之称，家内有真儿子、假儿子之号。为何有假儿子之号？但是大小官员，拜他为父，即加显擢，故此门下干子颇多。下官久有此心，无由进见，且进见之时，必有赞礼，若不投其所好，怎得重用？因此费尽心机，访得今日是他生日，预差人浇成一对寿烛，外用金皮包裹，雕刻五彩龙凤，内用奇方制度，暗藏外国异香，点上烛时，百鸟皆来，香烟结成"福寿"二字，岂非无价之宝！又访得他新造一所万花楼，极其华采，止少一条铺单，被我买嘱匠人，量了他尺寸，前往松江打一条五彩大绒单，铺在他楼上，实为曲尽人情。那严东楼岂无所爱，又将上好荆金打一个溺器，用珊瑚宝玉镶嵌，妆点奇异春画，私奉与他。咦，不要说严东楼，就是泥人也要欢喜起来。他家书房内罗龙文、门上牛班头，又各送银一百两，求他为先容之地，亦可谓周到矣！前项礼物并羹果，昨已差人送过。今日竟去把盏，不免就行。迤逦行来，此间已是严府前了。把门大叔在么？（副末应上）呀！赵先生拜揖！（丑背云）怎么不谢我？待我问一声。牛大叔，昨日小礼到了么？（副末）呸！我做公人的极怕倒赃，昨日送得些东西，今日就要倒了？（丑）不，我问小礼曾送到否？（副末）这个有了，只是少些。（丑背云）这个戏丫麻，一百两银子还嫌少哩！（副末）你怎么骂我？（丑）岂敢骂大叔？我慈溪乡语，但是敬重那人，就叫他是"戏丫麻"了。（副末）如此多叫我几声，折了银子吧。（丑）这个就叫，戏丫麻，戏丫麻，嗟娘戏丫麻！（副末）怎么有个"娘"字在里面？（丑）娘者是好也。（副末）罢罢，我不计较了。（丑）多谢大叔扶持。我且先问一个消息，昨日送七宝溺器，大老爷欢喜么？（副）大老爷见了大恼，说道："他是奉承僚子，不奉承我。"（丑）如此怎么了？（副末）赵先生不要慌了，被我解说得好了。我说道："别人送礼，不过口内吃的、身上穿的、耳中听的、眼前玩的，也不为十分奉承。这个东西才是呵卵抛的样儿。"（丑）老老爷见了大单子也喜么？（副末）老老爷把那单子铺在楼上，只见一寸也不多，一寸也不少，那时不胜踊跃，脱下了朝靴，光光里打了十七八个大滚。（丑）这是个赤脚光棍了。（副末）不是个赤脚光棍，那里称得这样大铺。（丑）大叔，今日老老爷寿诞，特来祝贺，烦你通报一声。（副末）如此少待。（下，丑吊场作丑态跪介，净扮严嵩，副净扮世蕃，末扮罗龙文，副末持寿烛、酒上）

【宝鼎儿】（净）燮理阴阳[4]调鼎老，感荷皇恩深浩。（副净）瑶池日暖，环佩风轻，御炉香袅。（末）棨戟门[5]全家天禄。（副末）平沙堤独行坦道。（合）看人在花前，花谙人意，同欢同笑。

（副净）爹爹今日寿旦，孩儿聊具春酒，以介眉寿。（净）今日是家宴，分付门上，倘有各衙门官来贺，止收礼帖,免劳进见。(副末)刑部赵郎中跪门久了。(副净)爹爹,这个且容他进来。(净)请进来。(丑进见净介,净)昨蒙宝炬,如锡百朋。(丑)竭尽寸忱,仰祈万寿。(副净)厚贶重重,拜嘉愧报。(丑)庸才琐琐,幸赖提携。(丑、末相见,丑)罗先生,英豪幸聚一堂。(末)赵大人,喜起共期千载。(丑)老大人,我赵文华一则为大人华诞,聊称寿觞,一则欲拜大人为严父,少伸孝道。(净)多谢,多谢。(副净)昨日赵荣江见惠铺单,已知曲体人情。这对寿烛,想亦非常。(净)如此就点上。(副末应,点烛介,众看介,净)呀,怎么异香满室,百鸟皆来,香烟上结成"福寿"两字,果是无价之宝。(丑)可见老爷福寿天成,故寿烛中亦显此祥瑞。(净笑介)果然奇异。(丑)老爷请上坐,待儿子送酒。(丑送净酒)

【锦堂月】(丑)凤蜡光摇,龙涎瑞霭,华堂恍如仙岛。南极祥光,当筵喜临高照。庆春风桥梓齐荣,乐晚景椿萱同操。(合)齐祝祷,愿与国同休,万年寿考。

【前腔】(副净送酒)自小,身拜龙楼,名班凤阙,同欢月夕花朝。重庆堂开,孙枝更喜克肖。荷中朝诰捧黄龙,喜东海音传青鸟。(合前)

【前腔】(末送净酒)祈保,天寿弥高,皇恩克巩,永为策勋元老。鹤算绵延,流年暗中重造。喜瑶池王母增桃，看仙仗安期遗宝。(合前)(净)斟酒来，待我敬了赵、罗二位老爷。

【前腔】(净)垂老，华发萧疏，韶光荏苒，渐看不同年少。广集英豪，只指望辅车相保。喜一门六贵同朝，羡五色全家封诰。(合前)

【醉翁子】(丑)听告，从今效螟蛉子[6]道，望恩相维持，仁兄引导。(净)欢乐，会风虎云龙，羽翼相从胆气豪。(合)樽倾倒，看海屋筹添，旭日云高。(副净)承教，论吾翁是当朝显要，且竭力趋承，尽心倚靠。(末)堪笑，那懋[7]士狂生，独立无亲枉自劳。(合前)

【侥侥令】(丑)花香沾绣袄。(净)酒色映宫袍。(合)但见跻跻黛眉吹凤管，连袂奏鸾箫，舞楚腰。(副净)春花虽易老。(末)春景任游遨。(合)直饮到兴尽酒阑歌舞罢，明月上花梢，转斗杓[8]。

【十二时】谢天谢地谢皇尧，冀默佑无疆寿考，惟愿甲子循环转一遭。(净)赵荣江，我门下惟有鄢懋卿最幸，今日你又在他上了。明日就升你为通政，一应奏章，都是你执掌。(丑)多谢老爷！

(净)筵开相府胜蓬莱。(丑)寿比冈陵位鼎台。

(众)海外奇珍争献纳。(合)君王又进紫霞杯。

第十四出　灯前修本

【缑山月】(生上)天步有乘除,仕路如反掌。豺狼盈帝里,笔剑须诛攘。

(【诉衷情】)三年宦兴落风尘,事业晓云轻。昨将旧冠重整,义气满乾坤。悲栖楚,羡温生,笑杨城[9],万言时事,千古高风,一片丹心。我,杨继盛,向为谏阻马市,谪贬万里边城。今因仇贼奸谋败露,钦升孤臣为兵部武选司员外郎之职。窃喜不死逆鸾之手,以为万幸,而又转迁如此之速,则自今以往之年,皆圣上再生之身;自今以往之官,皆圣上特赐之恩也。既以感激天恩,敢不舍身图报?目今蜥蜴虽除,虎狼入室。严嵩父子秉政弄权,妒贤嫉能,诛戮上下,首相卖官鬻爵,取利下尽锱铢,以刑余为腹心,招群奸为子弟。若不早除贼党,必至大害忠良。向日王宗茂、徐学诗、沈炼等虽尝劾奏,不过止言其贪污而已。若其大逆无道,圣明尚出未知。下官目睹其奸,岂容坐视?今晚就此灯下草成奏章,明早上渎天听,倘蒙见准,朝野肃清,在此一本也。叫直书房的,取文房四宝过来。(末持纸笔砚上)太平无以报,愿上万言书。老爷,四宝在此。(生)点明了灯,你自去罢,不须在此伺候。(生执笔看本介)这

贼臣僭窃多端，正所谓罄南山之竹，书罪无穷；决东海之波，流恶难尽。这一幅有限奏章，教我如何写得尽？（写介）

【解三酲】恨权臣协谋助党，专朝政颠覆乾纲。我写不出他滔天的深罪样，我写不出他欺罔的暗中肠。他罪恶显著的，哪个不晓得？我只写他一门六贵同生乱，更兼他四海交通货利场。还思想毕竟是衷情剀切，面诉君王。（停笔看指介）我这手指前日已被拶[10]折，终不免有些伤损，才写得数行，就疼痛起来。莫说疼痛，就死也何辞？

【前腔】叹孤臣沟渠誓丧，只为那元恶猖狂。（又写介）我杨继盛虽非谏官，我若不言，更无人言矣。（叹介）怪当朝无肯攀庭槛，又谁个敢牵裳[11]？又写得两行，这手指就流血了。也由他。我只是一心要展擎天手，管不得十指淋漓血未干，还思想，只须这泪痕血迹，感动君王。（副净扮小鬼上，隐灯下，作叫介，生听介）四面绝无人迹，敢是个鬼儿。

【太师引】细推详，这是谁作响？我晓得了，是我祖宗的亡灵，恐有祸临，教我不要上这本了。心中自忖量，敢是我亡亲垂念？咳，我那祖宗，你只愿子孙做得个忠臣义士，须教你万古称扬。大抵覆宗绝嗣，也是一个大数,何虑着宗支沦丧?(鬼又叫介,生)你不要叫了。纵然恁哀鸣千状,我此心断易不转,怎能阻我笔底锋芒?我就拼得一死,也强如李斯夷族赵高亡。(灯下鬼现形介,生)呀,不惟闻其声,抑且见其形。

【前腔】这是幽冥谁劣像?你在此现形呵,似教我封章勿上。你虽然如此,怎当我戆言方壮。(鬼作悲状介,生)你自去罢!休得要在此恓惶。我理会得了,你也不是甚么鬼,想是我忠魂游荡,到死时也做个厉鬼癫狂。人生在世,左右一死。生如寄死谁曰难?须知安金藏[12]剖腹屠肠。(鬼灭灯下,生)可恶那鬼儿,竟把这灯儿打灭了。此际已将三更时分,小厮们俱已睡去。(叫介)小丫鬟,点灯来!

【生查子】(旦秉烛上)良人素秉忠,封事频频上。清夜谩劳神,幽阃[13]添悲怆。

(生)呀!缘何夫人自家秉烛?(旦)此际已将夜分,丫鬟辈都睡去,妾闻相公在此喧嚷,故特秉烛而来。(点灯在台介)(生)夫人,有这等奇事,下官方在此写本,只听幽冥之中渐作鬼声。少顷,忽见灯下现出一鬼,披发赤身,满面流血,似有悲切之状,竟把灯儿打灭去了。(旦)此事奇怪,恐非吉兆。请问相公,写何奏章?(生)此乃国家大事,非夫人辈所宜知。你问他怎么?

（旦）妾闻皋、夔、稷、契[14]优游无事，谓之良臣；龙逄[15]、比干因谏而亡，谓之忠臣。妾愿相公为良臣，不愿相公为忠臣。（生）夫人，忠良本无二理，顾臣之遇与不遇耳！皋、夔、稷、契遭逢尧舜，故得吁咈[16]一堂。设使当龙逄、比干之遇，敢不竭忠尽谏！（旦）妾闻君子见几，达人知命，陈平不为王陵之戆，卒至安刘；仁杰不为遂良之直，终能祚唐；王章杀身，忤王凤也；邺侯寄馆，避元载也。况相公职非谏官，事在得已。纵然要做忠臣，养其身以有待如何？（生）夫人，食人之禄，当分人之忧。苟利社稷，死生以之。吕奉先为国而杀董卓，郑虎臣为民而诛似道。匹夫尚然有志，直臣岂容无为？我自草茅韦布之时，常恨不能见用。今见用矣，犹曰彼非我职而不言，是终无可言之时也。况今言路诸臣不过杜钦、谷永者流，摭拾浮词以塞责耳！若我坐视，元奸大恶岂能除去？（旦）察言观色，洞见其中。相公此本想是要劾严老了。但投鼠必忌其器，毁椟恐伤其珠。严嵩宠固君心，贿通内监，夏太师且受其殃，曾御史并遭其毒。今上既信他大诈若忠，必罪你居下讪上。倘触犯天颜，恐祸有不测。鬼形悲泣，未必无为。相公请自思省。（生）你还不知我平生心迹。贪生害义，即非烈丈夫，杀身成仁，才是奇男子。况为臣死忠，乃我之分。今日之本，我非侥幸不死，沽名干誉，多将颈血溅地，感悟君心。倘能剪除逆贼，得与夏、曾二公报仇，我杨继盛就丧九泉，亦瞑目矣！夫人何必苦苦相劝！（旦）相公坚执如此，夫妇死无葬身之地矣！

【啄木儿】（旦悲介）听哀告，说审详。自古道从容就死难。念曾公忠义遭伤，痛夏老元宰受殃。看满朝密张罗雉网。前车已覆须明鉴，相公，你休得要无益轻生绝大纲。

【前腔】（生）夫人，你何须泣，不用伤。论臣道须扶纲植常。骂贼舌不愧常山，杀贼鬼何怯睢阳[17]？事君致身当死难。你休将儿女情萦绊，我大丈夫在世呵，也须是烈烈轰轰做一场。

【三段子】（旦）相公，你此心何壮，矻睁睁铜肝铁肠。我这苦怎当，哭哀哀儿啼女伤。（生）夫人，你譬如杞梁战死沙场上，其妻哀泣长城断，却不道千载贤愚总堆黄壤。

【归朝欢】（旦）儿夫的、儿夫的节重义坚，顿忘了终身依仰。今朝后、今朝后未卜存亡，是伊家自诒灾祸，倩谁祈禳。

【尾声】（生）我明朝碎首君前抗。我那妻儿，我死之后，你将我尸骸暴露休埋葬。（旦）却为何？（生）古人自以不能进贤退不肖,既死犹以尸谏,下官亦是此意。须再把义骨忠魂渎上苍。

(生)赤心为国进忠言。(旦)休触天威犯御颜。

(合)此去好凭三寸舌,再来不值半文钱。

作者简介

关于《鸣凤记》传奇的作者，目前尚存争议，有无名氏、王世贞、王世贞门人和唐仪凤四种说法，此处暂录为无名氏作。

王世贞（1526—1590），字元美，号凤洲、弇州山人。江苏太仓人。明嘉靖二十六年（1547）进士，官至刑部尚书。与李攀龙同为"后七子"领袖，在李攀龙去世（1570）之后，独主文坛二十年，主张"文必秦汉，诗必盛唐"。著有《弇州山人四部稿》《弇山堂别集》等。

唐仪凤，号芝室。江苏太仓人。弃举业，寓居乡里，工词曲。祖父唐符官至监察御史。

题解

《鸣凤记》四十一出，是一部反映明嘉靖朝时事政治的传奇作品。该剧主要叙述忠臣义士前仆后继反抗严嵩奸党，并最终取得胜利的艰苦斗争过程，着力歌颂了"双忠八义"的光辉事迹，"双忠"指夏言、曾铣，"八义"指杨继盛、吴时来、张翀、董传策、郭希颜、邹应龙、林润、孙丕扬这八位谏臣。剧中事迹大多与史实相符，是明清时事剧的发端之作。本编选录第四出"严嵩庆寿"和第十四出"灯前修本"。

在第四出"严嵩庆寿"中，作者以辛辣笔法，写出了以赵文华为代表的奸臣集团对严嵩父子阿谀逢迎的种种丑态。

在第十四出"灯前修本"中，忠臣杨继盛欲修本奏劾严嵩，祖宗亡灵显形发声劝阻，但他丝毫不为所动，坚持上章劾奸。虽然这段祖宗劝阻的情节是挪用自《明史·蒋钦传》中所载明武宗正德朝蒋钦之事，但是其用在此处无疑大大增强了戏剧的艺术感染力，使得杨继盛的忠烈形象跃然纸上。

《鸣凤记》今存明万历间宝晋斋刊本，明李卓吾评点本和明汲古阁《六十种曲》本。本编选用明汲古阁《六十种曲》本。

简注

(1) 苴（jū）：意为蒲包，引申为钻营。

(2) 痈（yōng）：意为毒疮。

(3) 八关十六子：《新唐书》载李逢吉同党张又新等十六人皆任要职，时号"八关十六子"，后成为行贿买官者的代称。

(4) 燮（xiè）理阴阳：意为大臣辅佐皇帝治理国事。

(5) 棨（qǐ）戟门：棨戟，指古代官员出行仪仗。棨戟门，指代官宦豪族。

(6) 螟（míng）蛉（líng）子：古人误以为蜾蠃不产子，喂养螟蛉为子，因此螟蛉子被用来比喻养子、义子。

(7) 戆（zhuàng）：意为刚直。

(8) 斗杓（biāo）：斗，指北斗星；杓，发此音时专指北斗星勺柄处的三颗星。

(9) 悲栖楚，羡温生，笑杨城：栖楚，指唐代官员刘栖楚，性情激越，任京兆尹期间为宰相韦处厚所恶，遭贬；温生，指晋代温峤，曾遭权臣王敦打击，后晋帝派他讨伐叛乱的王敦；杨城，或指唐代官员阳城，任谏议大夫期间不言朝事，为韩愈所讥。

(10) 拶（zǎn）：古代酷刑，以木棍夹断手指。

(11) 怪当朝无肯攀庭槛，又谁个敢牵裳：攀庭槛，汉成帝时朱云弹劾帝师张禹，惹怒成帝，在被推出大殿斩杀时攀住槛柱大声责问皇帝，获得宽恕，成帝称赞其忠心；牵裳，指三国时辛毗拉住曹丕的衣服再三制止其在大灾之年迁移民众的典故。

(12) 安金藏：唐朝太常寺乐工，胡人，侍奉太子李旦，后李旦被诬告谋逆，安金藏在刑讯中为证明太子并无反意，当场剖心，武则天闻讯大惊，请御医医治，并下诏终止案件审理，李旦得以保全。

(13) 阃（kǔn）：意为女子居住的内室。

(14) 皋、夔、稷、契：四位尧舜时代的贤臣。

(15) 龙逄：即关龙逄，夏代谏臣，为夏桀所杀。

(16) 吁（yù）咈（fú）：《尚书·尧典》中有"帝曰：'吁，咈哉！'"的句子，意为"唉，不同意"。后世将二字相连，引申为议论、商量的意思。

（17）常山、睢（suī）阳：常山，指唐玄宗时颜杲卿任常山太守，为安禄山俘虏后仍痛骂对方，被杀；睢阳，指安禄山兵围睢阳城，守将张巡被俘不降，被杀。

锦笺记（传奇）

濮汸

第二十九出　旅诉

（丑上）春草秋风老此身，一瓢长醉任家贫。醒来还爱浮萍叶，飘寄官河不属人。自家常伯醒便是。荷蒙梅公错爱，要我陪伴来京，如今会场将近，巴不能得他一第，作成我老常快活一快活！谁想他绝不温习，终日拿着一幅笺儿，暗地默诵，不知何故？（想介）晓得了！或是关节，或是新题，故此瞒人。他已起身，待我躲在此间，等他看时，悄悄觑他，便知端的。

【卜算子】（生上）愁恨两眉攒，泪渍春衫满。浮名牵我滞幽燕，梦绕多情畔。

何事能消旅馆愁，红笺开处见银钩。欲将香匣收藏却，且惜行吟在手头。（出笺介，丑潜觑介）（生）锦笺！锦笺！我当初拾你，只道是百年姻牒；谁知今日到做了一纸休书。睹物思人，好悲痛也！（丑）见了见了！（生闪介）见甚么？（丑吟介）林圆月华新。（生）呀，果被你见了。（丑）会场已迫，何不潜心经史，以图高捷，故乃恋恋此笺。（生）常先生，你不知道：

【玉芙蓉】(生)堪怜这锦笺,是我相思案。(丑)在那里?(生)在钱塘,旧日栖迟庭院。(丑)是柳衙小姐,他会做这样好诗。(生)锦心绣口词华丽,(丑)人物一定也妙的!(生)玉质花神体态妍。(丑)这们公好娶他。(生)姻缘浅,叹名儿空问,待纳采,高材捷足竟居先。(丑)公怎么样遇着他来?

【前腔】(生)相逢非偶然,猛向花前见。(丑)内外悬隔,如何便亲近得?(生)隔天渊,赖有蜂媒婉转。(丑)曾往来么?(生)绮筵一笑曾陪奉,兰室余芳亦间沾。(丑)奇遇奇遇!(生)人间罕,更高情雅致,不要说别的,就是赵成文呵!他恁豪侠,望风觑影尚垂涎。(丑)赵公如何也见?(生)中秋泛月,他在西陵桥曾见来。(丑)原来如此。

【卜算子】(净上)旅邸兴萧然,无意亲文翰。春光早已遍郊原,何处寻游伴。

自家赵成文是也,幸叨乡荐,来赴礼闱。春色融和,客窗寂寞,不免寻着梅德温,郊外一步来。(敲门介)有人么?(丑)客来了。(生)贱体不快,倘不可辞,烦足下支陪一支陪。(丑)请自在,当得效劳。(生下,净复叫介)(丑)来了!(见揖介)呀!成老成老,咦,好气色!稳是状元了。(净)岂敢岂敢!梅公有么?(丑)有恙未起。

（净）哎！要同他郊外走走，又落空了。（丑）小弟奉陪何如？（净）更妙。（丑）请。（净）涉趣皆留赏，无奇不遍寻。（行介）（净）梅公何恙？（丑附耳介）

【玉芙蓉】他恹恹非病缠，（净）为甚么？（丑）却为相思染。（净）妓者？（丑）匪青楼，柳氏深闺娇艳。（净）曾着手么？（丑）偷香窃玉知还未？（净）他说要赘在他家。（丑）跨凤乘鸾更少缘。（净）生得何如？（丑）君曾见。（净）不曾！（丑笑介）且沉思细想，（净想介）想不着。（丑）还记否？西陵明月夜游船。

（净嚷介）嘎嘎！原来那晚的是他们，妙、妙、妙！（丑）怎能妙？（扯净介）公且说一说。

【前腔】（净）良宵棹画船，载月闲寻玩。看飘飘，一似凌波仙眷。（丑）公看得仔细么？（净）湘帘纨扇深遮掩，（丑）这等也不曾见。（净）宝髻琼琚仅一观，真堪羡！这胜游佳况，空教我，沿湖物色竟茫然。

（净）伯醒，不是你说，我十年也不知。（丑）成老，不是公问，我老常生疔疮也不说。花样妖娆柳样柔，（净）浴鸥飞鹭两悠悠。（丑）沥胆披肝惟恐后，（净）为君沽酒且淹留。到敝寓饮一壶去！（丑）小弟有些毛病，发誓不饮这脓血了。（净）少饮几杯，一定不妨。（丑）多谢多谢！（挽手下）

第三十二出　题录

【霜天晓角】（外上）杏园[1]春早，星聚文光耀。鼓吹遥分禁乐，骅骝[2]特出天槽。

圣主恩荣宴相才，彀中[3]英俊总追陪。长安市上人如簇，争看纷纷入苑来。自家乃元朝礼部尚书也，今日例宴进士，该我主宴。且喜百务俱备，只待诸士到来。（丑扮办事官上）风流黄榜客，潇洒绿衣[4]仙。过处人争美，何殊上九天。禀爷，诸进士到了。（外）快请进来。

【哭岐婆】（生、净、小生、末冠带上，合）笙歌鼎闹，旌旄云绕，看花御道，红妆争笑。金鞍雅称玉逍遥，扬鞭不觉琼林到。

（丑）请各位老爷登宴。（众）请了。（入见介）念切斗山，无由瞻谒，幸兹拜觌，大慰平生。（外）一时名士，百代殊才，得侍清光，增荣末路。快看酒。（丑应送介，外）不能遍及，总揖了。（答送坐介）

【山花子】（外起，众接唱）琼林绝似蓬莱岛，相逢恍集仙曹。喜昂昂人皆俊豪，珠玑万斛胸包。（合）压乌纱花枝颤摇，罗衣绿染新柳娇，巍巍雁塔名姓标。无限风光，人世难遭。

【前腔】（生起，众接介）笔头滚滚波涛绕，光芒射

斗凌霄。展丝纶已钓六鳌，翩翩直趁扶摇。(合前)

(杂上)刮剌[5]生涯旧，时书艺业长。刻字的候列位老爷刊同年录。(众)起来伺候。(杂应介)

【前腔】(净起，众接介)十年窗下无人晓，一朝声播迢遥。幸逢晨正直圣朝，抡材不弃蓬茅。(合前)

(外)诸公，把尊庚叙了何如？(众)是。(丑送笔砚介，众)赵年兄了。(净)果弟痴长，占了。(写介)如今该那一位？(末)小弟甲子生。(生)这等邹兄了。(小生)占了。(写介)如今——(末)小弟了。(写介，送笔与生介，生写顿笔介)捻管心如醉，临风泪自垂。姻缘已无分，金紫总何为。(作晕介)(众)梅老爷发晕了，快扶送回寓。(扶下)(末)此兄为何如此？(小生)想为断弦[6]而然。(净背摇头介)非也，非也。他要瞒我，待我与他取笑一取笑。(转身介)(杂)梅老爷想未续弦。(净)续了，拿来我写么。(写介)(众)嗄，已聘柳氏了。(杂收介)(末)要送各衙门，快动手。(杂应介，同丑下，净)饮酒。

【红绣鞋】(众)驼峰翠釜佳肴、佳肴。琼舟银海翻涛、翻涛。声嚷嚷，醉陶陶。歌化日，诵唐尧。(合)花影乱，烛光摇。花影乱，烛光摇。

(外)杏苑留题，古来盛典。诸公何不赋诗一首？以继前休。(众)领教。(让介)(净)占了。(吟介)天人三策献重瞳[7]，赐宴琼林宠渥隆。(末)共联一绝罢。(净)正是，年兄请。(小生吟介)莫道枝头春尚早。(送末吟介)杏花已占十分红。(外)妙哉妙哉。

【前腔】(众)诗成珠玉挥毫、挥毫。淋漓酒污宫袍、宫袍。天色暝，去程遥。人意畅，马蹄骄。(合前)

【尾声】(众)灯前草就恩荣表，共听晨钟谢圣朝，更报泥金肯惮遥。

(小生)昔日龌龊不足夸，(净)今朝放荡思无涯。

(外)春风得意马蹄疾，一日看遍长安花。

作者简介

明传奇《锦笺记》的作者一般被认为是周履靖,近年学者邓富华经多方检阅,证实其作者实为濮炀。濮炀(1545—1625),字抱真,号草堂、水木居士。浙江嘉兴人。诸生。著有《草堂十书》,作有《锦笺记》传奇一种。

题解

《锦笺记》共四十出,故事背景设定在元代,讲述梅玉和柳淑娘的爱情故事。男女主人公的母亲原为结义姐妹,梅玉前往杭州拜访柳夫人,与其女淑娘因锦笺结缘,并得柳夫人许亲。其时柳父在外,不知家中情况,将淑娘许配给姚氏子。梅玉、淑娘遂将锦笺一分为二,各取一半为念。后梅玉中进士,姚氏子亡故,梅玉将与淑娘的婚约奏明圣上,二人完婚合笺。本编选录第二十九出"旅诉"和第三十二出"题录"。

"旅诉"一出写梅玉前往大都赶考,在旅馆中睹笺思人,诉说愁肠。"题录"一出写元朝礼部尚书奉命主持琼林宴,新科进士合刊"同年录"。元朝在至元十六年(1279)统一南北之后,历经数十年,直到元仁宗皇庆二年(1313)方下诏恢复科举考试。而从本剧第二十三出"盗起"中刘福通(?—1363或1366)一角的出场来看,剧中的时间设定应在元至正十五年(1355)前后,这一时期的元朝动荡不安,包括刘福通在内的各地农民起义正风起云涌。不过,《锦笺记》对此并未过多着墨,这在很大程度上是因为明代以元为正统。科举题名录,是记录科举出身者的传记类资料,分为官、私两类,作为私录的"齿录"在汉代便已经存在,而真正科举意义上的同年录,如进士登科录、会试录、乡试录等需要进呈的"官录"则发端于唐代。《锦笺记》第三十二出中涉及的"新科进士同年录"便属于一种"官录"。

《锦笺记》今存明万历三十六年(1608)金陵继志斋刊本、明万历间金陵文林阁刊本、明李卓吾评点本、明汲古阁《六十种曲》本等。本编选用明汲古阁《六十种曲》本。

简注

(1) 杏园:原指唐代新科进士赐宴处,后世用来泛指新科进士游宴之处。

(2) 骅(huá)骝(liú):原指周穆王"八骏"之一,后泛指骏马。

(3) 彀(gòu)中:意为箭的射程范围,此处比喻掌握之中。《唐摭言》引唐太宗语云:"天下英雄入吾彀中矣。"是此语所本。

(4) 绿衣:古代官阶较低官员的服色。

(5) 剞(jī)劂(jué):意为雕刻的工具,此处指刻书。

(6)断弦：古代以琴瑟比喻夫妻，断弦意为妻子亡故。

(7)天人三策献重瞳：汉武帝即位，董仲舒以"天人感应"为其对策要旨，献上"天人三策"，得到重用；重瞳，古人视重瞳为圣人、帝王之相，此处指代汉武帝。

观灯记（传奇）

林章

（生）今夜之约，本为观灯，明月欲中，游人正盛，吾辈当辞席而行也。（众辟介）（外）恐虚胜游，不敢强饮，就此上马也。看马！（小丑、小旦）马在！（众上马介）（外）小厮，可随后携酒到鳌山下来也。（外）酒已阑珊曲已终。（末、净、丑）华堂烛影暗摇红。（旦、贴旦）出门犹觉花催急。（生、贴生）抱却佳人上玉骢。（生）呀，如此月，真好元宵节也。

【念奴娇序】一轮明镜照春城，灯火良宵，禁罢金吾。（内作乐唱歌）团栾栾白玉盘，吾王乐兮夜漫漫。高燎燎丹凤膏，吾王乐兮醉酶酶。（生听介，云）试听那十二街头弦管里，声喧击壤康衢[1]。（内云）丫头把珠帘卷起。（又云）小厮把香车趱上。（贴生听介）佳处。你看那帘卷红楼，车驰紫陌，彩霞万顷拥仙姝。（生）春满皇都，喜太平之有象；人生逆旅，念聚散之无期。论交游，忘筌蹄[2]者盖寡；求行乐，共烟霞者几何？使吾辈长共此时，不亦乐乎？（合）惟愿得升平岁岁，共此欢娱。（旦）相公，这是那里？（生）这是玉河堤，堤边之树，尽为杨柳；堤下之水，出自御沟；水上之香腻,却是宫中所弃脂粉也。(旦携贴旦云)妹妹,你看那绿杨何意,能牵闺妇之愁;碧水无情,不送馆娃之怨。此等景色,自是可怜,然不知多少人恨也,曾道是"长安陌上无穷树,惟有垂杨管别离"。(贴旦)姐姐,又不道"流水何太急,深宫尽日闲"?(旦)

【前腔】多思禁苑春初,玉河堤畔,可怜杨柳扶疏,碧水生香,流不尽六宫脂粉如酥。(贴旦)姐姐你看,鬓云光显,袜尘香飞,却都是风雾吹来也。堪炉紫雾侵鬟,香风拂佩,芳尘飞上绣罗襦。(合前)(旦)这是那里?(生)玉河桥也。(丑)呀,玉河桥了。(叹介)玉河桥上月如花,照落沙场几百家。却忆美人今夜半,不知何处抱琵琶。(生)胡兄长叹长吟,得无所思耶?(丑)实不相瞒,小子有贱可,姓王名大,就在这桥边胡同里住,不敢轻薄说他,名虽不属教坊,意实超出科子,到有许多妙处哩。……[3](末、净)有此标志尊表,何不请来看灯?(丑)惶愧、惶愧,早间也曾相约,刚才为饮酒忘了,诸兄既到此,过他家中一茶,要他同行,何如?(众)却好。……(生)一曲千金,宜不易也。(小丑)不敢。(小旦)姐姐,此会不偶,一唱何妨也?(小丑)列位请酒,待奴唱来。

【楚江秋】月上海棠明,烟笼柳梢青,一枝花影临鸾镜。遥望着离亭宴处草如茵,薄幸郎行,凤凰阁上春光暝。青玉案懒吟,碧玉箫懒听,鹧鸪天寂人儿病。粉红莲有香,石榴花似妆,一江风入松稍飐。曾记得宫词一曲满庭芳,此意难忘,园林好处谁同赏?黄莺儿叫忙,粉蝶儿舞狂,画眉羞傍妆台上。桂枝香乍飘,菊花新正娇,玉芙蓉里秋江渺。堪叹处,绣停针线夜迢迢。莫唱梁州,香罗带褪纤腰瘦。月儿上小楼,星儿挂玉钩,鹊桥仙子多少愁?四时花已稀,一剪梅更奇,水仙子在冰壶里。只见那半天飞雪玉交枝,雁儿落兮,一封书信凭谁寄?落梅风夜凄,隔窗乌夜啼,销金帐冷人无寐。(生)此曲以牌儿集就,亦觉有情,加以大娘娇喉,听之使人忘倦也。(末、净)有此好曲儿,何不早见教也?多谢多谢。(小丑)不敢,列位请干酒也。……(丑)(扯小丑去看灯介)(众劝介)(小丑、小旦辞介)(小丑)惟有笑啼知我苦。(小旦)更将歌舞向谁甜。(下)(外)伯元兄,我看来,才子佳人自是难得,良朋好友亦不易逢,今宵之会,堪图画也。

【念奴娇序】非俗。才子如虹,佳人似玉,桃花仕女倩谁图,良会偶,笑谈都是鸿儒。(末)古人为游,不惜秉烛,有此星月,岂不快哉?看取帝阙云开,天街月满,何须秉烛照裙裾?(合前)(净)转此却是长安西街,渐近鳌山之下,远望灯光,已自好看也。

【**前腔**】列兄呵,遥睹玉蛛流辉,金鳌散彩,花灯万盏簇明珠,光景胜,休夸圆峤方壶。(内作弹筝唱歌介)
【清江引】看灯看灯复看灯,论相逢真有命,桥头见玉真,惹下苏郎病,谁知道百年夫妇今宵定。(丑)二位娘弹得好唱得好呵,这个话儿是你每的彩头也。我每行来,不觉半醒,酒家何处,莫惜更寻一醉。鞭起马来!(众鞭马介)(丑)相逐细听瑶筝,轻敲宝镫,醉来还向酒家胡。(合前)(丑)已是太仆寺桥矣,黄城上一簇火光,即鳌山也。人多不宜逼近,即此桥上凭高一望,何如?(外)不消,已曾借一座楼在此,可以登眺也。列位请上。(净)好景致也,列位亦知夫灯与月乎,试看那青帝春游,开星桥之铁锁;素娥夜降,放火树之银花。丹霄畔葱葱茏茏,拥起十二楼台,恍如蜃气;碧落中浩浩荡荡,浸倒三千世界,尽是蟾光。高的高下的下,荧荧的凤炬千层,金粟芒摇星宿海;远的远近的近,灿灿的火莲万朵,玉虫影荡蕊珠宫。雉扇平分,左的左右的右,整整齐齐,双凤出云中之辇;翠华高驻,前的前后的后,昂昂耸耸,六鳌驾海上之山。西度来万里瑶池,氤氤氲氲的半空紫气随金母;北望去九重贝阙,飘飘渺渺的一朵红云捧玉皇。金凫银燕,香嫒礚云母屏前,隐映着娉娉婷婷的六宫粉黛；霓裳羽衣，彩翩跹水晶帘里，清落下铿铿锵锵的九奏箫韶。剪罗叠玉斗繁华，纷纷纭纭的万品争光，岂数吴台夜市；曜珠曳绮征佳丽，呕呕呀呀的千人竞唱，真成唐室灯轮。玉署报传柑，那大大小小依木天的青琐词臣，喜分恩于黄帕；瑶阶看撒荔，这往往来来逐花风的红尘游客，争拾宠于绿衫。街东街西，两行的珠箔银屏，但听得环佩儿丁丁当当，恰似风动琅玕过月殿；桥上桥下，几簇的香车宝马，只见了衣冠儿跄跄跻跻，浑如云开锦绣对星楼。都喜道人遇长春，处处笙歌调玉烛；惟愿取天开不夜，年年锁钥放金吾。列位，此景罕见，须饱看一会也。(小丑)(携酒上云)绿蚁亦多情。(小旦)随人到西城。酒到了。(外)如此胜赏，不可无作。况有斗酒，何惜百篇？看酒来！(众传酒让诗介，外)当是伯元兄始韵也。(生)僭了，春城何处不芬芳。(贴生)西海烟霞入夜长。(旦)灯似星摇银汉彩。(贴旦)月如镜斗玉人妆。(末)麝兰散作百花气。(净)珠翠遗来九陌光。(丑)好写新诗数千首。(外)明朝教与踏歌郎。(生)

【古轮台】你看那绛云[4]都，鳌山高结斗牛墟，把一天璧彩奎光，摘来排布。铁马牙旗，闹动东风三五。(内作乐介)(旦)一曲霓裳，半空中度，想嫦娥此际下青霄，也忘归处。(贴生)况美人抱瑟前驱，瑶台相望，灯前月里，非烟非雾。(贴旦)何处觅新词，行歌相互，都则是落梅满路。(外)

【前腔】思之，几人清梦到华胥[5]。(末)喜禁城夜月春风，太平乐事。(净)歌管蹁跹，断送王孙公子。(丑)九十韶光，一年一遇，想明朝圆缺和阴晴，浑无凭据。(生、贴生叫酒来，做醉介)(旦、贴旦扶二生介)(生)且醉教红粉来扶，玉山从倒[6]，花间月下，朝朝暮暮。(内打五鼓介)(旦)相公，五更了。(生)莫问夜何如，横星无数，犹带着城头火树。(旦)灯暗月斜，好回去也。(生)乘兴而来，兴尽而返，二郎既倦，可以归矣。(外)

【尾声】无端玉漏[7]催人去。(末、净、丑)桥头立马谩踟躇。(生、小生、旦、贴旦)赢拾得春情多少锦城隅。(众揖让行介)

(二生)碧海芙蓉夜影稀。(二旦)花将睡去马忘蹄。

(外、末)明宵月色知还好。(净、丑)扶醉重来不可违。

作者简介

林章（1551—1599），初名春元，字叔寅，又作寅伯。后更名章，字初文，号太丘子，福建福清人。幼负才名，明万历元年（1573）举人，后五次会试不第。曾入戚继光幕府。多次以举人身份上书明神宗，两度入狱，后在四十九岁时卒于狱中。林章工诗文，有诗文集传世，并作有戏曲两种，分别为杂剧《青虬记》，以及《观灯记》传奇。

题解

《观灯记》不分折、不分出，无明显的戏剧冲突，记叙了来京城赴试的士子木春在元宵佳节与好友、名姬吃酒观灯的胜游乐事。剧中先写木春（字伯元）与好友金秋（字叔元）以及二人的爱姬晁桂、张兰在自己行馆内的宴饮活动；再写众人前往金秋的从兄金诰处的又一场宴饮活动，金诰邀虞可济、戚用仪、胡有光三人作陪；最后写明月欲中，游人正盛，众人辞席，乘马游赏花灯，直至五更醉归。本编选录剧中众人离席后乘马观灯剧情的部分曲文。这段剧情出场人物众多，由生扮木春，贴生（偶写作小生）扮金秋，外扮金诰，旦扮晁桂，贴旦扮张兰，末、净、丑分别扮虞、戚、胡三人，小丑扮王大，小旦扮谢小。

观灯是我国元宵节的代表性活动，自唐代起就已经是一场全民投入的狂欢盛会，历经千年，一直延续至今。我们在剧中看到的上元观灯情节，便是作者在万历丙戌年（1586）逗留京城时真实的所见所闻，主角木春即是林章本人的化身。剧中尤为珍贵的，是作者指出了一条清晰流畅的京师观灯路线：主角一行人先经过玉河堤，再上玉河桥，到桥边胡同歌妓王大、谢小处听曲，转去长安西街，后到太仆寺桥，遥望宫门外的鳌山灯会。最后，在西城中挑选一处酒楼，登高远眺，直至醉归。其中涉及的每一处地点都能够在北京城中找到明确的对应之处。就让我们随着剧中人物的行进路线，游赏这一场明万历年间北京城内"玉蛛流辉，金鳌散彩"的元夕灯会。

《观灯记》今仅见明天启、崇祯间刻《林初文诗文全集》本，藏于日本内阁文库。本编选用此本。

简注

（1）击壤康衢：击壤歌、康衢谣，尧帝时代歌颂歌谣。后世泛指歌颂盛世的歌曲。

（2）筌蹄：原意为捕鱼竹器和捕兔器，引申为窠臼、局限。

（3）本处原文语多狎昵，故省略。下文两处省略号同此。

（4）绛云：意为红色的云，传说天帝居所常有红云拥之。

(5) 清梦到华胥：《列子·黄帝》载黄帝"昼寝而梦，游于华胥氏之国"。因此，后世称幻梦一场为华胥一梦。

(6) 玉山从倒：《世说新语·容止》载嵇康"风姿特秀"，山涛形容他醉倒时，就像"玉山之将崩"。后世常以"玉山倾倒"来比喻人醉酒后摇摇欲坠的样子。从，任由。

(7) 玉漏：指古代计时用的漏壶。

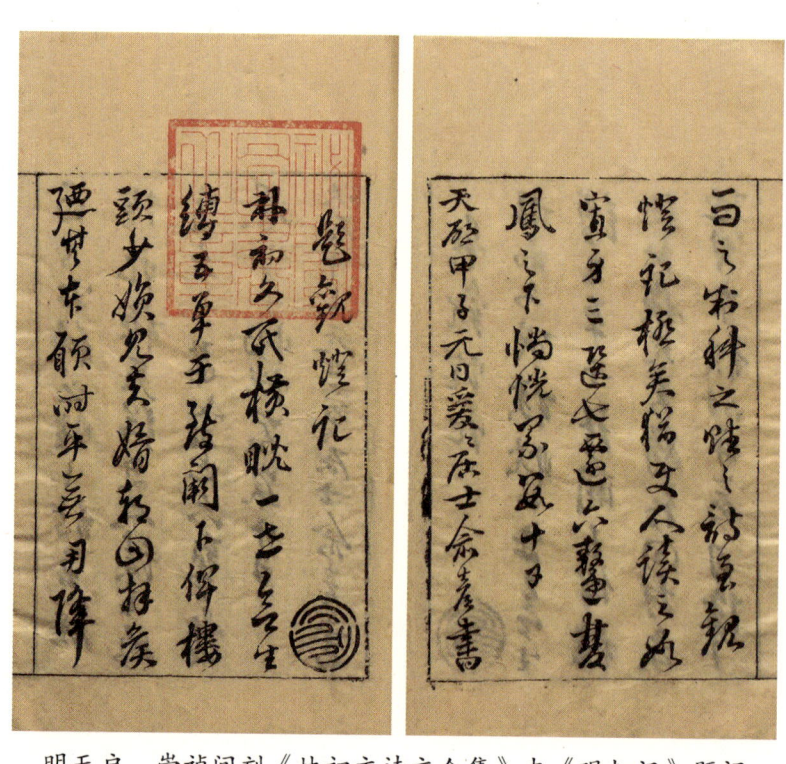

明天启、崇祯间刻《林初文诗文全集》本《观灯记》题词

易水寒（杂剧）

叶宪祖

第二折

（小生扮燕丹太子众引上）骢马金络头，锦带佩吴钩。失意杯酒间，白刃岂相仇。自家，燕太子丹是也。只因出质秦邦，受辱吕政，常怀报复，未得豪雄。前日令田先生去请荆卿，不想他一言相激，遂至杀身，深为可痛！这也罢了。我看荆卿，果然智勇俱备，是天赐我以报秦之会也！岂不可喜？今日金台之上，设宴款待。已曾请下樊将军相陪，还未见到。（末扮樊将军上）仗剑行千里，微躯敢一言。今为大梁客，不负信陵恩。自家，樊於期是也。本为秦将，得罪亡燕。多蒙太子受而舍之。今日又蒙相召，到金台上陪荆卿饮宴，须索前去。（见介）（小生）侍儿们！今日筵席，更要比前齐整，一面去请荆卿赴宴。（众应介）（生礼服上）俺荆轲一见太子，即尊我为上卿，舍上舍，十分敬礼。今日又请我金台饮宴，须索走一遭。呀！是好一座黄金台也。

【中吕北粉蝶儿】缥缈层台，势凌空列星堪摘，望崔嵬拱揖三台。兀自绕朱栏，环玉砌，碧窗香霭。（做上台介）谩抠衣平步金阶，（内作乐介）早天上管弦一派。

（见介）（生）太子，久蒙殊礼，方自愧心。更辱华筵，何胜变色！（小生）不过登台一望。侍儿们看酒！（送酒介）

【南石榴花】尘筵躬洒，专候客星来。聊极目，好舒怀。尊中新酿为君开。愧寻常野藻村莱。羡登高赋裁，只凭虚揽尽烟云概。我祖昭王，筑台求士。乐毅自魏至，邹衍自齐至，剧辛自赵至。今荆卿之贤，在三士之上，乃燕社稷之幸也！（生）不敢。（小生）似当年恢复山河，看今朝净扫风霾。

（生）俺想世上高台：吴有姑苏，楚有章华[1]，都是游乐之所。怎比金台求士？又难得太子贤明，克绳祖武[2]。但荆轲不才，所谓请自隗始者耳。（小生）好说。（生）

【北醉春风】想当今无骏骨是谁收？有黄金何处买？把驽骀[3]声价恁高抬。则心儿里揣揣！不比那云梦闲情、姑苏醉宴、章华骄态。

（末）今待樊於期借太子之酒，奉荆卿一杯。荆卿！太子雅意如此，何忍负之。（送酒介）（生）多谢将军盛意。（末）太子呵！

【南泣颜回】他虚左下英材，论殷勤礼意休猜。今日设宴于此，不为无意。黄金台上，专望你再竖琵琶[4]。这心儿怎乖，拚今朝满放金尊侧。荆卿！金丸射龟，玉盘盛手，此二事者，不可忘也！射玄龟特进金丸，爱春纤肯惜琼钗。

（生）正是。（小生）些须小事，何足挂齿？（外武扮手持剑上）十年磨一剑，霜刃未曾试。今日把似君，谁有不平事？自家，赵人徐夫人是也。畜一匕首甚利。闻得荆卿是个壮士，慕求利刃，不免将去送他。（做到介）（众问介）（外）你去对荆卿说，有一剑客相访！（众报介）（生见外介）素未相识，有何见教？（外）我乃赵人徐夫人，有匕首颇利。闻荆卿欲求利刃，特来相送。（生）借匕首一观。（外付剑介）（生看介）果然好一口利刃也！请问要价几许？（外）常言："宝剑赠与烈士。"那里要价。荆卿请了！分手脱相赠，平生一片心。（径下）（生）此亦一奇士也。（转介）方才赵人徐夫人，持一匕首相赠，径自拂衣而去。（小生、末）有此异事？（生）这口利刃，价直百金。用药淬之，刺人立死！

【北迎仙客】你看这芙蓉刃，鹧鸪胎。吐精光，黯黯青蛇色。好比莫邪铦[5]，干将快！走风尘不用怨沉埋。我待立功名，却把您做个先锋。

（小生）利刃自至，此乃成功之兆。俺们畅饮一回。

女乐们承应着！（众叫介）（旦、贴、丑扮女乐上）公子名无忌，佳人字莫愁。女乐们磕头！（小生）起来奉酒。（旦、贴、丑奉酒介）（合唱）

【南古轮台】劝多才，人生争遣酒杯挨。正逢爱客琼筵启，休夸珠履，漫摘华缨，宾和主燕喜情谐。试转歌喉，共掀舞袂，翠裙低影衬弓鞋。直到厌厌夜饮，灿银灯斜映香腮。有仲由百榼、淳于八斗、平原十日[6]，任取玉山歪。君还醒，试看人面镜中衰。

（外扮报子上）旌旗临井陉，烽火彻辽阳！报子磕头。（小生）有甚军情，这般紧急？（外）启千岁爷！秦将王翦，破赵虏赵王迁，进兵将至燕界。（小生）晓得了！（外急下）（小生）荆卿！事已急矣！计将安出？（生）此事荆轲筹之已久。昨已画下地图，今又得了匕首。只少一物，无以为信。（小生）毕竟甚么物事？（生）料得太子所不忍言，容与樊将军商之。（与末背语介）荆轲诸事俱备，只少一物，望将军慨允。（末）不知荆卿，要於期何物？无不从命。（生）欲得将军之头耳！秦购将军，金千斤、邑万家，诚得将军之头，以献秦王。秦王喜而见我。我事成矣！

【北红绣鞋】他和你今世里冤家，前世里债，真个的雄心如虎，狠如豺！将军，你男儿临死不须哀。能酬终古恨，燕国也可免剥肤灾。真落得身亡了名不坏。

（末）只道要我何物，区区一头，亦何足惜！适才匕首借我一用。（生付剑介）（末）我樊於期为秦，正日夜切齿腐心。今得死所矣！

【南扑灯蛾】我棱棱骨已柴，棱棱骨已柴，刺刺心如蚕。怀恨几多年，自叹此身尴尬也。平生慷慨，微躯肯惜丧尘埃。谢东宫，周旋款待，算报仇一事，还与报恩该！

（自刎下）（小生惊哭介）樊将军为我而死，好不痛杀人也！（生）慷慨杀身，丈夫常事。太子不必过伤！可作木匣盛了首级，我不日入秦矣。

【北耍孩儿尾】你伤情不用啼，便捐生何足骇！常言道：勇士丧元无害。且自打叠起香木函儿，赍送我入秦客！

作者简介

叶宪祖（1566—1641），字美度、相攸，号六桐、桐柏、槲园外史、槲园居士，余姚（今属浙江）人。明万历四十七年（1619）进士。官至工部主事，因不肯趋附魏忠贤而被革职。明崇祯时复起。善诗文，好戏曲，作有传奇七种、杂剧二十四种，是明代后期著名戏曲家。

题解

《易水寒》杂剧四折一楔子。取材于《史记》卷八十六《刺客列传》，叙荆轲刺秦事，将结局改写为荆轲全身而退，与仙人王子晋共入仙境。本编选录剧中与北京历史相关的第二折文本。

北京作为国都的最早历史，大致可以推测到西周时的燕国都城"蓟"，据文献记载，至战国时期，燕都蓟城内已有规模较大的宫殿群存在。黄金台，源自于燕昭王（？—公元前279）即位后在燕都蓟城修建高台，广揽天下人才的著名传说。虽然燕昭王筑黄金台的故事虚构的成分居多，但是却在后世获得了无数文人墨客的吟咏称颂，寄托着他们希望得到明君重用的真实期待。作者叶宪祖在本折中将荆轲刺秦的史实和燕昭王筑台的传说融合在一起，编撰出燕太子丹在先王筑造的黄金台上宴请贤士的一段生动情节，不仅展现出精湛的戏曲创作技巧，还寄寓着古代饱学士子间普遍存在的渴望施展才华报国报君的人生终极理想。

《易水寒》今存明万历刊本（藏于日本内阁文库）、《盛明杂剧》二编本、民国七年（1918）武进董氏诵芬室覆刻本。本编选用《盛明杂剧》二编本。

简注

（1）吴有姑苏，楚有章华：姑苏台始建于吴王阖闾，至吴王夫差时期建好，用以享乐；章华台，又称章华宫，楚灵王时修建，管弦宴乐，日夜不息。

（2）克绳祖武：源自《诗经·大雅·下武》中"绳其祖武"，意为后人继承祖先功业。

（3）驽（nú）骀（tái）：意为劣马，引申为才能低劣。此处为谦辞。

（4）毰（péi）毢（sāi）：形容鸟羽毛张开的样貌，此处用来形容人酒后毛发散开的状态。

（5）銛（xiān）：意为锋利。

（6）仲由百榼、淳于八斗、平原十日：仲由百榼，出自先秦谚语"尧舜千钟，孔子百觚，子路嗑嗑，尚饮百榼"，仲由，即指子路；淳于八斗，是指淳于髡以酒谏酒，劝说齐威王节制饮酒的典故；平原十日，是指秦昭王曾以十日宴饮邀请平原君赴秦国的典故。

翠屏山（传奇）

沈自晋

第六出　结义

（丑上）恨小非君子，无毒不丈夫。我张保，叵耐[1]杨雄这厮，逞着自己本领，不看人在眼内。我前日替渠[2]借铜钱，勿肯也罢，反把我痛打一顿，思之可恨！那间渠新充子刽子手，众人替渠挂采把盏，我那间拉子几个泼皮弟兄：草里金刚、秃悔蛇、烂腿阿四、屈鼻头徐二、打勿杀鳑鲏，去打里一顿，抢子里个礼物，叫他蓟州城里做不成好汉。杨雄，杨雄，叫你从前作过事，没兴一齐来。（即下）（小生上）

【醉扶归】远迢迢雾琐燕南界，影沉沉日落望乡台。谁知客馆羁魄趁尘埃，教我穷途落魄多尴尬。万般皆是命，半点不由人。我石秀，到此指望做点生意，谁想消折本钱，又染成一病，不得还乡，流落在此。只得卖柴度日。咳！我石秀也是一筹好汉，为何恁般狼狈？（唱）我这一双赤手怎安排？三千白发愁无奈。（内吹打介）（白）（小生）那边鼓乐之声，有伙人来，我且闪在一边，看他做什么勾当？（即下）（三旦、外小军、生上，合唱）

【泣颜回】琐尾羡杨雄,喜见英姿骁勇,雕青双臂,擎来刀利如风。龙文夜吼,待身留、一剑除凶横。少年场侠烈驰名,游街衢尽教惊悚。(净、副、丑打众即下)

(净、副)打个毽养个!(丑)说明白子打。(生)你是张保吓。(丑)呔!杨雄,我前日替唔借铜钱,无得也罢,为嗻个打我一顿?(生)你今日便怎么?(丑)你今日诈别人没事,分点老张便罢!若没得,叫唔蓟州城里做勿成好汉!(生)只看你本事了。(净、副)打个肏娘贼!

【太平令】狭路相逢,说着教咱气满胸!今番不与他胡哄,相见处怎能容?(众各打介)

(小生暗上,看介)不要动手!(打介)唯[3]!有我在此!(生看,即下)(丑)呔!我自打里,嗻要你强家劝?(小生)我么,叫做抱不平,特来打你这厮!(丑)我专要打抱不平!(打)

【扑灯蛾】(小生唱)打着泼贱材,残生好相送。(丑)持着一双拳,尽自将人摩弄也,(小生)将咱怕恐,欲饶伊情理难容,(丑)再休夸心雄气猛,自今日,抱头鼠窜敢交锋?

(末上)不要动手!(小生)呔,谁敢动我?(末)不是。无用之徒,饶他去罢。(小生)看兄分上,饶你!

（丑）打杀哉！等我认认看。（末）还不走？（丑）亦是一个凶个。（丑下）（末）请到这里来。路见不平真好汉，拔刀相助是英雄。请了。（小生）请了。（末）请问尊姓大名，仙乡何处？这番路见不平，却是为何？（小生）在下姓石名秀，本贯金陵。只因命运不通，流落穷途，方才一时气忿，实与那厮不曾厮认。（末）难得石兄一片热肠，为何流落到此？（小生）长兄听禀。（末）愿闻。

【玉芙蓉】（小生）生涯似溺沙，身世如飘瓦。任关河路渺，曙鼓昏鸦。无媒径路羞先达，长铗[4]归来何处家？（合）雄心诧，信天公降罚，枉教人、望风翘首漫嗟呀。

【前腔】（末）青门岂种瓜？紫塞堪驱马。趁边风断柳，泪洒清笳，凌烟惨澹新图画，阵雨苍茫旧建牙。（小生）请问长兄尊姓大名？（末）实不相瞒，小可姓戴名宗，在梁山泊上宋公明手下，到此寻个朋友，不想有缘遇兄。（小生）江湖上有个神行太保戴院长，就是仁兄么？（末）不敢。（小生）久慕！久慕！（末）岂敢。想兄如此豪杰，何不同往寨中聚义，却在此受此凄凉？（小生）小生一时命蹇[5]，未能出身。等闲这话，不必提起。（末）这也不敢勉强。偶有白银十两，聊为资本。（小生）尊惠出于无故，怎好受？（末）朋友有通财之义，何妨？（小生）如此，只得领了。(末)请了。(合前)(下)(内喊介)(小生)吓,想必还在那边厮打。待我赶上前去,打他一个落花流水,才认得我!那个要打?来来来!(赶下)(生上)

【缕缕金】平白地遇强梁,淮阴曾受辱,恨难当。路上何方客,教咱依仗?方才遇了那伙人,竟不知那帮我打的,往那里去了?快追寻踪迹莫彷徨,恩俦好相向,恩俦好相向!(小生打上)

(生)不要动手!(各认,笑介)(生)原来就是仁兄,教小弟那处不寻得?倒却在这里。(小生)小弟遇了一个朋友,多说了几句话,不知仁兄呼唤,得罪!(生)岂敢。和兄到酒肆一谈,不知尊意若何?(小生)使得。小东是小弟的。(生)岂敢。请!酒家!(副上)酒店门前三尺布,南来北往多主顾。杨大爷,吃酒偺?里面坐。(生)有好酒、好下饭,尽数拿来!(副)是哉。(下)(生)请了!请坐。(小生)有坐。(生)请酒!各处寻兄,几乎不能相会。(小生)小弟正在那边打这狗头,被一位朋友劝住,为此来迟。(生)请酒!(小生)请!请问仁兄,方才为何与那厮闹起来?(生)方才那人叫张保,原是本衙门当军牢的。他前日来与小弟借钱。(小生)可曾借与他?(生)一时没有,不曾借与他。(小生)不借,就罢了。(生)因此怀恨在心,今日见弟决囚回来,多蒙众兄弟贺我花红酒礼，他拉了无数小人，要来抢我的东西。方才若没有仁兄帮我这场便宜，几乎出丑。（小生）如此说，少打这狗头几拳了。（生）也够了。请！请问仁兄，到此几时？还不曾相会。（小生）长兄听禀。（生）愿闻。

【锁南枝】（小生）乡关杳，客路悠，（生）到此有何贵干？（小生）为经商远游到蓟州。（生）仙乡何处？（小生）念咱家住在长干，（生）是建康。高姓大名？（小生）姓石名为秀。（生）吓，石秀。（小生）小弟本性粗疏，最肯与人出力。（生）好，这才是个大丈夫！（小生）只争气不平，便待冲斗牛。（生）江湖上，少有这等朋友在外。（小生）若到其间，那时性命也就不惜了。因此有个绰号。（生）妙！必得请教。（小生）献丑。（生）岂敢。（小生）唤做拼命三，在人口。

（生）是吓，闻得有个拼命三郎石秀。（小生）就是小弟贱名。（生）就是仁兄！久慕大名，如雷灌耳，今日得遇，三生有幸！（小生）虚名休得见笑。（生）好说。酒来！请酒！难得期逢。（小生）请问长兄尊姓大名？（生）仁兄听禀。（小生）愿闻。

【前腔】（生）俺杨雄不唧溜[6]，无端遇此仇。若使不逢侠士，骤然一力担承，枉被人厮耨[7]。（小生）大丈夫义气相投，何必见外？（生）因此特来拜谢。（小生）说那里话？方才若非仁兄这般本事，怎打得这班人星散？（生）不瞒仁兄说，但使小弟，也是侠少场，英俊俦，（小生）弟原说是一等好汉。（生）因小弟面色微黄，故尔也有个绰号。（小生）兄也有？妙！必要请教。（生）出丑。（小生）岂敢。（生）叫病关索，我的混名[8]久。

（小生）是吓，久闻江湖上有个病关索杨雄，就是长兄？（生）不敢。贱名。（小生）得罪了。（生）岂敢。（小生）久慕英雄，未曾识荆。今日目睹，小弟之万幸也！（生）虚名休笑。（小生）久仰！久仰！酒来！（生）仁兄请酒。（各吃介）（生）请问仁兄，还是孤身到此？可有亲戚在此否？（小生）一言难尽。

【前腔】身飘荡，惭蒯缑[9]，似新丰殢人穷马周[10]，（生）如此凄凉，怎生过活？（小生）只得卖……（生）请教？（小生）说也惶恐，（生）何妨？（小生）不瞒仁兄说，只得卖担柴儿，度日如年旧。（生）有何本事？（小生）谈本业，不过枪棒流。（生）多少年纪？（小生）问咱年，才得二十九。

（生）好！正在壮年。（小生）我听仁兄语音，不像这里人。（生）我原不是这里人。（小生）贵处是哪里？（生）我是中州人，流寓在此的。（小生）我说是河南。（生唱）

【前腔】在他乡枉迤逗，平生意气投。小弟有句话，要与仁兄讲。(小生)有何见教?(生)欲与兄结为兄弟,从此骨肉相看,何必论新旧?(小生)多蒙节级不弃,但不知尊庚多少?(生)痴长一年。(小生)如此说,是哥哥了。哥哥请上,小弟有一拜。(生)愚兄也有一拜。(合唱)然诺暂,行路羞,从此八拜交,相依岁寒守。

(生)请!(小生)如今是哥哥了。(生)吓,愚兄从今日僭起,得罪了。(小生)岂敢。酒来!(生)兄弟,你酒量如何?(小生)能饮几杯。哥哥如何?(生)愚兄最好。(外上)善为传家宝,忍是护身符。老汉潘公,闻得女婿杨雄与人厮闹,女孩儿放心不下,叫我去打听打听,有人看见到酒肆中去了。这里是了,我且进去。唅,我家大郎,可在你店中吃酒?(副内)拉瓦[11]楼上。(外)待我上去。大郎!大郎!(看小生介)吓,想必就是这个人打我女婿的了。罢,拚这老性命,结果了他罢!(撞介)(生)不要如此。方才多亏相助,不曾吃亏,故此与他结拜为弟兄。(外)他姓什么?(生)姓石。(外)吓,原来就是石叔叔。(小生)哥哥,此位……(生)是家岳。(小生)就是老丈。请了!(外)石叔叔,方才粗鲁,得罪!得罪!(小生)请坐。(外)大郎走来。(生)怎么?(外)家中有现成的不吃,倒吃店中这贵东西?(生)贤弟,就同到舍下去,少间搬顿行李罢。(小生)总是要拜见嫂嫂的。酒家，算账！（生）岂敢。上在我账上。（外）老汉引道，这里来。行行去去，（二生）去去行行，（外）这里是了。（生）贤弟请。（小生）哥哥请。（外）我儿出来，你丈夫回来了。

【引】（正旦上）镇日闲情俙僽[12]，不离却心上眉头。大郎，闻你与人厮闹。教爹爹来看你，可曾吃亏？

（生）没有，多亏这结义兄弟，帮我一场便宜。过来，见了叔叔。（外）叔叔，方才多亏相助，老汉感激不尽。（小生）好说。此位……（外）是小女。（生）是寒荆。（小生）就是嫂嫂！嫂嫂请上，受石秀一拜。（正旦）奴家年轻，怎敢受拜？（生）常礼罢。（外）让他每拜拜，日后好相见。（小生）念石秀一勇之夫，垂情国士。（正旦）丈夫三生有幸，结义少年。（小生）倘有粗疏，望尊宽宥。（正旦）得承契结，凡事提携。（生）巧姐，不要说了，进去整治酒肴，与叔叔接风。（正旦）晓得。好个美少年！（看小生介）（外）叔叔请坐。石叔叔，我大郎在蓟州城里，也算得是个好汉！如今又有尊叔帮扶，我老汉还怕那个？（小生）说那里话？（外）老汉有句话，与你商量。（小生）有何见教？（外）老汉原是屠沽[13]出身，如今年老，小婿一身在官，所以撇了这行买卖。不知尊叔可晓得否？（小生）先父也曾开过屠铺，这行买卖，倒也晓得一二。(外)待我去，(生)那里去？(外)对门有个徐小七，叫他来相帮相帮。叔叔掌管账目，明日就开起店来。(生)且慢。(小生)多谢老丈与哥哥。但恨石秀呵。

【玉抱肚】风尘生受，尽浮踪天涯敞裘。荷君家倾盖交欢，却教咱感恩深厚。(合)焉知异日不封侯，何事奇毛惜远游？

(正旦内白)爹爹，酒完了，请叔叔里面饮酒。(外)叔叔，请到里面去吃酒。

(小生)君如新雁我归鸿，(生)十哉论兵命未通。

(外)两叶浮萍归大海，(合)人生何处不相逢？请！

(外)大郎，叔叔酒量如何？(生)强似你的。(外)好吓。如此。待我拿酒来，与叔叔耍三拳，较较量如何？(小生)使得。请！(各下)(正旦看小生介)(外)我儿，你丈夫结义这位好兄弟帮扶，谁敢欺负？(正旦)便是。孩儿心上也喜欢。(外)吓，你也喜欢他，我也喜欢他，大家喜欢他！拿酒来，拿酒来！(下)

作者简介

沈自晋（1583—1665），字伯明、长康，号鞠通生。江苏吴江人。著名曲家沈璟（1553—1610）族侄。弱冠补博士弟子员，后无意仕途，作曲赋词以终。作有传奇《望湖亭》《翠屏山》《耆英会》三种，前两种今存全本。

题解

《翠屏山》共二十七出，其故事源自《水浒传》第四十三回至第四十五回蓟州狱吏杨雄杀潘巧云，与结义兄弟石秀投奔梁山事。该剧还在其中穿插了《水浒传》第五回小霸王周通强娶石秀未婚妻，被李逵怒打一事。最后还增添朝廷下旨，招安梁山好汉的剧情。本编选录第六出"结义"。

《翠屏山》第六出叙述蓟州狱吏杨雄被市井无赖张保刁难，遇到流落此地的石秀路见不平，怒打张保，杨雄见其英豪，邀其饮酒，二人一见如故，结为异姓兄弟。蓟州，辽代属南京路；宋宣和四年（1122）归宋，属燕山府路；宣和七年（1125），金灭辽后，复取其地，属中都路；元代属大都路；明清两代属京师顺天府，与北京作为国都的历史密切相关。《水浒传》的故事设定在宋宣和年间，此时蓟州归宋，故《翠屏山》中杨雄可在此地任职。

《翠屏山》今仅见雍正九年（1731）瑞宜堂葛氏抄本（有缺）。本编选用此本。

简注

(1) 叵（pǒ）耐：早期白话，意为不可忍、可恨。

(2) 渠：这里是第三人称代词，意为"他"。

(3) 哾（dōu）：怒斥声。

(4) 长铗（jiá）：指长剑。战国时，齐人冯驩（huān）客于孟尝君门下，怀才不遇，尝弹剑作歌曰："长铗归来乎，无以为家。"孟尝君使人养其母。此处用此典故。

(5) 命蹇（jiǎn）：意为命运困顿。

(6) 唧溜：北方土语，意为伶俐、机敏。

(7) 厮挼：即"撕搦"，此指纠缠、拉扯。

(8) 混名：即"诨名"，意为外号。

(9) 蒯（kuǎi）缑（gōu）：冯驩做孟尝君的门客时，甚贫，只有一把用蒯草缠绕剑柄的剑，为人所轻视。后世以此典比喻怀才不遇。

(10) 新丰殢（tì）人穷马周：唐代宰相马周未发迹时于新丰客店借酒消愁。后世以此典比喻怀才未遇时。

(11) 拉亝（dū）：吴语，意为"在"。

(12) 僝（chán）僽（zhòu）：意为烦恼、愁苦。

(13) 屠沽：指屠夫和卖酒的人，泛指职业低微的人。

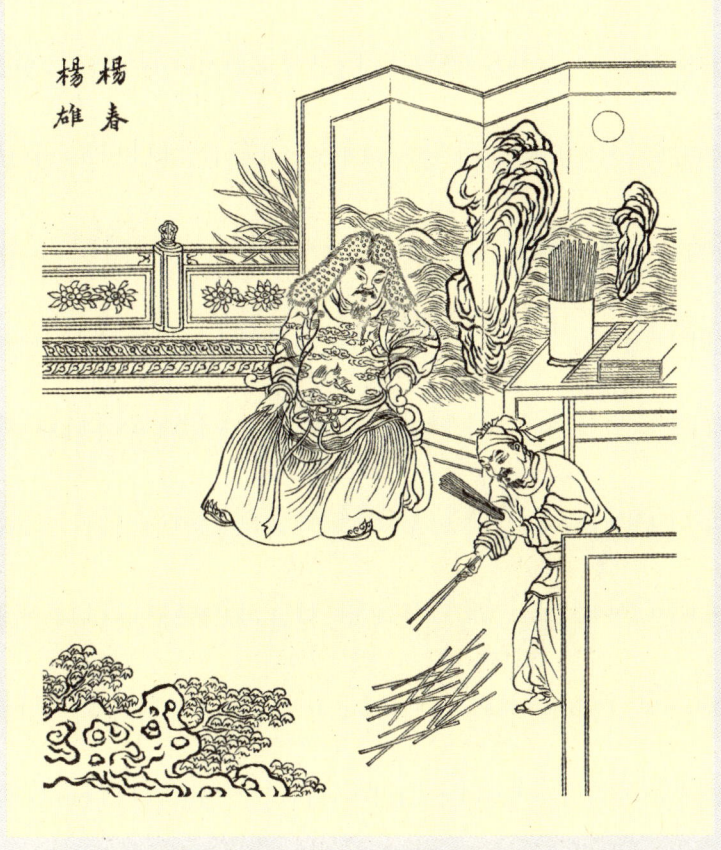

［明］杜堇《水浒人物全图》之杨雄、杨春

［明］杜堇《水浒人物全图》之时迁、石秀

[明]杜堇《水浒人物全图》之燕青、李逵

燕子笺（传奇）

阮大铖

第五出　合围

【点绛唇】（净胡服，女乐、众军士上）高鼻连群，明驼成阵。番靴整，踏遍了华清，羯鼓把花催醒。

渔阳垒鼓动黄云，沙碛惊看起雁群。貂帐夜来微雪下，琵琶送酒石榴裙。自家范阳节度使安禄山是也。天生胡种，滥受国恩；外貌痴肥，中怀狡黠。金貂皂帽，一时宠冠群僚；铁骑雕戈，八面雄先诸镇。绣褓赐钱于浴室，金鸡设障于朝参。真是宠幸无双，富贵已极，我的心愿也罢了。只叵耐杨国忠这老儿，与那达奚珣一班的人，屡在官里谗谮咱家，说咱原是胡人，必萌异志。仔细思量起来，咱在边厢，他们在里面，到底出不得这狗头算子。因此上整顿兵马，直犯长安。你看所过州县，望风瓦解。近日又差何千年、高邈二人，假以献那射生手为名，掳了杨光翱，赚破了太原城子，好歹歇马数日，刻期可以渡河。这都不在话下。今日天气甚是晴和，众军士，可前去帐外沙地上打围一番，多少是好。（众应，吹打呐喊介）

【二犯江儿水】（净）雕鞍金镫，结束了雕鞍金镫。绣幡飘，云外影。畅好长杨蘸水，细草如烟，那紫骝缰沙路稳，鹧尾掣金铃，炉香宋鹊薰。雪尽蹄轻，风紧弓鸣，你看草茸中，狐兔滚。（众献打围猎物介）禀大王，此处草坡上，可以消停片时，等众人马略歇一歇。（净）使得，使得。（净坐，胡女弹琵琶，奉酒介）琵琶数声，响叮当琵琶数声。团花舞裙，颤笃速团花舞裙。洒缨时，噇[1]了些打剌苏[2]，觯不醒。（众起，吹海螺声，斜身低头，单摆疾行三转。净上桌，唱介）

【前腔】你看中原数星，勒马望中原数星。刮边风、吹雁冷。仗着靴尖平踢，鞬扣牢拴，一枝枝番箭准。想起鸡头乳半停，红尘笑口迎。几时得金钱重洗，舞马轰挝，把凝碧池歌吹领？（净下，鸣鼓行介）花腔鼓鸣，扑冬冬花腔鼓鸣。玉靶弓擎，赤紧的玉靶弓擎。对阵时，孩子们，挑选射雕儿做头一等。

乱云飞碛满渔阳，旧是蚩尤古战场。

胡骑归鞍挂双兔，弯弓犹自射黄羊。

作者简介

阮大铖（约1587—1646），字集之，号圆海、石巢、百子山樵。怀宁（今安徽安庆）人。万历四十四年（1616）进士。因先依附魏党，后乞降清兵，人品为时人所不齿。但他富有文才，深谙音律，善于创作适宜演出的"场上之曲"，在当时和后世都有较大影响。今存传奇作品四种，分别为《春灯谜》《燕子笺》《双金榜》《牟尼合》，世称"石巢四种曲"。

题解

《燕子笺》共四十二出，写唐代士人霍都梁与名妓华行云，以及礼部尚书之女郦飞云的爱情故事。其中燕子衔走飞云所写词笺，掉落在霍都梁头上是二人定情之关键。经过种种波折，霍都梁既得状元，又立军功，二女皆获诰封。剧中穿插有"安史之乱"兵事，本编选录叙述安禄山起兵事的第五出"合围"。

幽州节度使，唐玄宗先天二年（713）始置，负责防御奚人和契丹，初辖幽州、蓟州、定州等九州。天宝元年（742），改幽州为范阳郡，治所在蓟县（今北京城区西南），管理今天的北京大部，以及天津和河北的部分地区，并改幽州节度使为范阳节度使。天宝十四载（755），身兼范阳、平卢、河东三地节度使的安禄山从范阳起兵发动叛乱，并于次年僭越称帝，国号大燕。唐乾元二年（759），已归降唐朝的安氏部将史思明复叛,自称大燕皇帝,定都范阳,改称燕京,是为北京被正式称作燕京的开始。在《燕子笺》传奇的第五出中,安禄山起兵时自称"范阳节度使",而非"幽州节度使",即与幽州改为范阳郡的史实相符。

《燕子笺》今见明崇祯间刻本、清初怀远堂刻本、清初雪韵堂刻本、民国诵芬室《重刊石巢传奇四种》本等。本编选用明崇祯间刻本。

简注

(1) 噇(chuáng):通"吃"。

(2) 打剌苏:蒙古语,意为酒。

《燕子笺》戏曲绣像之郦飞云（《明刻传奇图像十种》）

《燕子笺》戏曲绣像之华行云

《燕子笺》戏曲绣像

《燕子箋》戲曲繡像

西楼记（传奇）

袁于令

第三十四出　卫行

【北点绛唇】（小生上）论兵法黄石深筹，夸剑术白猿高手。小可的施机縠[1]，恰便是谈笑功收。谩道那掇月移宫，推云出岫。

自家在混真寺中，弃了轻鸿妾，赚得穆素徽。于叔夜在京，我如今护送他去，成就姻缘。但不知素徽果真心否，待我试他一试。要知心腹事，但听口中言。素徽何在？（旦上）

【南剑器令】旧恨变新愁，吉与咎[2]好难寻究。避雷霆又遭霹雳，（疑介）向前且问根由。

（小生）素徽，你道我特来取你则甚？（旦）奴家看你像个有心人，故迟片刻之死，正要问个明白。（小生）

【北混江龙】我爱你花娇玉秀，兀的是发拖云，更和那眼凝秋，只指望洛神佩解，与那汉女环留。（旦）嗳哟，这是那里说起？（小生）我与你弄玉同登乘凤台，太真齐凭望仙楼，镇日的呈妙舞。引清讴，击方响，按箜篌，浮桂液，爇[3]兰油，餐白鹄，脯红虬[4]。真个是溶溶深院四季混寒暄，更和这层层步障句日的无昏昼。早趁此鹊桥鸾驭，成就此燕侣和那莺俦。

（旦哭介）呀，君家差矣。自古忠臣不事二君，烈女不更二夫。奴家生在烟花，志坚金石。

【南桂枝香】夫君曾有。（小生）姓甚名谁？（旦）姓于名鹍字叔夜。（小生）你既不他适，怎生随了池同？（旦）呀，这是仇雠厮守。他与鸨母计赚奴家，奴家生分，不与他成亲，恨不能即断其头。近闻于郎已死，自缢房中，又被丫鬟救转，忽闻讣报传来，不得亲扶灵柩。（小生）怎在寺中设建道场？（旦）是奴家与于郎，不能尽夫妇之情，安排灵座，痛哭一番。烧些锭楮[5]，烧些锭楮。（小生）敢是完了心愿，便就一心随那池同到老？（旦怒介）咳，说那里话？功德一完，即便自尽了，道场完后，别无迤逗。不意又被你劫取，我只道押衙昆仑之辈，尚与你接谈，不意又遇池同，既可随你，何不就随了他？如再相逼，君家佩剑，妾当以领血溅之！（小生）若肯从我，当以金屋贮卿。（旦）谩胡诌！金屋非吾愿，泉台是所求。

（小生长叹介）呀，你果然有这般贞烈，堪垂青史，可载彤编，也不枉叔夜一片精神。罢，吾与你说明了罢。

【北油葫芦】则听得往事从头逐一剖，赤紧的把死生盟你便能自守。俺也不是偷香窃玉也待逞风流，则是俺移花换柳，与您谐婚媾。魆[6]把那轻鸿女一样妆成就，那勇士便便携之在月下走。池同的把假货去求，谁道是佳人反在咱每手。活铮铮个于郎您待见否？

（旦）于郎既死，那里说起？（小生）几曾死来？（旦喜介）说是八月二十五日死的。（小生笑介）我十月初旬，从燕京南返，到涿州地方宿店，遇着于郎，前来会试，李贞侯亦在坐，贞侯误传刘楚楚之言，说你缢死房中，可是有的么？（旦）是有的。（小生）那时于郎闻之，痛悼几绝，我每劝他赴选，不在话下。（旦）呀，有这等事？（小生）不意自京中回来，偶同小妾轻鸿，游至杭州，横塘步月，与观法事，见你荐亡文疏，立生一计取你。（旦）请问稠人广众，如何抢得奴家？那池同又不来追赶。（小生）我只得哄妾轻鸿，与你一般妆束，差勇士打灭禅灯，负轻鸿而走，那池同错追轻鸿，闻鸿已赴水而死，池同被地方拘住，所以不来追赶。如今于郎在京，我送你去便了。（旦）割爱施谋，竭忠尽力，此恩此德，何日忘之？恩人请上，奴家有一拜。（拜介）（小生答介）何谢之有？（旦）

【南八声甘州】经年困守，感君家侠气，妙策神筹，轻捐姬妾，交谊古今希觏[7]。奴家呵，似笼鹰再逐霄汉，举辙鲋[8]重从江海游。含羞，这生全恩德难酬。——大恩人高姓大名？（小生）你道我是谁，我姓胥名表，号长公。

【北天下乐】俺本是击筑吹箫江南任侠流，腰横着吴也么钩，吴钩射斗牛，蓦忽地展半筹，便教那书生遂好逑。（旦）君家只从旅店遇着于郎，还是旧交。（小生）俺与于郎非旧游。（旦）可认得池同那贼。（小生）前夜若见他，就要动手杀却，又迟了抢你之事，所以不曾去看他，竟抱了您走。与池同也没甚仇，只待与有心人，一朝完配偶。——快些趱路，叫小厮，车马何在？（众带车马上）佳人金缕青丝鬓，骏马银鞍碧玉蹄。（旦做登车，小生乘马行介）（旦）

【南解三酲】羡你具古洪机彀，更有那许俊雄遒，似昆仑磨勒[9]难追究。还送我到皇州，一朝遂同千里游，片语平消万种愁。争驰骤，星奔电走，无暇回眸。

（小生）一路好风景也。

【北那吒令】晓风和，岸草柔。午云深，岭树幽。喜听啼莺如唤友，游蜂的似觅俦。（旦）京师还有许多路。（小生）神京的在望处浮，使佳人屡送眸。俺便将离恨天补的才完，相思地缩的不就。不由人的鞭策频抽。——

看看起程，又早近京也。（旦）

【南醉扶归】晓行暮止甘驰骤，穿山度岭奈娇柔。漫想当年话西楼，岂知今日多僝僽。恨不得立时相见诉离愁，怕见面都遗漏。——前面是北京城了。（小生）到了，我每进城去贡院前寻问去。

【北金盏儿】历间关赤碌碌早已到皇州，凤城中阛阓[10]炊烟浮。小厮，你到挂号所在。看簿上登记于相公寓在何处，即到寓所去问。（僮应介）待小的去问来。（下，小生）俺待把于郎的行共止，一一的忙寻究。（旦）莫不场事完了，又去迷恋青楼。（小生）休猜做南宫的试毕，又早去迷翠馆，醉青楼。（家僮上）闻说洛阳花似锦，偏我来时不遇春。（小生）怎么说？（僮）问到于相公寓所，主人说家里死了妻子，日夜啼哭，一完场事，榜也不等，星夜回去了。（旦哭介）（小生）这样不凑巧，真是好事难成。（旦）

【南安乐神犯】姻缘已就，谁知来到，不获绸缪。伯劳飞燕早分头，浮萍浪梗难相凑。（小生）他揭晓也不待了。（旦）黄榜无情待，白骨有心求。此段恩何厚，行和止作么筹。教人堪恨转堪羞，彷徨处空泪流，一天欢庆反成愁。

（小生）这个却易，不用愁烦。我有宅第一所，在东门梅花胡同内。高楼大院，童婢如云。我到京中，惯在里面歇息，你可权暂逗留，我往下路去寻于郎还你便了。（旦）始终玉成，何施恩之无厌也？（小生）自古道为人须为彻，谋而不忠，非大丈夫也。（行介）

【**北寄生草**】俺有个私宅第，可喜的是地最幽，恰称的九华仙驭权迤逗，尽有驱奴使婢每环前后，且喜是重门朱户无人叩，一任他门前蜂蝶遍寻求，只索护幽香莫被东风漏。——迤逦行来，此间已是。快开门！（众侍女上）日间不作亏心事，半夜敲门不吃惊。（见小生介）呀，老爷回来了！（小生引介，旦进介，小生）众奴婢，这是于相公的夫人，你每都来叩头。他遇了难，我留他暂住在此，我自去寻于相公。你每小心伏侍，不可有慢。早晚把门闭了，是姓于的相公来问便开，小心在意。（众）晓得。（旦）

【**南皂罗袍**】惭愧姻缘不辏[11]，感君家藏贮翠馆朱楼。入海捞针费寻求，守株待兔空儴儌。崎岖古道，教伊浪游。繁华别院，与奴遣愁。恩深义重难消受。

（小生）分宅破家，交谊之常，何足挂齿？你安居在此，我自去寻于叔夜，少不历尽天涯，也索还你，不要愁烦。（袖出书介）有书一封，待于郎来时与他开看。（旦接书介，小生）丫鬟每伏侍进去了。（旦）不恋故乡生好

175

处,受恩深处便为家。(小生)仰天长笑出门去。应知足底是天涯。(别旦,旦下)(小生)

【北煞尾】甫能觳送将穆氏帝京游,又寻叔夜江南走。可这千里马儿不容气吼,紫丝缰何尝轻放手。忽剌剌一似顺风舟,只成就这凤鸾俦。有一头早不见一头,赤泼泼侠肠痒处难拴纽。思量起也着甚由,又不为热汤儿半口,又不为切己的功名儿驰骤,为他们害相思两下里担忧,好似把红绡妓与千牛[12]。

第三十八出　会玉

【三叠引】(生上)朱楼画阁连云构,绿覆重重杨柳。庭院恍天台,试把铜镮轻扣。

我到京廷试,今访梅花胡同内素徽居所。迤逦行来,高楼大院,想必就是了。待我叩门则个。(叩门介)(内)是谁?(旦上看介)纵使侯门深似海,从今引得外人来,莫不是池同来寻我?呀!这是于郎声音,快开门!(生相见介)

【颗颗珠】一别已经秋,今朝相见,不禁泪交流。
(生)西楼有盟,曾结三生夙好。(旦)旧玉无恙,终成百岁良缘。(生)死而复生,离而复好,亦一段奇话也。(旦)千愁万恨,不能尽述,试略道几语。(生)

【**巫山十二峰**】【**三仙桥**】自那日西楼喜逅。(旦)《楚江情》病中奏。(生)伯将谤口,父亲前事漏。(旦)那赵伯将帅领多人,逐奴远方居住。【**白练序**】驱走不暂留,奈鸨母将浮江上舟。(生)那时你便怎么?(旦)专相候。——奴家寄发一股,修书一封,约你冲风冒雨逾垣破壁而来,以决生死之盟。谁想只来旧玉,回书没有。(生)【**醉太平**】适轃,封函未剖。被亲归闪散,无暇缄愁。开书看时,只见香云,一幅素纸,并没半字。拆开素纸,只疑哑谜,回头牵忧。一定有误了,那时你便怎么?(旦)母亲只促开船,奴家生分不肯,停舟一夜空厮守。(生)咳,误了事也,此去竟向钱塘。(旦)母亲只说寄居亲族,鸨母谁知生机彀,那池同放下金钩,诓投栖却思缔偶。(生)你可从顺他?(旦)砥冰霜誓不与共衾裯。——闻你又带病往山东去了。(生)不要说起。【**犯胡兵**】迎医往任添憔瘦,冥途去久,那知三日还魂,恨医传讣谬。(旦)奴家误听刘楚楚之言,自缢而死,又被侍儿救醒。骤闻伊死讣,已拚一命丢,谁知被侍儿救,有今日合成就。——你又那里得我死信?(生)【**琐窗寒**】赴春闱途遇贞侯,说芳魂一笔勾。那时我只待要死,不欲会试,那个侠客胥长公适遇,安慰我一番,劝我进场。(旦)那胥长公,也就在那时会的?(生)勉含愁应举,

177

归问根由。——出场便欲归到钱塘,先就刘楚楚家问你消息。(旦)倘我果然死了,你却怎么?(生)惟有痛哭而绝,葬卿之侧耳。(旦)怎生晓得我不死?(生)【刘泼帽】向刘家楚楚从前叩,知又飘流,谎⁽¹³⁾得人心僝僽。(旦)自那日误闻讣报,建设水陆道场,拜你一拜,即欲自尽,谁想翻成好事。【香柳娘】请僧人度伊,请僧人度伊。霎地拥戈矛,抢咱便疾走。我只道谁,却是郎君义友,他路见不平,弄出押衙妙筹,磨勒高手。【贺新郎】送奴家在此权迤逗,去问你遂姻媾。(生)那胥长公是个大侠客,我正待到京哭吁九重,遍天下求你,谁想在常州地方遇着他,他细陈颠末,说你下落,得以来此。【节节高】相逢笑语稠,指皇州,方知有个藏春薮⁽¹⁴⁾。(旦)怎生赶得及殿试?(生)也亏了胥长公,他计程不及廷试,他赠我以千里马,四日就到京与试。他道明光奏,途路悠,怕看花后,赠咱千里青骢骤。

【东瓯令】飘然如挟楚云游,重得话西楼。

(旦)我倒忘了,那胥长公还留书一封在此,说于郎来时开看。(袖出书介,生看介)呀,他说如已得面晤,不再至矣。怎么好?(旦)他竟不来了,有这等侠气的人,我每还去寻他报德便好。(生)便是,但这个人是不求报的。(旦)在我每不能恝然⁽¹⁵⁾。(生)同向空中,拜他一

拜。(做同拜介)

【尾声】感胥公恩情厚，始终成我凤鸾俦，遥望空中同顿首。

（生）今夜的亲便成了，归去拜见父亲，须得李贞侯先去作伐。（旦）李贞侯可曾中？（生）他也中了探花。（旦）正好作伐。（生）游街过了，即便告假回去成亲。

何处飞来锦绣丛，新欢旧爱两无穷。

今宵剩把银釭照，犹恐相逢是梦中。

作者简介

袁于令（1592—约1672），原名蕴玉，一名晋，字令昭、凫公，别号箨庵，自署幔亭仙史、幔亭歌者、幔亭过客、幔亭音叟、吉衣道人、剑啸阁主人、砚斋主人等，江苏吴县（今苏州）人。青年时曾在北京国子监读书，并在这段时期写作戏曲作品若干。根据现有资料，可推测其《西楼记》传奇当作于万历三十八年（1610）至万历四十八年（1620）之间，袁于令二十岁左右时。

题解

《西楼记》共四十出，故事背景设定在明代，叙述南畿（南京）解元于叔夜与歌妓穆素徽的爱情故事，二人在西楼因词曲定情，后因于父阻挠而分离。于叔夜随父迁往山东任所，因相思成疾病倒昏迷，穆素徽则被鸨母嫁与浪荡公子为妾，被困杭州。素徽误闻于叔夜死讯，在房内自缢时被救下。正在北京赶考的于叔夜又误闻素徽已亡，考完试不等出榜，便匆匆南下寻找其尸骨。时有见过叔夜的义士胥表偶遇素徽，救素徽出樊笼，并将其送往北京居住，又南下寻找叔夜，欲使二人团圆。最后，于叔夜高中状元，携素徽荣归，正式成婚。本编选录第三十四出"卫行"和第三十八出"会玉"。

"卫行"一出演绎义士胥表护送素徽至北京，将其安顿在自己宅院居住的剧情。"会玉"一出演绎于叔夜到北京廷试，到梅花胡同内素徽居所拜访，与之久别重逢的剧情。关于"胡同"一词的来历，目前学界认识不一，不过从普遍意义上讲，我们今天所熟悉的"胡同"指称缘起于元代。元杂剧《沙门岛张生煮海》第一折中侍女的"你去兀那羊市角头砖塔儿胡同总铺门前来寻我"这句念白中的"砖塔儿胡同"，或许就是指今天北京西城西四一带的砖塔胡同，这也是现存最早的北京胡同记载。至明代，北京的小巷普遍被称为胡同，据明人张爵的《京师五城坊巷胡同集》所载，可知明代内城有胡同九百多条，外城有胡同三百多条，在这些大小胡同内，四合院式的住宅鳞次栉比。《西楼记》中胥表的北京宅邸便应是一座位于"东门梅花胡同"的四合院式住宅。

《西楼记》今存明刊剑啸阁自订本、明刊《怡云阁西楼记》、明刊《陈继儒批评西楼记》、明汲古阁《六十种曲》本等。本编选用明汲古阁《六十种曲》本。

简注

（1）机縠（gòu）：意为圈套、机关。

（2）咎：意为凶、灾祸。

（3）爇（ruò）：意为焚烧。

（4）脯红虬：即红虬脯，唐代宫廷名菜，其形为红丝堆叠。

（5）楮（chǔ）：纸的代称，此处指纸钱。

(6) 魆（xū）：意为暗。

(7) 觏（gòu）：意为遇见。

(8) 辙鲋（fù）：困在干涸车辙中的鲫鱼，比喻困境中的人。

(9) 古洪、许俊、磨勒：古洪，即唐传奇《无双传》中义士古押衙；许俊，唐传奇《章台柳传》中义士许虞候的本名；磨勒，唐传奇《昆仑奴》中义士昆仑奴的名字。三人都曾协助故事男女主角团圆。

(10) 阛（huán）阓（huì）：指街道。

(11) 不辏（còu）：意为无力得到。

(12) 好似把红绡妓与千牛：本事见唐传奇《昆仑奴》，红绡为唐代勋臣家妓，钟情于崔生，后得昆仑奴磨勒相助，二人私奔；千牛，唐代官名，多为贵家子弟担任，此指崔生。胥表此句述其义举的动机，即愿如昆仑奴成全红绡与崔生般成全一对有情人。

(13) 諕（xià）：吓唬。

(14) 薮（sǒu）：指人或物聚集处。

(15) 恝（jiá）然：指不在意的样子。

四贤记（传奇）

狄玄集

第三出　灯宴

（小生上）薄雪初消野未耕，卖薪买酒看升平。吾王勤俭娼优拙，自是丰年有笑声。自家乃是户部分司一员供应官，今乃上元佳节，华国灯宵，蒙本司许爷着我备酒，延请乌古孙爷、庆爷二位观灯。果然好景也！但见：处处烟花，家家灯火。绮罗春富贵，箫管夜纷纭。散开一种芙蓉，化作满城菡萏。三星在户珠帘卷，万烛当楼宝扇开。辉光灿烂，分明是一座鳌山；形势嵯峨，想象那九重凤阙。紧步的不觉暗尘随马去，缓步的堪憎明月逐人来。霓裳子弟，踏歌可遏行云；竹马儿童，赛鼓不分清漏。碎纷纷蛾蝶高飞，既来不返；活泼泼鱼龙戏影，似假疑真。教坊司差几个舞盘的妓者，他能弄百尺高竿；勾阑院送两班跳鬼的厮儿，自做出诸般杂剧。那壁厢巧笑倩兮，见佳人遗钿堕翠；这壁厢美目盼兮，喜公卿佩紫拖朱。玳瑁筵，珍馐味，夜夜元宵；琉璃钟，琥珀浓，朝朝寒食。正是春回璧月华灯里，人在蓬壶阆苑中。——道犹未了。许爷早到。（外上）

【卜算子】粉署喜清闲，绮席延时彦。连宵灯火吐祥烟，万井氤氲满。

　　自家许益，字友文。山东淄水人也，官拜户部员外郎。驻扎江南，董督漕课[1]。尊贤礼士，宁辞三握之劳[2]；节用爱民，亦窃五裤之颂[3]。所喜乌古孙润甫，与我十分契厚，情若同胞。兹值灯宵，岂宜虚度？适已差官去请，并邀建康路总管庆稚卿同赴良筵，少摅[4]宦况。供应官，筵席完了么？（小生）完了。（外）孙、庆二爷到来，疾忙通报。（小生）领钧旨。

【前腔】（生上）紫陌画桥边。（末上）翠馆红楼畔。（合唱）灯光月影共婵娟，此景佳无限。

　　（相见介，外）我有嘉宾，鼓瑟吹笙。（生、末）虽有兄弟，不如友生。（生）小弟方将拟屈，反辱先施。（末）庆童分居属吏，岂堪共席。（外）下官与润甫贤弟，均承简命，各守地方，且与庆先生休戚相关，何乃过让。供应官，将酒过来。

【梁州序】天街雪霁，帝城春暖，拂拂条风初遍。人逢佳节，何妨取乐追欢？毕竟乘鸾缑岭，跨鹤扬州，遂却生平愿。黎民齐击壤，庆丰年，振动东南半壁天。（合）斟绿醑[5]，开华宴，拚夜深沉醉蓬莱院。歌丽曲，撒金钱。

【前腔】(生、末)元宵三五,新正当半,早有梅开一点。仙台光满,应怜皓月娟娟。试看星桥合锁,火树攒花,灿烂惊人眼。拦街喧笑也,纵奇观,百道金蛇上碧天。(合前)

(二旦扮官妓,众扮伶人上)鲍袖舞郎当,秦喉歌绕梁。新正三五夜,何处不风光。伶人官妓叩头。(小生)起来,大吹大擂,送各位爷观望鳌山。

【前腔】(众唱)九华灯银烛高燃,八宝灯红光飞艳,怪无知老子,长揖灯前。只见牛郎灯影,织女灯辉,在乌鹊灯儿畔。鸳鸯灯作侣,锦灯悬,十二朱楼别有天。(合前)

【前腔】凤凰灯瑞现岐山,孔雀灯春生屏幔,挂麟狮虎豹,獬豸灯连。又见斗鸡灯巧,舞鹤灯奇,走马灯儿战。鱼龙灯戏水,鼓灯圆,忽讶银河落九天。(合前)

【节节高】虾灯须两鬓,蟹灯鲜,螳螂灯怒臂休相援。纱灯炫,缨络妍,油花煽,鲛绡灯片片腥红茜,绣球灯滚滚珍珠串。(合)紫禁烟花十万重,鳌山景物尤堪羡。

【前腔】香炉灯袅烟,橘灯旋。菜灯雅淡青不变,莲灯浅。藕似船,荷檠[6]卷,芙蓉灯照映娇娥面,牡丹灯巧出佳人蕞。(合前)

185

（外）供应官，吩咐他去罢，明日领赏。（众应下）

【尾声】金吾不禁迟银箭，一任骎[7]游步衍，此夜欢呼兴独偏。（生、末）夜深告辞了。

（生）客漏迢迢兴已阑，（末）灯前月下酒杯宽。

（外）不知天上今宵乐，（小生）应似人间一样欢。

第三十四出　请假

【北点绛唇】（丑上）宫殿琉璃，旌旗翡翠。天颜喜，端拱垂衣，缥缈红云里。

玉帛朝元万国来，鸡人晓唱午门开。春桃北极迎仙仗，日捧南山入寿杯。歌舞薰风铿剑佩，祝尧嘉气蔼楼台。可怜四海车书共，重见萧曹佐汉才。自家元朝中一员黄门官是也，恐有奏事官到来，只索伺候则个。（小生上）

【前腔】文物光辉，功名际会。荣珠履，济济威仪，始识朝廷礼。

白简逐封狐[8]，心将日月扶。愿为温御史，胆落李金吾。自家乌古孙良桢，幸脱鸡窗[9]之迹，喜叨虎榜之荣。昨蒙圣恩，考授江浙行台御史。我想善毁者难蔽人美，善誉者难掩人丑。今有所属行中书省平章彻里帖木儿，奸邪误国，罪虐滔天。近以他人之女，冒为公主所生。诳请珠袍，大乖典礼。若不纠绳，何以令后？但我父母飘零，要那功名何用？不免并奏官里，请假寻觅，多少是好。此间是午门了。

【神仗儿】鞠躬拜跪，山呼万岁，对龙楼螭陛。小臣心怀悚惧，衔尺疏叩丹墀。（丑）奏事官有何文表？就此披宣。（小生）

【入破第一】臣乌古孙良桢启，踧踖[10]重瞻对。谨奏闻宸衷聪睿，两章公私之事。干冒天威，臣诚惶诚恐，稽首顿首，伏念微臣草茅猥鄙，读诗书苦志，焚膏继晷，总角游庠序，因州郡荐科举，三策献大明殿里。仰荷隆恩诏赐，臣居龙榜挂荷衣，寻奉钦除行台御史。

【入破第二】念臣素心忠孝昭天地，年方弱冠，何堪当此荣贵？论臣职守，扬清激浊，维纲肃纪，请授青锋，先诛奸宄[11]。（丑）奸宄是谁？亟当直指。（小生）

【衮第三】彻里帖木儿享厚禄，况是先朝婿，他奉使岭南违天谕，妨地利，却把公方挠废。重敛缗[12]钱，更且毒流士庶，最可嗤，补衮无功，贼国有议。

【歇拍第四】他污秽狼籍，平章浙地。臣又访得以他人女为己出，紊金枝冒请珠袍，合坐欺君之罪无赦除。悃愊[13]愚言，伏惟鉴知。（丑）第二章疏并奏上来。

【中衮第五】（小生）臣父名泽，任宣抚久已归田里。谁意棒胡寇陈州，焚屋宇，劫家资，骨肉分离，生不归，死不知，琐琐臣躯，遭逢子遗。

【煞尾】今日锦衣，父母无消息。臣在此朝陨涕[14]，暮兴思。痛亲闱白头时，乌鸟私怀实切，忧心如醉。念卑微，请假寻亲，情出不已。

【出破】陛下鉴臣始终词，俯乞赐恩旨，庶使臣忠子孝，并得全美。臣无任瞻依仰戴，激切哀恳之至。

（丑）元来如此，我当与大人转达天听，可在午门外候旨。玉垣恩綍[15]近，铁面谏书来。（下）（小生起介）

【神仗儿】天门尚启，遥瞻雉尾，吐霞光瑞气。但愿吾皇如议。（末赍诏上）传玉旨，出彤闱。

圣旨到来。跪听宣读。诏曰：臣道惟忠，子道惟孝。忠孝不亏，臣子之分。往者以尔英年持重，练达典章，擢居言职，必称厥官。兹据所奏，朕甚嘉焉。彻里帖木儿行类豺狼，欲同溪壑，姑夺身诰，贬徙南安。特给尔长假一年，赐令驰驿寻亲，具庆之日，即履原任。庶家庭之愿不违，而朝廷之命不旷。谢恩。

（小生）万岁万岁万万岁！——老丞相，晚生正欲晋谒，请到朝房有一拜。仰荷陶镕[16]，深渐侧陋。（末）伟

哉良器，允矣巍科。我庆童今任中书左丞，皆赖尊翁培植。（小生）元来就是庆叔，家父时常在念，小侄分当侍立了。（末）

【刮鼓令】梅花信已违，叹年光倏转移。深记得同游吴越，日日春风满面吹。桃李自成蹊，堪怜故人。年将老矣，郎君重到凤凰池。我征剿棒胡之日，中途遇个道姑，云是尊翁的侍姬，下官给其符引，资其路费。（小生）多谢了，这是庶母，不知他从何往。（末）想储君飞傍泰山栖，贤侄遘[17]难之事，我已颇悉，愿乞再言其略。（小生）

【前腔】哀哀诉惨凄，为兵戈起祸危。可怜我囊资劫尽，桂栋兰橑一旦摧，父母久抛离。（末）你如今请假寻亲，人之孝道。只是海宇茫茫，打从何觅？（小生）随方远游，寻山问水。（作悲介）只愁风木有余悲。（末）倘或寻之不见，可速赴任，再作区处[18]。（小生）倘他飘零四海，我也不回归。（末）今日暂别，尚有小叙。

（末）孝子寻亲作远游，君恩浩荡几时休。

（小生）直从天上期相见，云底何曾是故丘。

作者简介

狄玄集,字玉峰,生卒年、生平事迹不详,约万历年间在世。江苏昆山人。传奇《四贤记》一说为其所作。

题解

《四贤记》共三十八出,叙述元代末年乌古孙泽、其妻杜氏、其妾王氏、其子良祯(一作"良桢")一家四口忠孝节义事迹。《四贤记》中主要人物乌古孙泽父子、庆童、彻里帖木儿等皆于《元史》有传,其主体剧情亦有本事可考,见于元陶宗仪《南村辍耕录》卷一三"刚介"一条:

初,良桢之父福建闽海道肃政廉访使润甫公泽,年五十,未有子。夫人杜氏深以为忧,屡请公再聘,公不许。仕西广时,闻寡居王安人者,美而宜子,夫人自为公聘之。既归,执妇礼甚恭。长夫人数岁,夫人推让正寝以居之。相处雍睦,宛若姊娣,饮食起居,罔有不同。公独内不自安。越明年,夫人生良桢。一日,王氏告公曰:"君自有妇,所以再娶妾者,为嗣续计耳。今夫人既生子,妾何事焉?"即出道家冠服一袭以示,曰:"妾之志决矣,请从此辞!"夫人固留不得。公因谓夫人曰:"向吾再娶,惧无后也。若不改图,人其以我为汰乎!"乃听王氏去。奁资万金悉返之。自是出居一女道庵,戒行严谨,人未尝能见其面。而夫人岁时问遗弥至。后良桢贵显,迎以归,事之如亲母。嗟夫!自古求忠臣于孝子之门,今良桢外有严君,内有贤母,教诲造就之道,有过人者,宜乎在家为孝子而在朝为忠臣也。然其敷历台省,秉性刚介,不畏强御。事无不言,言必有中,如驸马丞相(按:即剧中之彻里帖木儿),恃居国戚,莫敢孰何,乃必发其底里,直使去位而后已。推此一节,则凡忠君之事,类可知矣。后至中书左丞而卒。

《四贤记》传奇大体依此编撰而成,不同之处在于剧中王氏在良桢成人后出家修道。后遇贼人棒胡造反,乌古孙泽一家在乱中失散。良桢走失后被王氏的姨母杨妈妈收留,后来乱平,良桢科举高中,得官后告假寻亲,终于找到父母及庶母王氏,一家团圆。本编选录第三出"灯宴"和第三十四出"请假"。

虽然"灯宴"一出所写的元宵灯会设定在元代建康路(今南京),而非大都,但是在本出中,我们却可以看到"形势嵯峨,想象那九重凤阙""紫禁烟花十万重,鳌山景物尤堪羡"等与国都意象直接相关的唱词念白,这些文字表现出剧中人物身为官员对国都盛美的向往和想象,还在一定程度上表现出明代以元为正统的社会现实。而这种认同在第三十四出"请假"中表现得更加明显,本出中良桢科举高中,官授江浙行台御史,为全忠孝,进宫上疏直谏奸邪,并告假寻亲,整出文本所围绕的主题只是一句"君恩浩荡"。通过阅读这两出文本，我们可以比较直观地感受到北京作为朝廷政治中心的特殊象征意义。

《四贤记》今仅见明汲古阁《六十种曲》本。本编选用此本。

简注

（1）董督漕课：意为监督漕运事务。

（2）三握之劳：周公"一沐三握发，一饭三吐哺"，饮食沐浴都需要中断数次来接待来访者。后世以此比喻臣子贤能。

（3）五裤之颂：东汉时蜀郡太守廉范废除禁止百姓夜间点灯的禁令，使百姓可以夜间从事纺织，百姓遂编《五裤歌》来称颂。后世以此比喻地方官吏德政。

（4）摅（shū）：意为表示、抒发。

（5）醑（xǔ）：意为美酒。

（6）檠（qíng）：意为灯台。

（7）骖（cān）：意为架在车前两侧的马。

（8）白简逐封狐：白简，意为弹劾官员的奏章；封狐，意为大狐，借指恶人。

（9）鸡窗：相传晋代宋处宗得一长鸣鸡，置于书斋旁，鸡能人言，同宋处宗终日交谈。后世以鸡窗代指书房、书斋。

(10) 踧（cù）踖（jí）：指恭敬不安的状态。

(11) 奸宄（guǐ）：指作乱之人。

(12) 缗（mín）：量词，一千文铜钱串成一串为一缗。

(13) 悃（kǔn）愊（bì）：意为至诚。

(14) 陨涕：意为落泪。

(15) 綍（fú）：意为皇帝诏书。

(16) 陶镕：意为陶铸熔炼，引申为培育。

(17) 遘（gòu）：意为遭遇。

(18) 区处（chǔ）：意为处理、安排。

［明］佚名《上元灯彩图》（局部）

195

双珠记（传奇）

沈鲸

第二出　元宵灯宴

【齐天乐】（生上）师颜祖孔深紬绎[1]，授受斯文一脉。道岸先登，天街思陟，整顿凌云双翮[2]。飞腾未得，且揩洗灵珠，琢磨璞璧。待善价求沽货皇家，方显人中特。

【鹧鸪天】养晦衡门志可贞，琼琚玉佩灿星辰。词锋颖利疑无敌，笔力纵横似有神。三峡水，满腔春，龙蛇之势以存身。雉膏会使当时食，尽摅忠诚赞紫宸。

小生姓王，名楫，字济川。涿鹿鄙夫，雕虫小技。焚膏继晷，费终岁之钻研；刮垢磨光，窃古人之糟粕。诸史已探其旨趣，六经颇究其渊源。既无董子天人之资，安有韩公山斗之望。正是崇拳石以成泰华，积涓流而至沧波者也。然而烂烂锦心，凤寓凌云之笔；棱棱玉骨，方乘犯斗之槎。争奈兰省缘疏，无由踊跃；云衢路杳，莫遂翱翔。未宾于舜门，且乐乎颜巷。须信简易工夫终久大，支离事业竟浮沉。小生世系荆湖道郧阳卫军籍，先年因刘黑闼[3]之乱，流寓涿州。先祖生我先伯先父二人,不幸先父早世,先伯又被郧阳勾补军伍去讫,喜得老母盛氏,康宁无恙。门户萧条,终鲜兄弟,膝下承欢,惟荆妻郭氏、妹妹慧姬而已。小生虚度三旬,止生一子,方年四岁,小字九龄。今日正是元宵,不免薄具张灯之宴,聊伸舞彩之私。早间已邀韩姨娘在此,须索分付娘子与妹妹,请母亲出来同赏则个。(叫请介,丑上)

【宝鼎儿】新正圆月夜,是处莲炬,星球冲莹。(老旦)撒锦荔年年遗事,叹暮龄光阴难柄。(旦、贴)乐府神仙分两籍,遥向慈帏称庆。(合)喜灯月交辉,壶觞兼举,因时消兴。

(相见介,老旦)老身生于盛氏,嫔于王门,早丧藁砧[4],仅存儿女。柏舟眇眇,矢志终身。萱草萋萋,销魂半世。镜中畏见青鸾舞,琴里愁闻黄鹄音。家虽替于前人,业妄期于后胤。争奈囊空瓶罄,奚堪旦夕之忧。力倦形衰,难驻光阴之逝。正是夜雨青灯孤枕泪,春风寒食九泉心。孩儿过来,闲门自闭,清夜宜安,你请大姨娘与我出来,有何话说。(生、旦、贴)元宵佳节,灯月同明。聊具杯酒,少遣时光。(丑)人生百岁,光阴有几,既有灯酒,可暂一乐。(合)谁家见月能闲坐,何处闻灯不看来。(生递酒介)

【锦堂月】绛阙[5]春明,冰轮桂满,须臾露台光炳。三五元宵,暮霭瑞烟相映。惠风销焰蜡摇丹,清露浥烘炉流矿。(合)人中景,愿岁岁今宵,共拚酩酊。(旦、贴)

【前腔】偏称,禁漏花深,绣工日永,星桥火树纵横。见九市三街,芙蕖遍开千顷。绮罗丛粉黛容娇,珠翠簇麝兰香盛。(合前)(丑)

【前腔】堪并,阆苑层城,蓬壶方丈,霁色湛然如镜。咫尺鳌山,云中羽调轻清。望龙楼复道飞惊,瞻凤辇翠华临幸。(合前)(老旦)

【前腔】思省,衰发星星,忧怀耿耿,争奈室如悬磬。届此灯期,怎禁得触物关情。望孤儿鹗荐高骞,冀弱女鸳盟谁订。(合前)

【醉翁子】(生)倾听,我母氏因时寓警,敢策励驽骀,快当驰骋。(旦、贴)引领,要早奋经纶,须信荣亲在显名。(合)非画饼,似脱颖囊锥,头角峥嵘。

【前腔】(丑)高逈,论鏖战文场取胜,喜学海波澜,准拟首先群英。(老旦)休逞,恐风阻翔鹍[6],未遂扶摇万里程。(合前)

【侥侥令】帏展辉云锦,帘垂晃水晶。料得十二都门人汹涌,铁马响春冰,户未扃[7]。

【前腔】彩云笼月冷，宝气绕星清。恍惚素娥如将下，灯酒劝残更，乐太平。

【尾声】人生斟酌皆前定，况逢时肯辜节令，谁能保来日阴晴。

千门灯火报年丰，镜里铅云不汝同。

到底行藏谁预定，莫将身世负春风。

第十七出　避兵失侣

【铁马儿】（净领兵上）军威锐，军威锐。飞电轰雷，屠州破邑，朽坠枯摧。管教驰骤中原遍，山川重润日重辉。

自家东平郡王安禄山是也，本营州杂胡，得大唐天子宠任，富贵之极。与上同宴，出入禁中，拜贵妃为母，赐洗儿钱。亵慢神器，更不疑惑。今上春秋既高，武备废弛。有轻中国之心，因此起兵打下许多城子，已命贾循守范阳，吕知诲守平卢，高秀岩守潼关，大阅誓众，引兵而南。众将校，听我分付！（众应介）（净）吾自起兵以来，攻城掠地，势如破竹，河北州县，已望风披靡，范阳、卢龙、密云、渔阳、汲、邺六郡，皆为吾有。可奈常山太守颜杲卿，与长史袁履谦等，抗敌不服。已令史思明征讨，想在目下剿灭，各部将士俱要用心并力，

攻取东京。得下掠来的子女玉帛，各各分赏。（众应介）愿乘势就此攻进。（转行介）

【番鼓令】铁骑铜驼万里威，神钲羯鼓势如催，捻指东京累卵危，看得胜凯歌回。（并下）（丑、老旦奔上）

【水底鱼儿】胡马长围，金汤一旦隤。民居煨烬，孤寡苦无归。民居煨烬，孤寡苦无归。

（丑）屋漏更遭连夜雨。（老旦）船迟又撞打头风。（悲介）姐姐，我孩儿久在卫所，女儿又选入宫，只愁年老家贫，难以度日。谁想安禄山作乱，军马临城，人民逃窜，如何是好？（丑）妹子，岂不知大驾蒙尘，巡幸西蜀，多少妃主王孙，皆委而去，我和你区区妇人，何足惜哉？此处不好安身，且寻山野僻静所在，暂避几日，再作区处。（老旦）我们女流，不识途路，如何去得？（丑指介）妹子，你看前面有两个人行来，想亦是避难的，待我去问他分晓。（末、小外奔上）

【前腔】犬虏扬麈，干戈犯帝闱。生灵涂炭，触目岂胜悲。生灵涂炭，触目岂胜悲。

（见介，老旦）孙天彝、陈献夫。我小儿不在家，当此变乱，怎生理会？（末、小外）王姆姆，这是国家气数，不消说得，幸有韩妈妈同行，又可相为依倚，作速

趱向前去，寻个避处方好。（丑）正是，正是。（急行介）

【缕缕金】伤民业骤成灰，衣冠遭丧乱，叹暌违[8]。（内锣鼓喊声，众惊介）郊野酣新战，军声堪畏。（哭介）神销股栗泪交垂，相看各狼狈。

（丑、老旦）军声渐近，如何是好？（末、小外）二位妈妈且在此草丛中一躲，我二人往山坡高处望他过了，再行前去。正是：暂栖荆棘下，免被虎狼吞。（并下）（净领兵上）

【番鼓令】羽旆云旌遍四陲，笑谈功业渐增培。驱逐辇舆过马嵬，唐国事，已倾颓。

（净）适闻唐天子播迁西蜀，妃主王孙，尽皆弃了。众将校，可趱前去，占了京城。其余州县望风解体，不攻自下矣。（众应介）敌国尽在于舟中，还师已期于座下。奉大王指麾，敢不从命。（净）铁骑如云旗蔽空，要从京国显肤功。（众）饶他能展凌云翅，都在樊笼一网中。（并下）（末、小外奔上）

【缕缕金】身匍匐，路盘回。来寻王氏母，义相随。（叫介）王姆姆，韩姆姆，如何都不见了？天那，好苦！（悲介）俄顷轻抛放，吾侪之罪，桑榆暮景两尫隤[9]，怎禁这颠沛？

（叫介）王姆姆，韩姆姆！此处叫他不见，再赶前去

寻觅，多少是好。同时患难及人老，各处追呼尽友情。（并下）（丑上）

【双劝酒】形衰气瘠，难逃祸祟。山颠水隈，莫知进退。（叫介）妹子在那里？怎么叫他不应了？（悲介）天那！好苦！寻叫妹子不见，教我独身如何是好？迷踪岐路枉徘徊。（哭介）争奈衷肠痛摧。

（叫介）妹子！妹子！此处叫他不见，不免赶向前去，定要寻他同行。正是：孤身流泪处，暮景断肠时。（叫介，下）（老旦行上）

【前腔】心如刃锥，魂飞魄碎。风声鹤唳，谓是兵追。（叫介）姐姐在那里？怎么叫不应了？（悲介）天那！好苦！寻叫姐姐不见，教我独身呵，伶仃孤苦欲何为？（哭介）怎禁得许多流泪。

（叫介）姐姐！姐姐！此处叫他不见，不免赶向前去，定要寻他同行。（内喊介，老旦）你看兵马又来了，只得寻个僻处，去再躲一回。

姊妹携行避犬戎，不期相失草丛中。

衰龄两地成飘泊，落日荒山泣路穷。

作者简介

沈鲸，字涅川，生卒年、生平事迹不详，约万历年间在世。浙江平湖人。著有传奇《双珠记》《分鞋记》《鲛绡记》《青琐记》四种。《双珠记》《鲛绡记》今存。

题解

《双珠记》共四十六出，叙述书生王楫与妻子郭小艳、小儿九龄、妹妹王慧姬一家离合事。本事见于元陶宗仪《南村辍耕录》卷一二《贞妇墓》一节，原事为元代天台县千夫长李某，贪慕某部卒之妻郭氏，遂陷害该部卒入狱，并判处斩决，郭氏贞烈不从，与丈夫垂泪告别后投渊而亡。《双珠记》将此事的时代背景改易到唐代安史之乱时期，叙述书生王楫流寓涿州，后被补入伍，妻子郭氏和小儿九龄随行，临行前王母赠给郭氏双珠中的一枚，以寓日后还珠合浦之意。后荆湖道节度使帐下营长李克用贪图郭氏美色，陷害王楫入狱，判处绞刑，郭氏无奈系珠卖儿，自己投水自尽，幸未死。另一边家中，王楫妹妹王慧姬被陷，选入宫中，王母将另一枚珠交其保管。王慧姬入宫后在寄给戍边将士的征衣中题诗，被王楫旧友陈献夫所得，二人遂蒙皇帝赐婚。王楫偶遇大赦，与献夫在边关建功立业。十年后，九龄成人，科举高中后弃官寻亲。最终全家团聚，双珠会合。本编选录第二出"元宵灯宴"和第十七出"避兵失侣"。

之所以选择这两出文本，是因为其中涉及一些与北京历史沿革相关的古称。隋大业三年（607），幽州改称涿郡，治所在今北京境内，后又改为幽州。唐天宝元年（742），幽州又改称为范阳郡，治所在蓟县。后来，安禄山、史思明在此发动安史之乱。唐大历四年（769），始置涿州，州治在范阳县，属河北道。宋因之。金朝在贞元元年（1153）正式迁都至中都（今北京），涿州归中都路治下。元太宗时涿州曾升为涿州路，后又降回涿州。明洪武初年，涿州划归北平府，在明永乐年间，北平府改为京师顺天府。清代因之。在《双珠记》传奇的第二出中，我们可以看到王楫一家居住在涿州，在其第十七出中，我们又能看到安禄山攻下范阳等六郡。

《双珠记》今见明汲古阁《六十种曲》本、清康熙抄本、清内府抄本等。本编选用明汲古阁《六十种曲》本。

简注

（1）紬（chōu）绎：意为引出端绪，引申为阐释。

（2）翮（hé）：意为鸟的翅膀。

（3）刘黑闼：隋末农民起义军领袖。

（4）藁（gǎo）砧（zhēn）：古代处死刑，罪犯席藁伏于砧板上，以铁斩之。"铁"音同"夫"，因此妇女以藁砧为称丈夫的隐语。

（5）绛阙：意为仙宫。

(6) 鹍（kūn）：鸟名，形似鹤。

(7) 扃（jiōng）：意为关门。

(8) 暌（kuí）违：意为分离。

(9) 尵（huī）隤（tuí）：指疲病的样子。

东郭记（传奇）

孙钟龄

第三十五出　为将军

【金钱花】（众扮军卒上）孤城九月江干、江干。将军泣别加餐、加餐。秋容一带白云湾，城儿外水潺潺，眼儿下泪潸潸。

咱每征燕士卒。相随主帅齐人。接应章子之军。早则主将到来也。（生戎妆，一卒捧戟，一卒佩剑，鼓吹，同上）

【满庭芳】（生）才下墦间[1]，方登垄断，西风又送边关。权奸嫉妒，戎马四郊环。为问玉人佳否？到如今望断云鬟。从军苦，黄花绿野，画角促龙幡。

何事同朝偏妒人，驱来作将渡关津。一鞭已出临淄路，南北东西游子身。俺齐人，为因争垄，遂致伐燕。俺虽不娴武事，却有章子前驱，不足为意。但俺与室子[2]相别，已是数年。今又帅兵异国，兀的不老却人也。王事劳我，则索前往，将士趱行。（众应，鼓吹行介，生策马介）

【朝元歌】清霜景残，游子愁肠绾。金风候阑，将士心情散。幸有前驱，不须遍赶，对着旌旗自赧。如此容颜，何当甲兵驱十万。举目送飞翰，低头觑马鞍。（合）师中兴叹，怕老却朱颜归慢。

【前腔】（众）着甚将人涂炭，繁花满目斑，野草对人闲。战马声悲，将军泪掩，试听南飞之雁。千里云山，凄凄出关人自惮。室子绣衾单，征人铁甲蛮。（合前）

（众作悲思介，生）呀，既已至此，众士卒何得悲伤？须索翦灭燕邦，壮我齐国。俺老爷可也壮心陡起、眼泪旋干矣。取枪过来！（持枪介）俺齐人出关来，好没丈夫气也，俺以匹夫作大将，统兵伐国，何所惮而若此乎？

【前腔】笑把黄金甲擐[3]，当初曾乞墦，何似入燕关？儿女痴情，英雄笑眼，一霎风云变幻。（舞戟介）横槊翩翩，年来竹枝长不按。蛇已变龙看，男儿真不凡。（合）师中回盼，正古戍斜阳云栈。

（扮章子军接上介）咱每章爷军士，奉主帅之命，迎接齐人老爷。（生）先归拜上主帅，候俺合兵征进便了。（军应下，众舞介）俺大家杀上前去！

【前腔】也自雄风无限，逍遥岂所安，踊跃用兵还。万里长征，千人偏袒，为拯燕民之难。宝剑争弹。三齐壮夫谁不悍？歌舞过楼烦，萧萧磨室寒。（合前）

（生）雄心不觉从斯起，短剑秋风过燕市。一军亦复共豪雄，可道男儿当若此。(鼓吹下)

第三十六出　战必胜

【六幺令】（章子领兵上）戎衣亲擐，听钲人[4]击鼓升坛，鹰扬韬略素谙闲。征不服，取其残，临淄技击由来罕。

自家齐将章子是也，奉命将兵二十万进讨子之，复闻遣齐人相助，昨移下文书，约俺挑战，彼以奇兵从旁截杀。则索布下阵势，直逼燕城，一面待他兵到也。（生帅众持竹棒襆楼上）

【前腔】奇兵精简，尽诸军伐木持竿，十三篇兵法马前看。皆宿饱，尽朝餐，还教鬻此三日饭。

自家奉命助征，喜临燕境。昨移下文书章子军中，教他先驱诱敌。俺以练下家丁，各持木棍竹竿，从旁杀入。早是章子合围了，三军齐上。（生众从旁绕章子军介）（扮子之败走上）

【前腔】齐人煞诞，马牛风不及边关，无端侵越我江山。须血战，莫心寒。万不得已，便把这头颅送上何须惮。

（对章子军战介）（生军从旁截杀介）咦，子之那里去！（子之败介）呀，到当不过这一班花子兵也。（败下）（生、章见介）（章）有劳助讨，大服奇勋。（生）偶尔随征，敢贪宏伐。（章）老先生，俺每就此追进城去。

【前腔】（合）谟谋[5]相赞，好成功早把师班，看城门直入没遮拦。京观筑，凯歌还。干城今日差无赧。

相共扬威武，成功堪列土。

不必问将军，试听得胜鼓。

作者简介

孙钟龄,字仁孺,别号峨眉子、白雪楼主人。或为四川峨眉人。万历年间在世。作有传奇《东郭记》《醉乡记》两种。据长乐郑氏藏明末刊本《东郭记》引言可知,其作于明万历四十六年(1618)重阳节后三日。

题解

《东郭记》共四十四出,剧中所涉及的人物事件,绝大部分来自于《孟子》,每出题目,完全源于《孟子》中词句。作者游戏笔墨,以齐人向祭墓者乞食、被迫伐燕、擢升亚卿、携妻归隐等事迹作为主线,再杂糅王驩、淳于髡、陈仲子几人故事结构全篇,是一部十分奇特的传奇作品。本编选录传奇第三十五出"为将军"和第三十六出"战必胜"文本。

《东郭记》这两出文本叙述齐人伐燕事。此事于史可考,公元前316年,燕王哙效仿尧舜,将王位禅让给相国子之,后来燕太子平与相国子之矛盾升级,最终引起国家内乱,公元前314年,齐宣王趁燕国内乱之际起兵伐燕,在五十日内便灭燕,并占领燕国都城蓟(今北京)。孙钟龄在传奇中将齐国伐燕事附会给享有"齐人之福"的那位"齐人",写他因政治阴谋被迫领兵伐燕,出奇招攻陷燕国都城,最终燕相国子之败走,齐人取得胜利。

《东郭记》今见长乐郑氏藏明末刊本、明汲古阁《六十种曲》本、清初文茂堂重刻本等。本编选用明汲古阁《六十种曲》本。

简注

(1) 墦（fán）间：意为坟墓间。此处前情为齐人在东郊向祭墓者乞食。

(2) 室子：意为妻子。

(3) 擐（huàn）：意为穿着。

(4) 钲（zhēng）人：指执掌鸣钲击鼓的官吏。

(5) 谟（mó）谋：意为谋划。

霞笺记（传奇）

无名氏

第十八出　得宠遭妒

【夜游朝】（净上）位正朝纲，官居宰相，四时燮理阴阳。赫赫威名，岩岩气象，首出百僚之上。

下官元朝左相伯颜是也，为天子之股肱，作朝廷之耳目。奉我者无功亦赏，抗我者有绩必诛。叫左右的，大小事情即来通报。（杂应声介）

【前腔】（末上）未上封章，先投宰相，献红颜叨沐恩光。（见杂介）长官，俺是镇守苏松统制阿鲁台差参将铁木儿，求见丞相爷，烦乞通报。聊具白金二十两，乞笑留。（杂）可见得么？（末）不妨，见得的。（杂）禀老爷，苏松统制差铁木儿求见。（净）令他进来。（末）铁木儿叩爷头。（净）你是阿鲁台差来的？（末）是。（净）你那本官屡报虚功，外邦尚未臣服。差你来何干？（末）俺本官久失修敬，聊具珍珠一斗、美女一人，少申犬马。（净）珍珠彩段，不足为奇。若有美人，令进来。（末）美人可来。（旦上）紫府潭潭，朱门两两，天下人民共仰。（末）美人小心相见。（旦）张丽容叩头。（净）美人抬头。（旦抬头介)(净笑介)妙妙!天姿国色,绝世无双。铁木儿,你那本官如此用心,封侯进爵,指日可望。还有甚么话讲?

【琐窗郎】(末)仗天恩坐镇松江,四国诸侯尽纳降,遣来飞捷,奏上金章。涓埃未报,中心鞅掌,献佳人聊供歌唱。(合)美妆,天姿国色果无双,祗应叠被铺床。

【前腔】(净)我堂堂画栋雕梁,只少金钗十二行,喜娉婷到此,满室生香。琼瑶投我,岂寻常佳贶,贮金屋谩同歌唱。(合)美妆,天姿国色果无双,令人如醉如狂。

(内云)圣旨下。(小生持节上)圣旨已到,跪听宣读。诏曰:丞相伯颜所进番僧,教演宫女已熟。朕在便殿,诏丞相同观。谢恩。(净)万岁。叫那松江来的官儿,明日领书,叫侍儿将新娘送在夫人处。(应介)(净)君命召,不俟驾而行。(下)

【前腔】(丑夫人,贴随上)享荣华高坐中堂,何处飞来恶祸殃。侍儿,我闻得苏松统制进甚么美人,说道甚是标致。(贴)夫人,美人叫作张丽容,果然生得十分标致。(丑)呀,我看他春山淡扫,秋水横波,腰肢摆动,香浮遍体,两脚行来,莲生满地,我见犹怜,况老奴乎?看他温柔体态,旖旎轻扬,一似太真容貌、西施模样,怎交他相亲相傍。(合)美妆,天姿国色果无双。(作揉腹介)令人频餍酸浆。

（旦）夫人,张丽容磕头。(丑作怒介)咄,贱人。这里不是你伫立之所。叫侍儿,可赶他厨房中去。(贴应介,旦先下)(丑)事不三思,终有后悔。留那妇人在此,必定夺我之宠爱。如何处之?(贴)便是,夫人可寻思一计摆布他才好。(丑)有了,如今花花宫主招赘兀都驸马,我连夜写下表章,将他献与太后,伏侍宫主,绝了祸根。岂非两得其便?好计好计。

计就月中擒玉兔,谋成日里捉金乌。

第十九出　探音获实

【驻马听】(生上)奔走神京,只为佳人张丽容。一任登山涉岭,冒雨冲风,露宿霜征。红颜断送入朱门,书生空想团圆庆。小生一路赶来,盘缠衣服尽行用去,又打听得张丽容送入伯颜丞相府中去了。只得不避艰险,到他府门前去打听消息。来到此间,受尽艰辛,侯门如海,教我向谁询问?

【前腔】(净,执事随上)朝罢宫廷,妙舞清歌总出群。真个是鸾形曲折,燕影蹁跹,响落梁尘。微臣何幸得躬承,顿教人意马心猿引。我知道了,幸有新进娉婷,准备着偎香倚玉,洞房欢庆。

（生闯导介）（净）什么人闯我的导？拿进来！（众应，拿介）（净）你怎么在我府门前探望窃窥，复冲我的节钺[1]，你敢是个奸细么？（生跪介）念小生云间世族，偶寄迹于京华；丞相天上台星，望垂慈于草芥。（净）听汝之言，绰有儒风。那里人氏，叫甚名字？

【祝英台】（生）住云间，李彦直，黉序[2]一儒生。（净）松江人了，可有父母么？（生）父列缙绅，恪守官箴。（净）做甚么官？（生）当年侍御皇廷。（净）既是宦家，起来。作揖。（生）不敢。（净）宦家子弟，为何你狼狈至此？（生）愚蒙，只因游学京师，命蹇难图侥幸。阿鲁台所进张丽容，与小生有中表之亲。昨敝乡人来说，已送在府中。故此小生特来探信，又谁知误犯台颜，望行宽纵。

【前腔】（净）惭愧，却原来葛瓜之亲，错认是飘蓬。看英姿美容，潇洒风流，多应是未遇蛟龙。须加功，奋志芸窗，拟作皇家梁栋。自今日拔起泥途，你且免冲冲。

（生）谢丞相不罪之恩。（净）令妹到此，尚无亲人。既为中表，相见何妨？（生）小生到此，正图一面。蒙丞相不疑，足仞大度。（净）何疑之有？命侍儿请新娘出来。（杂应介，丑扮侍女上）听得击云板，将人骇破胆。来到老爷前，不敢还不敢。侍儿磕头。(净)侍儿请新娘出来，见了他表兄。(丑)新娘新娘，说起话长。昨朝一到拜中堂，夫人见他十分美貌，果然绝世无双，犹恐夺了宠幸，连夜写下表章，将他献与太后。伏侍宫主，招赘才郎。表兄不劳相见，老爷免得思量。(净)哇，去罢。(丑下)(净)气死我也！张丽容献与我的，怎么进与太后去了，气死我也！李生，你远来到此，令妹又不能相见，如何是好？也罢，科场已近，你可在此攻书，老夫有处。(生)多谢丞相大恩。(净)叫院子，你可送李相公到相国寺中看书，分付寺僧教他好好看待，薪水之资，我这里一应送去。(杂应介)

可惜美娇姿，堪嗔嫉妒妻。

情知不是伴，事急且相随。

作者简介

明传奇《霞笺记》作者不详，今所见最早刊本出于万历间金陵广庆堂，卷上次行署题"秦淮墨客校正"，秦淮墨客即万历间南京曲家纪振伦，他对该剧做过校正。

题解

《霞笺记》共三十出，叙述御史中丞之子李彦直与松江名妓张丽容离合事。该剧改编自明人陶辅（1441—1532）《花影集》卷三所录文言小说《心坚金石传》，原为悲剧，传奇易悲为喜，赋予男女主人公大团圆结局。剧中李张二人因题诗霞笺结缘定情，李父不满，将彦直禁锢家中。时镇守苏松统制阿鲁台派参将铁木儿为丞相伯颜搜寻美人，丽容被相中，强使北上。彦直闻讯越墙而出，一路追赶至京师。而丽容此时又被转献给太后，作为侍女随花花宫主出嫁，后得宫主与兀都驸马热心相助，与高中状元的彦直终于结成夫妻，荣归故里。本编选录第十八出"得宠遭妒"和第十九出"探音获实"。

左丞相伯颜在这两出文本中登场。在历史上，元初与元末各有一位担任过左丞相之职的"伯颜"，二人才干与人品大不相同。元初伯颜（1236—1295）出身于蒙古八邻部，至元初，即官拜中书左丞相，并于至元十一年（1274）总兵平宋，在战争中一再命令军士不得妄行掳掠，犯者严加惩治，为元朝统一做出重要贡献。元末伯颜（？—1340）出身于蔑里乞氏，幼侍武宗藩邸，自武宗即位历事八帝，担任左右丞相等要职，并从后至元元年（1335）独任丞相之职到后至元六年（1340），其间专横跋扈，虐害天下。因此，《霞笺记》及其本事《心坚金石传》中所附会的那位在"至元年间"独秉大权，为人暴戾的丞相"伯颜"在人物设定上更接近元末伯颜。

《霞笺记》今存明万历间金陵广庆堂刻本、明汲古阁《六十种曲》本、民国暖红室汇刻本。本编选用明汲古阁《六十种曲》本。

简注

(1) 节钺：意为符节和斧钺，古代皇帝授予官员将帅，作为权力标志。

(2) 黉（hóng）序：意为学校。

金陵广庆堂刻本《霞笺记》配图

感天地群仙朝圣（杂剧）

无名氏

第二折

（外扮府尹领张千上）金炉香袅迎丹诏，玉陛霜清谒紫宸。荷蒙圣主天恩厚，四海黎民仰至仁。小官乃顺天府府尹是也，幼习儒业，博览诗书，一举登科，累蒙擢用，除授顺天府府尹之职。当今圣人宽仁慈孝，爱惜下民，有尧舜禹汤之德。感得上天垂降洪恩，风调雨顺，国泰民安，万民乐业，五谷丰登，大收之年，禾黍连天，桑麻映日，一人代十人之粮，一年收十年之用。小官领祗候离了府衙，来到这郊外祭赛苍天，酬谢大收之岁。张千，可怎生不见当该[1]外郎、里长老人来？（张千云）大人，当该外郎、里长老人安排祭物去了，即时便来也。（府尹云）既是这等，若来时，报复我知道。（张千云）理会的。（净扮外郎同正老人、外老人上）（外郎云）我做外郎实俊俏，见的钱财我便要。我若犯了真罪犯，打的一似猫儿叫。自家是这顺天府当该外郎是也，因我十分能干，大人见我凡百事能，今有府尹大人因为今年大收，亲自出离郊外祭赛天公，令外郎唤里长老人安排祭物。恰才宰了十只牛、五只羊、半只鸡，都安排停当了。见大人去来。（老人云）外郎哥若见了大人时，将这祭物多花消些钱粮，这里面就有了哥哥的酒钱也。（外郎云）你到教我。这等的贼勾当，我不知做了多少也。兀的不是大人在此？（做见科，云）大人，学生与里长老人来了也。（府尹云）兀那厮，祭赛的礼物停当了也不曾？（外郎云）大人，不是外郎说嘴，都停当了也。（府尹云）你去抬将来，小官祭赛了，便要回府中去也。（外郎云）理会的，快将祭物抬上来者。（里长老人做抬祭物摆科，外郎云）大人，祭物都摆停当了，请临祭祀。（府尹云）将香来，小官是上香咱。（做上香科，云）伏闻凡为人者，志诚可以感鬼神，惟德能以动天地。小官恭上此一炷香，愿皇图永固，帝道遐昌，圣寿万年，中宫千岁。此一炷香，愿金枝兴旺，玉叶荣昌，臣宰贤良，边方宁静。此一炷香，愿雨顺风调，四时顺序，天下太平，万民乐业。皆仰皇天赐福，后土载恩。小官祭祀已毕也。（外郎云）大人，祭赛都摆着，我和你打三锤耍乐耍乐。（府尹云）且一壁有者，看有甚么人来？（正末同广成子、王重阳扮云游道士上）（正末云）众位群仙，俺离了天宫，来到这下方与圣皇祝延圣寿，你看这皇宫禁苑，与俺洞天福地，好是不同也。

【正宫】【端正好】则看这舞丹枫秋光布,听秋声秋景宽舒。见如今时逢盛世,恰便似尧年富,恭遇着明圣主临初度。

【滚绣球】纷纷瑞霭浮,飘飘落叶舞。庆丰年喜逢物阜。俺离天宫亲降皇都,驾祥云左右随,引群仙朝帝主。感吾皇大开贤路,用忠良直正匡扶。见如今文强武胜安邦固,万载磐石社稷居。端的是赛过唐虞[2]。

(王重阳云)众群仙,俺按落云头,来到这下方。您见一个官人摆列着祭物,不知他祭何神祇,俺是问他一声,有何不可?(正末云)王重阳,你也说的是也。(做见科)(正末云)大人稽首。(府尹云)那里这许多的仙长来到于此也?(正末云)俺是云游道者,见大人在此摆列祭物,不知祭何神祇也?(府尹云)先生不知,小官乃顺天府府尹,因为圣人大行仁孝,上天有感,百姓大收禾黍。小官在此祭赛,答谢雨露之恩也。(正末云)众位仙长看了,今年这等大收,真乃是圣人之德也。(外郎云)众位仙长不知,这禾黍广收,一来是帝主洪福齐天,二来是小外郎一廉如水,分文不用,一毫不取,见了钱钞则往袖子里装起。

【倘秀才】因治世宽洪圣主,行孝感崇文重武,天降田苗禾黍熟。则您这人民乐,献河图,感祯祥瑞出。

(府尹云)小官在此祭赛,不知那里走将这许多仙长来,我且盘桓一会,看有甚么人来。

　　(净扮王留同伴哥上)(王留云)谷生双穗麦二岐,和和和,处处人民有衣食,和和和。太平丰稔年华盛,和和和,闲来浅水捉田鸡,和和和。小人是王留,他便是伴哥,因为今年五谷收成无比,今有府尹大人在郊外祭赛天地,俺两个走一遭去。(做见科)(王留云)老大人唱喏哩。(府尹云)兀那百姓,您是那厢来的?(王留云)俺是东庄里来的,俺百姓每因为今年大收,甚是欢喜,老大人今年收不收,俺有四句言语,我说与您听:俺这庄家实希义,田蚕米麦应无价。今年雨水好不好,结的茄子车轮大。(府尹云)你看这厮。(正末云)大人,今年这百姓每委实的快乐也。

　　【**滚绣球**】正值着蚕麦余,禾稼熟。看桑田无知其数,见家家场内高筑。男守着谷穗场。女担着米麦斛。笑呷呷绕村旋户,赞当今圣主宽舒。你看他衣丰食饱无闲事,齐念禾词大叫呼。端的是壮观皇都。

　　(伴哥云)老大人,俺这庄稼好收成不好收成,你听咱:今年雨水正纷纷,禾稼桑麻一色新。自从今岁收秋罢,一头大蒜九十斤。(外郎云)谎弟子孩儿。我说先生,今年这等的好收成,您去人家好化布施,不强似你沿街市上与人家送利市符[3]也?（府尹云）住、住、住！敢问众位先生，此一来可往那里云游去也?（广成子云）大人问俺往那厢云游去？俺今同至京城内，与圣皇祝寿去也。（外郎云）这个先生且是会说大话。（正末云）大人，俺是这各处修行的道者，今因圣皇万寿之辰，一径的前来祝寿也。

【呆骨朵】俺可也任逍遥四外闲游去，赴京城内阙皇都，祝赞着圣主延年，与仁君报补。上万寿临金殿，献仙物朝天路。（府尹云）您是出家人，有如此进贡之心也。（唱）俺虽是出家人须敬主，岂知道俺与吾皇同受福。

（外郎云）倒好笑耍子，您这贫道人也来与圣人祝寿，那里显出你来？我也在这里干打哄。（府尹云）兀那外郎，既是吾皇圣诞之节，大小官员皆入内庭朝贺，你便领着里长老人，将着今年收成双穗之谷、二岐之麦进献与圣人去。（正末云）府尹大人，你若是将着这禾稼进献，圣人见了呵，必然大喜也。（府尹云）众仙长，当今圣人洪福齐天，八方朝贡，太平丰稔之兆也。

【脱布衫】普天下一统车书，八方宁烽燧全无。民庶欢讴歌鼓腹，乐雍熙尽皆欢聚。

（府尹云）田野之间，黄童白叟，尽皆鼓腹讴歌，感动上苍雨露之恩,托圣主之福,真乃处处欢娱、家家快乐也。

【小梁州】士庶耕耘用力锄,恰盼的禾稼收租,感天恩垂降广收余。端的是民殷富,处处乐欢娱。

(府尹云)愿江山永固,法正官清,乃尧年舜日也。

【幺篇】仰吾皇万载江山固,祝延年圣寿安居,您将那禾稼殊,进献与仁君去,乐今年嘉趣,显清政府官儒。

(外郎云)大人的命,兀那里长老人,您便将那双穗谷、二岐麦,来日跟着大人进献去。我外郎家里穷忙,不必去了。(王留云)大人无甚事,俺百姓先回家去也。今年得大收,禾黍处处熟。黎民尽快乐,大家吃馒头。(同下)

(正末云)众道者,俺进城中去来。

【尾声】叹时人不识仙家语,他将我一一看承皆是俗。误落尘寰与世途,因见黎民眼笑舒,齐把仁君圣主呼,祝赞吾皇保帝都,到来日齐赴丹墀拜仁主。(众同下)

(外郎云)大人,学生与里长老人打点禾稼,来日进献也。今年好收成,天下乐升平。打点嘉禾稼,进献讨官升。(同下)

225

（府尹云）今日祭赛已毕，又遇这几位先生来，欲要祝贺圣寿去。此乃皇上圣德有感，以致如此。小官不敢久停久住，回府中打点进献的礼物去来。

只因圣德过尧舜，感荷苍天雨露恩。

群臣上表朝丹陛，祝贺吾皇万寿春。（众同下）

作者简介

《感天地群仙朝圣》杂剧作者不详,为明代教坊编演的内廷供奉之剧。

题解

《感天地群仙朝圣》共四折,叙述皇帝治世太平,长生大帝遂派张紫阳、赤松子、广成子、白玉蟾等神仙下凡至京师,向皇帝进献宝物的简单情节。本编选录第二折文本。

杂剧第二折叙述顺天府府尹在郊外祭赛苍天,酬谢大收之岁。顺天府,明清两代京师(今北京)府治,于明永乐元年(1403)始置,设府尹一人、府丞一人、治中一人、通判六人、推官一人、儒学教授一人、训导一人,以及经历、知事、照磨等官。顺天府尹执掌京师政令,负责各项京畿事务,其中便包括主持每年的先农坛祭祀。因此,本折剧情设计并非无稽,而是与明代顺天府尹的实际职责相符。

《感天地群仙朝圣》今见明万历间脉望馆钞校《古今杂剧》本、王季烈校刊《孤本元明杂剧》本、《全明杂剧》本。本编选用明脉望馆钞校《古今杂剧》本。

简注

(1) 当该:意为当班、值班。

(2) 唐虞:指尧舜时代。

(3) 利市符:指一种求财的符箓。

清代戏曲 九部

孔尚任像

一捧雪（传奇）

李玉

第四出　征遇

【**大石调引子·碧玉令**】（外冠带，杂随上）关南塞北声名早，寄长城、紫泥天表，玉帐貔貅，指顾阵云高，展豹略，看幕南王庭齐扫。猛气清金虎，雄威壮铁冠。何时酬主眷，理钓啸归磻[1]。下官戚继光，字元敬，定远人也。以先世战功，得厝世爵。予自约发[2]从戎，剿倭寇于海上，灭岛夷于台州。横屿之酋献俘，石州之虏授首。百战百胜，累迁总理。蒙圣上念蓟州乃京师之肩膂，命光节钺坐镇。咳，想我一武人，今得熊轼一方，麟符千里，河山铁券，宝玉雕弓，锁钥北门今总府，保釐[3]东土古诸侯。上赖天子洪恩，实出莫相国提携之德。今相国云亡，郎君无怀公久乐丘园。虽尝致书通候，从未得少展国士之报，胸中时为怏怏。自蓟州命下，羽书促往，今日择吉起程，但形家皆言，须要从海岱门迁道而行。吩咐众将校，摆齐队伍，打从海岱门出京，一路前往蓟州便了。（杂）得令！（行介）

【**大石调过曲·赛观音**】甲兵雄，旌旗耀，听号令

山川振摇。看横槊赋诗长啸，细柳威名，不数汉嫖姚。（下）

（生、付净执鞭，小旦乘车，杂、车夫、末随上，合唱介）

【前腔】岱宗遥，燕山到。望紫气烟浮帝郊，想万国衣冠齐祷。（生）前面已是京城了。我同汤先生寻觅寓所，你同雪娘慢慢而行。（末）晓得。（合）回首吴山。但见雁行。（各下）（外、杂复上，合唱介）

【人月圆】司阃外，即渐龙城杳，白羽风生惊乌鸟。（生、付净上）行行速岫衔残照，蓦忽地油幢来树杪[4]。（外作看生介）（外）前面来的可是越中莫爷？（生）敢是总府戚爷么？（各下马相见介）（合）呀，萍踪巧，恰相逢，数年梦寐兰交。

（生）仁兄持钺，今欲何往？（外）小弟移镇蓟州，故有此行。两世蒙恩，三秋阔叙，倘兄今日后我而至，又失此晤期矣。（生）天遣相逢，可谓奇遇。（外）此位何人？（生）偕行汤北溪，乃雅士也。（付净恭介）不敢。（外）仁兄到京后有暇，可到敝镇一游。（生）既忝刎颈之交，当觅连床之话。承兄相约，敢不奉命。

【前腔】（外、生合）刚邂逅，早在阳关道。一语匆匆浑难了，征车滚滚催行闹。叹从此天涯云树渺，风尘老,又何年挑灯话旧连宵。

（杂）三军欲行,难以久驻,禀爷就此起马。（外）再欲与兄暂话片时,奈军行甚速,只索奉别了。（生）到京后,一有空闲,便当造贵镇领教。

【尾声】（外）扫彤闱,供谈笑,（生）飞觞说剑气雄豪,（合）共把那武纬文经济圣朝。

云迎塞马嘶声急,风送胡笳离绪侵。

但愿应时速得见,须知胜似岳阳金。（各下）

第五出　豪宴

【仙吕引子·天下乐】（净冠带,杂随上）奕世夔龙亘古稀,炎炎权势觉天低。朝廷已作家庭事,笑煞淮阴封假齐。上公周太保,副相汉司空,应知能作述,岂曰滥恩荣。自家严世蕃,别号东楼,父居相国,身为侍郎,富堪敌国,力可回天。文武官僚,尽供驱使,生杀予夺,俱属操持。休说他人称功诵德。只俺父亲,自题《家庆图》道:有我福,无我寿。有我寿,无我夫妇同白首。有我夫妇同白首,无我儿孙七八九。有我儿孙七八九,无我个个天街走。（笑介）你道为父之乐如此,为子者可知矣。可恨这些不识时务的,动辄交章劾奏。那夏桂州崛强老子、杨继盛浮躁书生,其他曾铣、沈炼等,都已诛戮尽了,料无人再敢妄言矣。尔来朝政肃清,俺忙时,不过票几道奏章;闲时,受用些歌姬舞女,赏玩些书画鼎彝。正是,身近玉墀新衮绣,手调金鼎旧盐梅。有一越中莫无怀,与我两世通家。近因补官到京,已来参谒。今日与他设酌洗尘。怎么这时候还不到来?

　　(生、末随上)姓名天下金瓯宠,节操风前玉树清。(末)奉劳通报一声。(杂)莫爷到了。(净出迎见介)(生)辱蒙华命,敢溷[5]兵厨。(净)深藉辉光,用开陈榻。小座在万花楼,就此同行。(携生手行介)(生)呀。好一所大楼,画栋凌云,朱栏映斗,展开风月添诗料,妆点江山归画图。果然好奇观也。(净)楼无足称,不过藏几种古玩,以供朝夕把玩矣。(生)能赐一观否?(净指介)前后厢楼,号分风花雪月。这一楼,是商周彝鼎。这一楼,是汉宋杯环。这几间,是汝、定、官、哥[6]。这几间,是唐宋书画。令先尊掌国许久,府中古玩毕竟也多。(生)先严不是个赏鉴家,故此送礼中古玩字画都不曾收,也不得钱来买。(净笑介)那有宰相家没钱收古董的么?小弟倒用几个闲钱,搜得些奇物,只是一件,各处送来的字画,怕我疑心不是故物,不敢装潢。其余贫家收来的,一发破碎了。便有几轴现成裱过的,或是阔狭失宜,体制欠雅,意欲另裱一番。只是偌大京师,寻不出一个裱褙好手。（生）晚弟寓所，却有一人，到是古董行家，赏鉴颇精，又会裱褙。晚弟穷官也，留他不得。恩兄若用，就唤到贵府承值何如？（净）嗄，他是那里人？姓甚名谁？为何在贵寓？（生）姓汤名勤，苏州人氏。因贫落无依，晚弟挈带在此。（净）可着人去请来一会。（生对末介）你去对汤先生说，严爷要你裱画，即刻同来。（附耳介）须换了衣帽来见。（末）晓得。为奉恩东命，同邀馆客来。（下）（净）叫掌古玩的在各楼内随意取几件来看。（杂）领旨。（捧瓶、炉、画卷上）（净）这是龙纹宝鼎、美女花觚。（生看介）妙，妙！真乃商周重器、宗庙奇珍也。

【仙吕过曲·皂罗袍】郏鄏镕[7]金遗世，看云雷隐隐，翡翠辉辉。（净）这是红玉九螭环、脂玉双熊镇。（生）玲珑碾就雪霜欺，淋漓染却胭脂腻。（净）这是右军《兰亭序》、摩诘《辋川图》。（生）种种妙绝，真目所未睹。试看银钩铁画，鱼龙吐奇。和那丹山碧水，烟云望迷。（净）什么好东西，如此过奖，一经题品须增贵。

　　（末同付净衣帽上）赫赫公台位，潭潭相府居。（末）禀爷，汤先生到了。（付净作跪门，膝行，叩头介）门下犬马汤勤叩见。（净）何须如此行礼，请起。（付净）嗄。（净对生介）在兄处什么服色？（生）平日原是衣巾，今见台兄，故此易服。（净）既如此、换了衣巾。（末与付净换介）（净）人物倒也伶俐。（生）既蒙清盼，可留以侍朝夕。（净）遨游二帝罢。

（杂）宴完了。（净）起乐。（定生席介）（又将杯匜[8]欲定付净席，恭介）（付净）汤勤侍立不当，焉敢赐席与坐！（净）不必过谦了。（令杂安付净杯匜介）（付净告坐介）（各坐饮酒介）（净）草酌无足为欢，有新教的女优，搬演杂剧，聊可侑觞。（生）既食侯鲭[9]，又观霓舞，何以克当！

（小旦扮末上，点戏介）（生）还是台兄主意，使得尽其所长。（净）有新演的《中山狼》几折，恐未精熟，见笑大方。（生）既有新剧，一发妙了。（净）就是《中山狼》罢。（小旦应下）（净、生、付净随意饮酒讲话介）

（小旦即上作开场介）翠幕华筵列绛楼，清歌妙舞胜丹丘。尽说消愁愁不了，醉时休？世路险巇恩作怨，人情反复德成仇。好把中山狼着眼，醒时休。那来的非别，东郭先生是也。（下）（旦扮生挑琴剑书囊上）

【北仙吕·点绛唇】奔走天涯，脚跟倚徙，萍无蒂。回首云泥，觑人世都儿戏。俺墨者东郭先生便是，要往中山进取功名，收拾书囊前去，早又是暮秋时候也。

【混江龙】斜阳天际，潺湲流水过残堤。几阵阵风吹叶落，几点点鹜趁霞飞。恰早是一片云光迷上下，猛可里四围山色失东西。萧疏短鬓，淹蹇鹑衣；囊余锦字，瓮有黄齑；泥涂曳尾，空谷羁栖。（望介）是何处旌旗剑戟电般驰。忽听得骄骢画角云中沸。（内喊介）狼来了，狼来了。（丑扮狼，带箭奔上）（旦作惊介）吓。忽遇着豺狼当道，闪得俺麟凤兴悲。

（丑）先生休怕，俺被赵卿打围射着，带箭而逃，望先生可怜，救俺一命咱。（旦）恁好差矣！俺要进取功名，急忙赶路，怎管恁闲事。况赵卿盘问起来，好不吓煞人也。

【油葫芦】俺是个四海空囊泣路歧，怎当得将军八面威。（丑）先生，昔日隋侯救蛇，衔珠为报。愿早救俺残喘，俺须重报先生咱。（旦）不指望酬恩报德着贪痴。（丑）人马看看赶至，霎时性命都休。先生，却不道墨者兼爱为本，恻隐之心人皆有之，先生须细想着。（旦）罢，罢，罢，俺把那万言书收拾囊无底，破青毡救恁多狼狈。（丑）好也，只是俺身子多大，先生囊小，只索蜷了四足，好把绳子紧紧的缚住俺了，掩了胡头儿，将俺装在囊里。（旦缚丑，装入囊介）恁好把背似虾，腰如猬，藏着尾,缩着蹄。(丑)多谢先生了,倘若赵卿到来。是必用心打发他。(旦)狼呵,救的恁,休欢喜;救不的恁,休烦恼。只怕一鳅生[10]支不得军和骑,顷刻里凶吉怎能期。

(小旦扮赵简子领众上)草枯鹰眼疾,风劲角弓鸣。俺赵卿是也。射猎中山,见一狼,人立而啼,放箭射着。走的来影也没寻处。(见旦介)兀的汉子,可曾见狼去来?(旦)俺不晓得。(小旦)那狼中箭,赶到此处,明明是恁藏着,恁看俺剑者。(旦唱)

【天下乐】那里见出柙狰狞猛似罴[11],停也波威,莫浪疑。(小旦)恁须晓得,狼乃至恶之兽,何用救他。(旦)也尽知他性贪狠,恨不得屠肠胃。(小旦)恁休巧语花言,快说,藏在何处?(旦)俺只一身,那里藏得?(小旦)呀,莫非藏在书囊内么,虞人[12]们开看!(旦)狼大囊小,怎生藏得?俺囊呵,止把那残编断简收,怎与那狐群虎党栖?休得守株求。枉自迟征辔。(小旦)既没有狼。俺须去也。即鹿聊为乐,田禽岂自荒。(下)

(旦)且喜赵卿去了。老狼,老狼,恁如今活也。(丑囊内喊介)赵卿已去,俺在囊中缚得好苦也。臂上流矢煞是痛哩,先生快开囊放俺者。(旦开囊、解缚、拔箭介)(丑出囊介)惭愧也,险些被赵卿送了性命,谢得先生救俺。则俺有一句不识高低的话儿。敢说么？（旦）有甚话说来。（丑）俺被箭赶来。在囊中受苦一会，肚儿里饿得荒，先生可怜见，权把你来充饥吧。（扑介）（旦躲介）

【寄生草】 眼脑真馋劣，心肠忒魅魖。逞狼心便忘却颠和踬，恣狼贪不记着恩和义，肆狼吞怎容得天和地。（丑）随你会讲，俺不吃恁，决不干休！（旦）只俺半生来冷眼避闲非，谁想一会儿热念淘闲气。（丑扑介）

（旦）且住！若要好，问三老。那边一个老人来了，俺同你问他，该吃俺不该吃俺？（老旦扮老人上）萧萧古树枯藤挂，惨惨寒云远岫凝。俺杖藜老子是也。你们为何喧嚷？（旦）丈人，这狼被赵卿射中，赶来向俺求救，俺把书囊救他一命，才出囊反要吃俺，你道该吃不该吃？（丑）丈人，不要听他。他见俺被箭射伤，把俺缚在囊中，受了多少苦，又对赵卿骂俺许多。假意救俺，要自己谋害俺哩！你道该吃不该吃？（老旦）你两个说来，都无凭信，如今依旧缚在囊中，把那受苦的模样，使俺亲见一番。若果受苦，先生，你也说不得，只索与老狼吃下者。（丑）说得有理。俺饿得紧了，快缚起来！丈人看了苦处，俺便要吃你了。（旦缚介，置囊中介）（老旦）你可有佩剑么？（旦）俺带得有佩剑在此。（老旦）如今还

不杀他！（旦）着，着。（老旦踏着，旦提剑介）（旦）

【煞尾】牢笼奇计高，出鞘青锋淬。一任恁噬脐瞒昧，从此要施爪排牙今已矣。须念着濒死的危机，怎忘却受恩的深处，方信道眼前报应难回避。纵人心可欺，怕天公作对。（杀狼介）呀，把这负心的中山狼做旁州例。（下）

（净）杀得快活！（生）好戏，好戏！（各立起介）（生）要告别了。（净）再坐坐便好。（生）不敢。（净）汤先儿就住我府中罢。（付净）是。（净对杂介）明日先付五百两银子与汤先儿，置买吴绫蜀锦、玉轴牙签。再付三百两，在近府前后买一所房子，与他居住。（杂）晓得。（付净）谢爷。（复向生足恭介）

（净）红粉歌声翻白雪。（生）雕檠烛影醉青年。　　　　须信人生能有几，（付净）应知世有地行仙。（各下）

作者简介

李玉（约1602—约1676），字玄玉，因避康熙帝玄烨讳，改为元玉，号苏门啸侣、一笠庵主人。江苏苏州人。明末中副贡，入清后无意仕途，以制曲终身。与朱素臣、朱佐朝、毕魏、叶时章等戏曲作家往来密切，被统称为"苏州派"曲家。作有传奇四十二种，今存十九种。以"一人永占"（即《一捧雪》《人兽关》《永团圆》《占花魁》四剧），以及《清忠谱》《千钟禄（千忠戮）》为代表。编有《北词广正谱》。

题解

《一捧雪》共三十出，叙述明嘉靖年间，苏州莫怀古（字无怀）携妾雪艳、仆莫诚、裱画匠汤勤至京师赴任太仆寺卿。入京后，莫怀古拜谒严世蕃，席间推荐汤勤，严世蕃许以经历之职。后汤勤告诉严世蕃，莫怀古有家传玉杯"一捧雪"，严世蕃遂向莫怀古索要此杯，莫怀古上交赝品应付，被汤勤揭发。严世蕃下令搜查莫宅，莫诚藏起玉杯，莫怀古弃官逃走，路上被捕。老仆莫诚舍命代死，莫怀古则逃至潮河川魏参将处。汤勤向严世蕃说莫怀古首级非真，妾雪艳为使其改口，佯嫁汤勤，在婚夜刺死汤勤并自刎。莫怀古旧交戚继光厚葬雪艳，又将莫诚首级别葬蓟州。另一边，莫怀古之子莫昊化名方昊，考中进士，巡视九边时与父亲相见。后严氏父子倒台，怀古父子申冤，莫怀古官复原职，莫诚、雪艳得旌表。

据刘致中考订，本剧本事为明人程可中《程仲权先生集》卷之三《汤表背》所载"严世蕃谋夺王廷尉汉玉杯"事，《一捧雪》中莫怀古、莫诚、汤勤，以及严世蕃夺杯的人物事件皆可从中寻得对应。本编选录传奇第四出"征遇"和第五出"豪宴"。

"征遇"一出写莫怀古赴任北京，在京郊与即将赴"京师之肩膂"蓟州坐镇的戚继光相遇事。戚继光（1528—1588），明代杰出抗倭名将、军事家，明隆庆二年（1568），奉命总理蓟州、昌平、辽东、保定四镇兵事，长期镇守北方。因此，虽然《一捧雪》中的戚继光相关剧情为作者附会编造，但是也在基础设定上参考了实际历史。

"豪宴"一出写严世蕃宴请有世交的莫怀古，给他展示自己所藏古玩，并于席间命家中女乐搬演杂剧《中山狼》的剧情。剧中所演《中山狼》是在明"前七子"康海（1475—1540）所作杂剧《中山狼》的基础上浓缩点染而成。康海是明弘治十五年（1502）状元，任翰林院编修期间为搭救朋友（一说为李梦阳）投于刘瑾门下，并因此在正德五年（1510）落职，然而他的这位"朋友"却忘恩负义，弃他不顾。康海有感而发，写作《东郭先生误救中山狼》杂剧，直指恩将仇报之徒。

虽然赏古玩和演杂剧这两段情节的设置主要是为了反映严世蕃之荒唐无度，并且讽刺如"中山狼"般背信弃义之人，为后文严世蕃谋夺玉杯、汤勤背叛旧主剧情埋下伏笔。但与此同时，这两段剧情也能够从侧面反映出明嘉靖、万历以来，随着世风渐趋奢靡，文人士大夫群体间古董收藏、家班女乐风气盛行的社会现实。

家班，是由私人购置，专为私人家庭演出的戏班，明代中期随昆曲的兴盛而不断发展，在万历、天启年间达到极盛，剧中严世蕃府上的是由女性歌伎组建的家班，通常被称为家班女乐。此外，当时还有以男性童伶组成的家班优童和以职业伶人组成的家班梨园。

《一捧雪》今见明崇祯间刻本、清乾隆五十九年（1794）刻《一笠庵四种曲》所收本。本编选用明崇祯间刻本。

简注

（1）钓啸归磻（pán）：磻溪，为姜太公垂钓处，姜太公于此地遇周文王。剧中以此典来说明戚继光的抱负。

（2）约发：意为束发，指代男孩十五岁成童之年。

（3）保釐（xī）：意为治理百姓、匡扶安定。

（4）油幢、树杪：油幢，意为有油布帷幕的车子；树杪，意为树梢。

（5）溷（hùn）：意为混乱。

（6）汝、定、官、哥：均为古代名窑。

（7）镕：意为铸造金属器具的模型。

（8）匜（yí）：古代的一种盛水器具。

(9) 侯鲭（zhēng）：即"五侯鲭"的简称。五侯，汉成帝封其舅王谭平阿侯、王商成都侯、王立红阳侯、王根曲阳侯、王逢时高平侯。后人因此泛称贵戚为"五侯"。鲭，鱼与肉混合制作而成的杂脍。《太平广记》卷二百三十四《食部·食》引《语林》："娄护，字君卿，历游五侯之门。每旦，五侯家各遗饷之。君卿口厌滋味，乃试合五侯所饷之鲭而食，甚美。世所谓'五侯鲭'，君卿所致。"后世遂称贵家的精美食物为"侯鲭"。

(10) 鲰（zōu）生：指矮小愚陋的人，此处为谦辞。

(11) 羆（pí）：指棕熊。

(12) 虞人：指古代掌管山泽园囿的官吏。

清忠谱（传奇）

李玉

第十六折　血奏

（净扮僧上）在京和尚出京官，天大威风到处钻。不想西方为佛子，偏投东厂作旗番。小僧北京城内二闸观音庵枯木是也。房屋不多，住居要道，官府尽来作寓。不要说三阁下，九卿科道无不相知，就是里边线索，极便极灵。虽是僧家，人人钦敬。不想前日有一个下路的小伙子，特来借寓。我一见时，就道有些不尴不尬。他背着人，啼啼哭哭。人来会他，都交头密语。两日又在房内，刺着指头，不知写些什么？我看来一定是个犯官的家属。近日东厂严禁，不许犯属在京打干，番子手密布在外。倘然缉着，我庵中甚是不便，定该撵他出去。他方才吃了夜饭，在房中睡了。我少停起个早起，打听个的确，再作道理。（下）（小生青衣、小帽上）

【引子·宴蟠桃】旅邸萍踪，天涯浪影，忧怀惟有天知。

（小生）周茂兰，在江边别了父亲，与朱完天先生赶入京师，因长途步履艰难，多走了几日，比及到时，父亲已先到京下狱了。细细访问，却被倪、许二贼，极刑锻炼，坐了赃银三千两。蒙朱先生百计借贷，千里奔驰，徐银台如珂、顾侍御宗孟及范公景文、鹿公善继、孙公奇逢极力周旋，我父亲暂得缓死。小生因缉事人多，只得频移寓所。前日改易衣妆名姓，借住此庵。昨日魏贼又将爹爹亲审，敲折牙齿，性命垂毙。小生又不能一见，闻之心如刀割，因此刺血写成奏章，欲叩登闻救父。昨已写了大半，日间又恐人知，不敢刺写。此时已将五鼓，趁此窗上月光如昼，不免刺血写完，明早哭奏便了。（袖中出本向窗前看介）呀！月光虽明，模糊不能下笔，怎么处？嘎！不免轻轻开了房门，悄悄在佛前香灯内，取些火儿，点在灯上，刺写便了。（作开门取火，仍闭门点灯介）身体发肤，受之父母，不敢毁伤。今日为救父写本，若得圣上准奏，得全父命，我周茂兰虽割腹剜心，也是情愿的，何惜这几点指血！（作刺血闷倒介，渐苏介，写介）

【过曲·三仙桥】恨杀权奸毒炽，尽忠良，遭残噬，纷传假旨，酷刑屠狱底。痛父周顺昌呵，抱荩忠，清节誓，苦锻炼，诬陷贿赂为大题。那魏贼的罪恶呵！写、写不尽他肆凶威，题、题不尽他欺君罪，奏、奏不尽他占江山的深深祸机。只写得父冤羁，枉受严刑黑砌。望圣上震霆雷，早殛[1]杀弄朝权的阉贼。

（净暗上）隔墙须有耳，窗外岂无人。（作推门进介）咄！你写什么子？（小生袖本介）不写什么！（净）这样时势，你侵早五更，背着人儿，自言自语，一定写着反书了。拿出来我看一看！（作搜介）（小生袖紧介）你敢是抢我的东西么？（净）这小伙子倒会放刁。（扯介）走、走、走！走你娘的路，不要连累我。（推出门介）（小生）还了我行李去。（净）行李只好作房钱了。（关门介）闭门不管窗前月，分付梅花自主张。（下）（小生）阿呀！可恼！可恼！好一个出家人，白白赖了行李，竟推我出门，有这等事。咳！此时又不好声张，怎么处？你看天色将明，趁此际街上人稀，不免一路行去，竟到五凤楼前，叩阍[2]上疏便了。（行介）

【忆多娇】声隐泣，泪暗滴，潜行俯首愁探缉，叩阙捐身登闻击。苍天那！保佑周茂兰血疏一上，早救父命。天意堪必，天意堪必，默转君心匪石。此间已是午门外了，不免击鼓则个。（击鼓介）

（末、老扮武士，丑扮小官上）何人击鼓！何人击鼓！（小生跪介）南直隶苏州吴县儒学生员周茂兰，谨奏圣上，臣父原任吏部员外周顺昌呵！

【斗黑蟆】清节廉声，忠心抱赤。被魏贼的奸谋，网罗陷黑，冤狱禁，酷拷炙，九死孤臣，命悬顷刻。刺血代墨，叩阍情孔急。伏望天恩！伏望天恩！电冤罪释。

（将本送丑介）（丑接看介）此系血书奏章，从无此体，通政司不便传进。（将本还小生介）（小生）父命危在呼吸，一定要求上达天听。（丑向末、老介）打出去！（末、老推小生出介）（丑）覆盆难见日，幽户不闻雷。（同末、老下）（小生跪哭介）阿呀！圣上呵！

【忆多娇】冤已极，疏转掷。君门万里空咫尺，父命难全，生何益。圣上既不收血本，茂兰情愿撞死阙前。碎首血沥！碎首血沥！救父黄泉喜溢。（作将撞介）

（净、付扮番子手，旦、占扮小监执棍上）（净、付扭住小生介）你这狗头，死活也不知，上什么血本？（二旦）打便了！（将棍打，小生滚地喊介）阿呀！天那！

（外，白髯、冠带急上）天付传宣地，皇家喉舌司。下官通政司大堂徐如珂是也。何人阙前喧嚷，急急看觑则个。（净、付）通政司大堂、苏州徐老爷来了。（外）为着何事，将他毒打？（旦、占、净、付）犯官儿子，抗拒圣旨，上什么血疏！厂爷知道了怎么处？拿他去打一个死。（旦、占打介，净、付扭介）（外）我这里不与他传达就罢了，打他什么？待我着人撵他出城去。（四杂）造化了这狗头。去！去！去！不该死，不该死。（下）

（小生看外介）元来是徐老伯。（外）这里不是讲话的所在，随我来。（小生随外一转场介）（小生跪外介）老伯，与小侄将血本传上，救得老父性命，是真正大恩人了。（外）我徐念阳，难道没有人心的？若此疏可上，何须贤侄哀恳？令尊遭此大变，我也极力周旋。就是毛巡抚击杀官旗之疏，极其凶狠，那巡方徐吉之疏，甚是和平。我将徐疏先上，奉有温旨，然后传进毛疏。圣旨批道：已有旨了。方得保全苏郡一城性命。贤侄如今此本，若是墨书的，便可与你传达了。（小生）徐老伯呵！

【斗黑蟆】你恩德如天，苏城感激。救父的残生，衔结报德。传达上，温旨锡，起死回生，尽公卵翼。（外）权奸焰赫，满朝俱战栗；桑梓[3]情深，桑梓情深，敢不努力！

（小生）恳求老伯神力，使小侄得见老父一面。（外）厂卫严禁，犯属不许入监，怎生去得？（小生）若得一见父面，小侄死也甘心。（外）也罢！你今夜悄悄到我寓所，我有一长班，他兄弟是个禁子。你换了极破衣帽，我托他领你进去便了。（小生）多谢老伯。（外）外边厂卫严拿，你路上行走要小心些。（小生）晓得。

（外）孝子忠臣萃一门，拚生刺血奏登闻。

（小生）惟有感恩并积恨，万年千载不生尘。

第十七折　囊首

（杂扮禁子上）虎头门里偷生少，柱死城中冤鬼多。自家镇府司禁子是也。目今司中人犯，惨不过是东林一案。可怜那些官儿也有拷打不过，当堂了命的；也有带伤受刑，腐烂身亡的；也有昏迷绝食，含冤自毙的；也有逼讦气绝，灰囊压死的；不知坏了多少性命。只有一个周吏部，屡次受刑不死。前日千岁爷亲审，他偏不怕死，倒是一场狠骂。却又作怪，千岁止将他敲去门牙，反不加刑，仍旧收监。咳！算来周吏部倒是一条硬汉了。俺众兄弟又可怜他，又敬重他，每每照顾他几分。今晚轮着我在他房里值宿，且留心看他一看，也是好事。正是：人道公门不可入，我道公门好修行。（暗下）

（外扮长班上）受人之托，必当忠人之事。自家通政司徐老爷门下长班是也。奉老爷之命，引着周公子悄进监中去见父亲一面。你看门上坐的，正是我家兄弟，叫他出来说个明白。（暗招杂介）咄！兄弟走来。

（杂上）元来是哥哥，叫我怎么？（外附杂耳介）我奉主人之命，有言相托。（杂）为着何事？（外）吏部周老爷在内何如？（杂）家信不通，少人看顾，都应不久了。（外）他有个公子到了，要你引进一见。（杂）使不得！

使不得!东厂时刻有人打听,况且监中耳目众多,倘被知觉,连累非小。(外)老爷也只为此,教我特来与你商议。(杂想介)嗄!也罢,少刻点派更夫入监,教他充作更夫进来。今晚正轮我在他房内值宿,引他父子一见便了。(外)如此甚好,照你说话回复老爷,就同公子来也。(下)

(杂)哥哥,转来。(外)又是怎么?(杂)少刻公子进来,切不可唤父呼爹,被人听得,不当稳便。(外)晓得。(杂)哥哥,转来。(外)又是什么?(杂)那周公子唤甚名字?(外)他叫周茂兰。(下)

(杂)叫周茂兰,就去说与周老爷知道。(作开门进介)伙计,我进去各房查看一看,更夫齐了,叫我一声。(内应介)(杂)此是第三监了,(进介)呀,怎么周爷不见了?周爷那里!(生在内哀声介)好苦耶!(杂)元来倒卧在墙脚下,怎么不睡在上边,卧倒在地?(生作痛楚声介)周身疼痛,手足拘挛,挣扎不起了。(杂)待我扶你上边睡好。(扶生介)

【小桃红】(生)我命延一息不终朝,挣不起镣和杻,牢牢靠也。(杂)周爷,亏你硬挣,挨到今日,比着各位老爷,早早去世了。(生)早去的倒不好么?咳!这鬼窟中,偏咱落后苦多熬。(杂)周爷,你如此光景,怎没个亲戚来看你?(生摇首介)那有亲戚在此!(杂)难道没个管家随来的?(生)那有家人带来!(杂)公子是有的。(生)一发难来了。(杂)且住!你家公子名唤茂兰的现在。(生大惊跳起介)在……在……在那里?莫……莫……莫……莫……莫非我孩儿也……也……也……也……也拿了么?(杂)周爷放心,公子特来探望,就要进来了。(生急摇手介)呀!呀!呀!呀!你切不可放他进来!(杂惊介)为何?(生拭泪介)我也无念到儿曹,怎教他听爹语,觑爹容,向爹号!转引得我肝肠吊也。(杂)令公子远来,极难得的,怎倒拒他?(生)阿呀!此处什么所在?可是他来得的?倘若我万千情,撮起在心苗,忍不住话声高,隔墙耳,怎相饶?

(杂)我正为此先来说明,且待更深人静,悄教公子扮了更夫进监,少刻随我同来值宿。(生)嗄!嗄!嗄!我孩儿扮下更夫,少刻便……便……便……(住口暗泣介)(杂)还有一句要紧话,见了公子,切不可叫子呼儿,被人知觉。(生泣介)嗄!嗄!嗄!我却不要认着孩儿罢!还是不要进来好。不……不……不……不要进来好。(内作梆声介)(杂)外厢点派更夫了,你自放心安睡,少待片时,引着公子来也。(锁门介)(生作睁门连跌介)阿呀!呸!我父子就得一见,却有何益?不如硬着

肚肠，放怀睡去。（作强挣不起，横卧介）

（杂引小生抱梆上）（杂）来！来！来！此是第三监了，令尊老爷在内，放下梆子，引你进去。（开门介）（小生放梆介）（杂）此位就是周爷，鼾然熟睡在此，不要惊他。你且点着火，慢慢候他醒来，我拿此梆，交与别人敲打去。（下）

（小生上下看生，暗哭介）呀！我爹爹这般模样了，好痛心也！（作抚摩介）（生忽叫痛惊醒介）（小生急扶，失声高叫介）爹爹！孩儿茂兰在此。（生失声介）果……果……果是我孩儿。（强坐忍泪不出声介）（小生捶胸哭跳介）（生摇头长叹介）你来怎么？（小生抱生哭介）阿呀！爹爹阿！

【下山虎】我痛肠寸绞，剪剪如刀，爹爹为甚没句言语说与孩儿知道？敢是泪咽声难叫，猛然气焦？（生张口介）儿！你看我齿牙尽被阉奴击断，尚有何言，与你细说？你且牢牢记着：只把忠臣样子，日后说与子孙知道便了。（小生）爹爹嗄！后日儿孙怎补得爹生平未了，（指内介）魏贼！魏贼！我齿磷磷可尽敲，少不得剁将伊肉咬。（又抱生介）阿呀！爹爹阿！孝和忠，路一条。爹负千秋恨，与儿并叨，不共之仇肯便消。

（生）儿！你爹爹身受倪、许二贼百刑拷打，手足俱折，不必说了，还有说不了的苦恼。（小生）爹爹便怎么？（生）阿呀！儿嘎！说也伤心。

【五般宜】兀那龙须板，赤剥剥皮裂再敲。牛筋棒，挖擦擦骨折未饶。（小生）我好心痛也。怎受得这般苦楚？（生）儿！你道爹爹受了那样刑罚？（小生）爹爹说与孩儿知道。（生）你只看我腿上叠棍所伤，陷为深坎；坎上裹药，复被棍揭；棍棍狠敲赤肉，肉尽直敲精骨。儿！你爹爹受刑之日，棍头上滚滚活虫跳，血和肉浑裹蛆虫，臭闻天表。阿呀！儿！你爹爹此时呵！只愿棒头早早叫声去了，谁知道粉碎样尸骸，待儿看，添苦恼。

（小生跳哭介）阿呀！爹爹！孩儿奔走稽迟，不得早来看视，万死难辞了。

【五韵美】乍探爹，心如搅，恁般痛楚儿未晓。爹爹，待孩儿展开患处，收拾收拾。（生）罢！任他腐烂，还要完好怎么！（小生掀衣见伤，哭倒介）阿呀！掀衣一见便惊倒，只这脓窝血窖，怎敢把指关轻抓！那得有汤水与爹一洗。罢！罢！罢！只得裂下衣衫，轻轻展拭便了。（哭介）阿呀！爹爹嘎！万千血孔，如何动手？若是割儿肉，补得牢；只这万千孔，便割尽微躯，代爹补好。

（杂）任情终有失，执法永无差。（开锁介）大相公，叫你不要高声，倒是这般号哭起来。呀、呀、呀！好不知利害！（小生急作收泪介）一时心痛，不能含忍，如今不哭了。（顿足大叫介）好苦嗄！（杂）呸！才说不哭，又哭了。

（净、丑扮二禁子提灯，付扮差官持令箭上）（净、丑）伙计！夜巡老爹在此查察，快快开门。（杂作慌扯小生介）怎么处？查察的差官来，你却藏在那里去？来、来、来！权躲在草铺下，再不可响动。（小生）自然不敢做声。（急下）

（杂开门介）（付）那一个是周顺昌？（杂）这位就是。（付）同房还有何人？（杂）没有。（付）好，倒也清净。咱奉千岁爷之命，有一件东西在此送他。（出囊介，又附杂耳密语介）就要了事回覆的。咱在狱神庙中立等，立等，快些下手。（下）

（丑、净扯杂作私语介）（杂向生介）周老爷可晓得那差官来的意思？（生）是查点犯人。（杂）不是。（生）敢是要个包儿？（众）也不是。（生）是什么？（净、丑）倒有一件东西，送与周爷受用。（生惊介）奇怪！送我什么东西？（丑、净出囊介）请看，是一个布囊。（生）送我何用？（众）周老爷是晓事的，不消我们说了，有要紧话分付一声罢。（生惊战介）嗄！莫非将此囊索我性命么？（众）不消再说了。（生）魏忠贤！魏忠贤！你要我死么？我周顺昌生不杀汝，死作厉鬼击杀奸贼便了。

（丑、净将囊套生头，推生仆地，挽绳背拽介）（小生大叫抢上介）列位动手不得的，不奉圣旨，怎便无法无天，狱底杀人！（急抱生挽定绳索介）（丑、净）你是更夫，如此大胆，敢来讨死么？（净推倒小生介，又用力扯索介）（小生急起抢介，杂揪倒小生滚地介）（小生翻推倒杂，又抢上）（杂急起揪小生倒地，骑坐前场介）（小生在地哭喊介）（净、丑用力拽生，生将身乱搦，脚乱跳，渐作死，挺直在地介）（净、丑作放绳气喘，各定力介）（杂放小生，小生扑尸跌哭介）阿呀！爹爹阿！

【蛮牌令】一霎起波涛，顷刻极刑遭，囊头亲祸惨，儿睹胜吞刀。恨不得代爹行，拚生命抛；恨不得赶黄泉，将爹抱牢。身僵挺，首囊包，亲儿送死，有口难号。

（净、丑）伙计！事已完了，且把狗娘的缚东厂请赏去！（杂）哥，实不相瞒，此人不是更夫，实是周公子。监中耳目不便，扮了更夫来探父亲，不想他恰好送父归天。（众）既如此，周爷面上，大家方便。与他瞒过了罢！我们抬过尸骸，待那差官进去相验，你快送他出监去。（丑、净抬尸下）

（杂扶小生出介）走！走！走！小相公，令尊老爷是东厂对头，知你在京，必来杀害，快些另托心腹，办棺收殓尸首,急急回家去罢!前面直去就是通政司衙门,快走!快走!(放手介)(小生急奔,又复身扯杂作痛切致谢,说不出介)(杂)你有话快说。(小生复不语介)(杂)呸!既没话说,还不快走。(推小生倒地,竟下)(小生起又跌介)(下)

(末扮朱完天上)危疑阁上窥奇胆,患难关头见异人。我朱祖文自到京中,微服僻处,为吏部悬赃未完,百计求贷,适从吴桥回来,捃摭[4]稍就,不免前往狱中探问消息。(小生跌上)(末扶介)呀!是周公子!(小生看末,仍哭倒地不醒介)(末)周公子!为着什么这样啼哭起来?扶你回去罢!(扶起,小生坐地扪心介)阿呀!好苦嗄!

【山麻秸】痛杀我,心如捣;问我灵魂,落在监牢。苍天!苍天!你昭昭,那里讨得个生爹叫?(末)公子!莫非吏部有些不好么?(小生)阿呀!先生!不好了!不好了!坑杀人,有言难吐,有冤谁诉,有恨难消。(又哭倒地介)

(末叫介)公子!这里不是啼哭之所,起来,起来!不好了,不好了!

【江神子】只看他喉间冷气飘,腮脸上泪涌如潮。敢有甚鬼魂缠住咆哮?公子醒一醒。(小生微喘介)(末)好了，好了！我晓得了。拦街跌倒命丝毫，都应是为爹懊恼。（扶起介）（小生）我那爹爹嘎！

【尾声】重泉渺渺难追到。（末）呀！如此说，真个吏部死了。（小生指内介）魏忠贤！魏忠贤！你那奸贼嘎！这海样冤仇谁报？（末）公子噤声，且问吏部怎么样死的？（小生顿足哭介）黑夜囊头活杀了。

（末）咳！苍天！苍天！有这等事！且到寓所去，慢慢细商则个。（扶小生下）

作者简介

《清忠谱》传奇的主要作者为李玉,另有朱素臣、毕魏、叶稚斐三位"苏州派"曲家共同参与编写。

题解

《清忠谱》共二十五出,叙述明代天启年间,以周顺昌为代表的东林党人和以颜佩韦为代表的苏州市民,同权奸魏忠贤及其党羽之间的惨烈斗争。苏州建魏忠贤生祠,给假归乡的吏部员外郎周顺昌前去痛骂。时东林党人魏大中被捕,周顺昌赶去送别,并与之定下姻亲,此举惹恼魏党,毛一鹭告密,周顺昌被捕,以颜佩韦等五人为首的苏州市民赶来阻挠未果,周顺昌仍被押解至京。周顺昌受尽酷刑,凛然而亡。颜佩韦等五人也慷慨就义。不久后,崇祯帝登基,阉党倒台,五义士被重新安葬,周顺昌一家三代获得荣封。本编选录第十六折"血奏"和第十七折"囊首"。

这两折是《清忠谱》全剧的重要部分,"血奏"一折写周顺昌之子周茂兰在京师申冤无门的悲惨境遇。"囊首"一折写周茂兰假扮更夫到狱中探望父亲,却目睹其被囊首而亡的惨烈悲剧。据《明史·周顺昌传》记载,可知周顺昌被捕至京师后确在狱中受到酷刑,并在受刑后仍能痛骂魏忠贤,最后被谋害于狱中。不过,现实中其子周茂兰并未随父上京,剧中对此进行改编,通过周氏父子生离死别的人伦悲剧,使得魏党之恶更加直观地呈现在普通观众面前，极具戏剧感染力。

《清忠谱》今见周贻白藏钞本、南京图书馆藏钞本、清顺治年间树滋堂刻本。本编选用清顺治年间树滋堂刻本。

简注

(1) 殛（jí）：意为诛。

(2) 叩阍（hūn）：意为叩击宫门，指代向朝廷诉冤。

(3) 桑梓：意为故乡。

(4) 捃（jùn）摭（zhí）：意为采集、搜集。

千钟禄（传奇）

李玉

第二十四出　归宫

（付太监上，白）龙飞上甲开天运，凤舞彤宫庆瑞辰。自家宣德爷爷宫中穿宫内监是也。俺万岁爷乃永乐皇帝之孙、洪熙皇帝之子。初登宝位，乍掌乾坤，励精图治。适有贵州布政司飞奏，说有一老僧，自称建文君，欲入朝面圣。皇上批入该省，驿送入京中。圣上命百官遍询，未得其详。因此今日特召本僧一人，到谨身殿细细盘问，以决真伪。如今老僧已在朝门首了，不免传入内殿则个。（向内白）奉圣旨，宣召老僧到谨身殿面驾。

（小生上）来了！流落江湖几十秋，萧萧白发已盈头。坤乾有恨家何在？江汉无情水自流。长乐宫中云气散，朝元阁下雨声收。春蒲细柳年年绿，野老吞声哭未休。（付）这里谨身殿了，住着。（小生正坐介，老上）主德无瑕阁宣习，天颜有喜近臣知。奉圣旨：老僧籍贯何处？

【八声甘州】（小生）身膺大宝，念金陵故国，四载勤劳。（老白）何故为僧？（小生唱）金川门献，开遗箧削发潜逃。(老白)久住何方?(小生)一瓢一笠名姓韬,野鹤闲云物外遥。(老白)如今来此何意?(小生)根苗,怎空抛骸骨荒郊?

(老白)奉圣旨:虽经面供,未得实据。即着向在建文朝历仕诸臣入殿,识认果否真伪回奏。

【前腔】(末、外、生、净官带、白须上)臣僚,衰龄耄耋,溯当日曾经、历仕前朝。(老白)细细厮认,果系何人?(末、众)摩娑老眼,认不得夙昔黄袍。(小生白)你们既为我臣子,怎么不认得我?(末、众)当年未经为内曹,怎强指龙蛇黑白淆?(向外场跪唱)天高,望另悬秦镜光昭。

(老白)诸臣出朝。(众)万岁!(下)(老)奉圣旨:朝臣既不识认,向日曾在建文君宫中内监入殿详看,明白覆旨。

【不是路】(丑上)闻说魂消,举足难移体颤摇。(付、老)公公,快些走动。(丑唱)心惊跳,潜身悄步暗偷瞧。(老、付白)快看明白。(丑唱)听哓哓,我怎向是非窠里分白皂?用不得舌剑唇枪把祸招。(老、付)万岁爷等着,快些看吓!(丑假看介)忙瞻眺,不是当年舜目尧眉好。抽身去了,抽身去了。

(小生白)吓,你是吴亮,怎么见我不跪?(众惊介,丑）我不是吴亮。（小生）怎么不是吴亮？我那年御便殿食子鹅，弃片肉在地，汝执壶跪倒，作狗舔而食之，难道就忘了？（丑）如此说，果是建文皇爷了。阿呀，万岁爷吓！

【解三酲】听前言尘埃拜倒，流血泪痛哭号啕。我只道今生难睹天人表，又何意拜宫寮。（小生拭泪介，丑白）奴婢今日只得直言了！（唱）拚却了黄泉九地游魂渺，顾不得十族方、黄千万刀。（伏地哭介，老、付白）如此说来，果是建文君了。（唱）向深宫告，早识定昔年凤彩，旧日龙标。（下）

（旦太监上白）奉圣旨：既已识认建文君，特送金顶毗卢帽一顶，九龙袈裟一袭，即着内使穿带，朕即刻赴殿面见。（吹打、穿衣帽介）

【前腔】（付、老引生上）迤逦琼楼香飘渺，早来到玉殿崔巍插碧霄。呀！好一似庄严满月慈悲貌，乘一苇，渡江潮。（白）皇叔请上，待侄儿拜见！（小生）我久奉释教。削发披缁，已作西方佛子，甘为化外闲人，何敢受当今拜礼？（生）若论释教，有师长之称；若叙彝伦，则有叔侄之分。那有不拜之理？（小生）南无阿弥陀佛！（唱）分明是祗恭[1]子夜三更枣，抵多少敬礼天潢百世桃。（合）宽怀抱，真个是一堂欢会，三世和调。

（生白）皇叔请坐！请问皇叔：生来锦衣玉食，出外困苦饥寒，何以自遣？

【鹅鸭满渡船】（小生）万山深、茅屋小，万山深、茅屋小，受用些布被绳床昏共晓。（生白）吃些什么来？（小生唱）藜羹聊自饱，藜羹聊自饱，诵《楞严》一卷证无生，闲中破除烦恼。（生白）如此说来，亦颇稳妥乎？（小生唱）风浪交，命丝毫，死里逃生有几遭。（生白）咳，可怜！如今何以顿发归兴？（小生唱）幸遇圣明临御早，圣明临御早。谅自萧条破衲，伶仃枯槁，决不付与三木头枭。

（生白，打恭介）岂敢！皇叔在上，当初皇祖考用法严峻，杀戮诸臣。多是奸臣陈瑛唆恁所致。内侍们，速着刑部绑陈瑛上殿！（付、老）领旨！（下）（生）请问皇叔，闻有一道人，日夜伏侍，可是程济否？（小生）亏了程济呵！

【赤马儿】患难如胶，晨昏共保，真个是生死相依靠。（生白）如今在那里？（小生）他送我入朝之后呵，（唱）悠然物外飘摇。（生白）那史仲彬可曾杀严震直？（小生）严震直自刎，与仲彬何干？（唱）幽蜇无辜，覆盆须照。只是他忠心悄悄，（合）论来古今偏少。

（生白）内侍们，传谕刑部，立赦史仲彬父子罪名。

即着吏、礼二部复与原官，伊子恩荫。程济以赐道号忠达真人，建院修行。（老）领旨！（下）

（末、付绑净跪，末、付）陈瑛当面！（生）陈瑛，你知死么？（净）犯官自该万死。

【前腔】（生）狡类鸱鹗[2]，凶逾狼豹。（净白）论来这些事体，多是先帝主意，与陈瑛无干。（生）也该敲牙割舌了。（净）陈瑛该死！（生唱）杀尽万千忠和孝，幽魂怎肯相饶？（白）也把他十族全诛，少泄方、黄之恨。（小生合掌白）阿弥陀佛！望开天地好生之心。（生）又蒙皇叔讨饶。也罢，竟戮他全家便了。内侍们。（唱）屠戮全家，少伸冤报。（末、付）领旨！（扯净下。生唱）扬忠除暴，管教万民欢乐、管教万民欢乐，法正官清庆皇朝。（合前）

（贴太监上白）庆成公主娘娘遣奴婢代奏。（生）奏什么来？（贴）史仲彬、程济既沐天恩，仲彬妻文氏向发宫中，合应给与宁家。程济之女，公主向在徽州进香收归，询问原由，济女幼时定婚彬子，合应给与元配。（生）一一依奏便了。（贴）领旨！

（末、付上）启万岁，宫中素宴完备了。（生）宫中设宴素斋，请皇叔入宫赴宴。今后皇叔安享宫中，侄儿自当竭力孝敬。（小生）多谢。（生）内侍掌灯！（末、付）

领旨!

【拗芝麻】(合唱)灯光簇绛绡、灯光簇绛绡,皓月凌空昊。白玉街,宫槐道,满地花枝袅[3];香风拂拂,绣户朱门绕。象管鸾箫歌声噪,皇宫胜似蓬莱岛。

【尾】人生聚散天心巧,天与团圆在一朝。恁从此欢娱直到老。(下)

作者简介

作者李玉,生平见前。

题解

《千钟禄》一名《千忠戮》,共二十五出,叙述明太祖离世后,皇太孙朱允炆即位,为建文帝,建文帝的削藩举动引来坐拥重兵的燕王朱棣强烈不满,遂起兵南下,攻破京城南京,登基为永乐帝。永乐帝登基后大肆迫害不肯投降的建文旧臣。另一边,建文帝在一众忠臣的劝谏、帮助和保护下存活下来。数年后,永乐帝因太祖显灵斥责,惊骇而亡。洪熙帝、宣德帝相继即位,大赦天下,建文帝与程济等旧臣得以回到此时的京师北京。建文帝流落民间事在野史笔记中演义颇多,此剧也不例外,故其许多内容与史不合。本编选录第二十四出"归宫"。

明洪武三年(1370),太祖第四子朱棣受封燕王,十年后(1380)就藩北平(今北京),北平遂被称为燕平。建文四年(1402),燕王朱棣自北平起兵,夺得帝位。永乐元年(1403),北平作为皇帝的"龙兴之地",其地位得到擢升,以北平为北平府,又改为顺天府。永乐四年(1406),在北平兴建皇城。永乐十九年(1421),正式迁都,北平顺天府改为京师,金陵应天府改为南京,为留都。在本编引用的文本中,我们可以很明显地看到明代"京师"位置的迁移。第二十四出中,流落江湖数十年的建文帝自谓"金陵故国",但当他终于归宫时,京师却已是北京。

《千钟禄》今见程砚秋藏旧钞本、咸同间杜双寿钞本等。本编选用程砚秋藏旧钞本。

简注

(1) 祗恭:意为诚笃恭谨。

(2) 鸱(chī)鸮(xiāo):指猫头鹰,比喻贪恶之人。

(3) 袅:此处意为草木枝条娇柔美好。

虎口余生（传奇）

遗民外史

第二十九出　守门

（小生戎服上）

【四边静】簪缨奕叶传来久，开国奇勋茂。玉叶接金枝，龙媒偕凤偶。自家襄城伯李国祯是也。奉旨提督九门，以防贼寇。众校上城去，整齐甲胄，雕鞍频扣，一死在心头，此外无他有。

（旦报上）

【前腔】军情紧急如风骤，去来敢迟逗？戴月与披星，宵行昼潜伏。守城的听着，探得贼兵卷地而来，勇不可当。（小生）已到何处了？（旦）密云践蹂，昌平失守，乘夜渡沙河，卢沟俱全覆。

（小生）再去打听。（旦下）

（小生）前日圣上差太监杜之秩、总兵马岱、抚臣何谦统领国中雄锐在卢沟桥结三个大寨，以防贼兵暗渡。若此地一失，京城不可保矣。（付报上）

【前腔】烽烟匝地乾坤暗，日光尽惨澹。万骑恣凭陵，一军难御捍。城上听着，（小生）说上来。（付）贼兵已过卢沟桥，直抵平则门、彰仪门了。火车烈焰，巨炮声乱，攻击正凶残，帝京立摧陷。

（小生）再去打听。（付）得令。（下）

（小生）贼兵已至城下，内无捍御之师，外乏勤王之旅。眼见得京城立成瓦砾之场矣。不想我大明二百七十余年天下，一旦败坏至此。众将校在此小心看守，俺进去奏知圣上便了。正是：士穷见节义，板荡识忠良。（下）

（老旦戎妆挂剑上）

【北一枝花】伤哉！那一天怨雾凝，万里愁云蔽。昏黯黯红日惨无光，冷飕飕阴风似箭吹。俺王承恩奉旨提督禁城内外机务，闻得贼兵已薄城下，围得水泄不通，攻打甚急，眼见得邦家不能够挽回也。好教俺无计施为，好教俺无计施为，纵有那残兵败卒成何济？前者圣上飞檄召左良玉、黄得功、刘泽清、唐通等各路总兵提兵入卫，怎么还不见到来？盼不到勤王劲旅兼程至，可怜那云霄麟凤。顿做了困釜穷鱼。

（小生上）揭天烽火乾坤暗，卷地兵戈社稷残。（老）驸马爷何来？（小生）王司礼，不好了。贼兵势如潮涌，攻打平则门、彰仪门，将破矣。（老）驸马爷怎不在城上与单兵守御呢？（小生）怎奈军士腹中饥馁，不肯用命，倒卧于地，鞭一人起，一人复卧如故，教我也无可奈何。

（老）如今何处去？（小生）要进宫去奏知圣上。（老）你不要进去。（小生）此何时也？君臣到来相见，不可多得矣。（老）非是俺来阻你，可怜圣上呵，

【梁州第七】镇日价愁戚戚不思饮食，永夜里战兢兢何曾安寐。他、他、他焦虑得形销骨瘦、煎熬得容颜憔悴。你进去讲了这些言语呵，可不唬得他心寒胆颤、唬得他魄散魂飞、唬得他柔肠寸断、唬得他蹙损了双眉？（小生）祸在燃眉，不得不报与他知道了。待我进去。（老）你进去，千万婉转与他商议，保护圣上出奔为妙，不可惊坏了他。（小生）我晓得，我晓得。（拭泪下）（老）驸马爷千万婉言。（泪介）哎呀，如今事已急了，待我咬破指尖，代圣上写成血诏，悄悄差人透出重围，催取各路总兵星夜勤王便了。俺、俺、俺沥指血草成飞檄，滴泪珠溅污了征书，望、望、望恁个大英雄秉忠仗义，望恁个兴义师星夜驱驰，望恁个救国难扫荡妖魑。檄文已写就，不免差个精细小校前去便了。正是：路当险处难回避，事到头来不自由。（下）（净上）屈膝只图新富贵，翻容不念旧恩波。自家监军团练使杜勋是也。前奉命宣府监军，因闯王军威强盛，我便见机而行，郊迎三十里，投降了他，蒙他十分优待。如今围困京城，我想圣上如笼中之鸟、釜内之鱼。我特来下篇说词，教他早早出城

降顺，免遭诛戮。他必然应允，可不是我又得了一场大功，又两下做了人情。来此已是内殿了，不免竟到宫门上去。（老上）千层金锁闼，百尺碧云楼。（见净介）呀，你是杜勋吓。（净）正是。（老）前日有人来报，说你在宣府被乱军杀死，圣上特为汝建祠祭享，又袭荫指挥佥事。原来你还在么？（净）不瞒你说，前日被闯王拿去，拘禁在营，死又死不成，活又活不得，无可奈何，只得降顺了他。就命我仍为司礼监之职。（老）恭喜你这般样绯衣挂体、玉带腰围，笑吟吟低头屈膝，又承奉着新帝主。（净）为人也要见机而行。（老）好，难得你善趋炎能见机，全不念旧君王的恩和义，只怕恁逃不过万人的笑耻。

（净）笑骂由他笑骂，好官我自为之。那闯王英雄盖世，度量如天。顺之者富贵无穷，逆之者诛夷立见。小弟在他面前，极口称扬王哥许多好处，你的富贵犹在哩。（老）这许多闲话休提，你今日又来何干？（净）我久知国内空虚，无人守御，城池破在旦夕了。城破之后。圣上并后妃太子性命难保，故此咱家哀求闯王，且缓一时攻打。（老）这倒难为你了。（净）我特地进城来面见圣上。（老）见圣上做什么？（净）请圣上早早逊位，以就藩封，永保富贵。（老）咦！胡说！

【**牧羊关**】承帝统自有嫡宗支亲苗裔，怎教他把锦乾坤没来由让与兀谁。（净）从来有道伐无道，无德让有德，此是常理。（老）咳！谁是无道？（打净嘴介）（净）怎么动手打起来？（老）你这忘恩负义的奸贼，丧心无耻的小人，一味的妄言无忌、悖逆胡为。辄敢谤明君、毁圣德，嘴喳喳没人伦、别是非。（净）王承恩，王承恩，你的死在头上了，还敢这等无礼？我去请了闯王进来，看你君臣活成活不成？（老）试看俺光闪闪青萍手内提。（净慌跪介）啊呀，王哥，不可如此。（老）先斩你这丧心狗彘，聊将君恨舒。（杀净下）

（旦、小旦、占、丑四宫女上）惊魂无倚托，弱质又谁怜。闻得京城已破，看看杀进宫来了。皇后娘娘、贵妃、贵人皆已自尽，公主被皇上一剑砍死。列位姐姐，倘流寇进宫，必遭其辱，有志者同我去到那御河中死了罢。（占、丑）有理。（旦扯小旦介）费家姐姐快走。（小旦）你们自去，奴家不去。（众）为何不去？（小旦）这般死的不明不白，无济于事，我不去。（丑）我晓得，你要做流贼的皇后妃子。（小旦）啐，人各有志，不可相强，各人自扫门前雪，休管他家瓦上霜。（旦）他竟自去了。（丑）这样没志气的东西，睬他什么？我们自去。

（老上）吓，你们这些宫人慌慌张张往何处去？（旦）

王公公不好了，方才报来，说有人开了彰仪门，放贼兵进城。看看杀到宫中来了。圣上十分惊骇，皇后娘娘、贵妃、贵人皆已自尽。圣上将公主一剑砍死了。（老惊介）呵！有这等事，你们如今往何处去？（众）我们恐贼人进宫遭辱，同到御河投水自尽哩。（老）好，有志气，快去、快去！（旦）姐姐，我们快些同去。（下）（老）哎。不想宫中有此大变，啊呀娘娘吓，

【**四块玉**】他、他、他赞乾纲坤德辉，相夫君正母仪，又何曾插珠饰玉穿着紫罗衣？又何曾餍饫珍馐味？可怜伊事蚕桑勤纺织，可怜伊衣布素甘淹敝，可怜伊效脱簪勤谏规。

（付上）正是：欲图生富贵，须下死功夫。（见老慌张掩口下）（老）吓，这是司礼视印的黄德化，急急忙忙欲往外厢去，见了我怎么这般局促，又转去了。事有可疑，不免唤他转来问个明白。黄司礼、黄视印，转来！转来！（付上）来了，王哥有请了，唤我怎么？（老）你方才匆匆欲往哪里去？（付）是有一件小事要出宫去走一走。王哥，我去了就来。（欲走）（老拦介）且慢，方才你见了我，为何又转身回去？（付）这个、这个，那个、那个，因忘了一件东西回去取。请了，待我回去取了来。（老）住了！

【哭皇天】你为何急攘攘行藏诡秘,口出已言语支离?你为何欲前欲后行还止?你为何如避如趋去复回?(付)我和你一般的内侍,今日怎盘诘起来,难道你不许我出去么?(老)今日不同往日,咱家奉旨提督内外机务,提防奸细,怎么不要盘诘?(付)咱家也是圣上近身侍御,难道是奸细幺?(老)虽非奸细,踪迹可疑,毕竟有什么夹带?(付)空空一身,有何夹带?(老)既是空身,为何这般遮遮掩掩?要搜一搜。(付)咱和你是极好的弟兄,有事彼此相照。你为何这般执性起来?(老)这是俺的干系,看一看,也免得弟兄两下怀疑。(搜介)呀,这是传国御宝,你盗往何处去?(付)今早圣上用过,藏在胸前,忘怀收了。(老)哎!这御宝非同小可,擅自盗取,罪该万死。你把真情实实说出,我还看弟兄情分。若不说,我扯你到圣上面前去理论,把你碎尸万段。(付)我的王公公,你且息怒,今早申芝秀传进信来,叫咱暗取御宝到闯王营中呈献,官封万户,赏赐千金。如今我同你去呈献,富贵共享如何?(老)阿啐,你便有三台登跻、九锡荣赉、千金赏裔、万户封职,也不能够把我铁胆铜肝轻转移。(扯付介)走,同你去圣上面前讲。(付)你不要只管把圣上来吓我了,只怕闯王进宫,他的性命也只在顷刻之间了。(老)呀,这狗蹄子一发出言无忌起来了，激得俺填胸怒起、冲冠发竖、双睛皆裂、银牙咬碎。（付）今日放肆些儿，谁敢奈何我么？（老）谁敢奈何你？奸贼。不要走。吃我一剑。（杀付下）俺把奸宄先除，也免得禁闱中潜藏鬼蜮。

（小旦上）王公公，不好了，圣上自缢在寿皇亭了。（下）（老）有这等事，怎的不唬杀我也！

【幺篇】呀，呀，呀，听说罢魂魄飞，唬得俺肝肠断，身躯战栗，霎时间泰山颓倒青天坠，霎时间鼎湖灏渺玉龙飞。（急泪行介）禁不住步跟跄急邃下丹墀。（跌介）不提防苍苔露滑台轻砌，跌、跌得俺腰肢损折、手足离披。万岁呀，揾不住潜潜血泪垂，不争的邦家颠沛，最堪怜君父遭危。

（见介）呀！果然圣上自缢了。（大哭介）呵呀！我那万岁爷吓，

【乌夜啼】可怜你抛弃了千秋、千秋社稷，抛弃了百世洪基。后妃，一任他丧沟渠；储君，一任他走天涯。可怜恁饮恨含悲、忍痛哀啼。这般样科头跣足[1]殒残躯，殒残躯，只看他血痕泪迹沾衣袂。光闪闪双眼不瞑，矻碏碏银牙咬碎。可怜你一代明君，倒做了千秋冤鬼。且住，圣上今已晏驾，我王承恩还想偷生于世么？也罢，跟随圣上去罢！

【煞尾】真乃是破碎金瓯风飘絮，身世浮沉逐浪移。俺轻生舍死全忠义，效取那甘饿死的夷齐，誓捐躯的龙比，试看俺患难君臣，一灵儿在泉下随。（作自缢下）

第三十七出　夜乐

（末院子上）锦堂月满玳筵开，珠翠盈盈列玉阶。试听箫声天际落，特迎元辅下三台。俺乃丞相牛老爷府中虞候是也。自从破国以来，就将襄城伯府第改为相府，又造得花天锦地，少甚么玉殿琼楼，又纳了无数宫娥彩女，又受了那些官府儿的美女歌姬。真个是绮罗千行，妖娆百队。今早进朝侍宴，此际也该下朝，吩咐承值的安排筵席伺候。歌姬们，相爷将次回府，簪上宫花宝髻，穿上绣袄舞衣，抱着笙箫鼓乐、筝瑟琵琶，小心伺候。

（内应介）（丑乘轿、四小军引上）

【出队子】朝回天上，紫极承恩醉御觞，霏霏袍染御炉香，软软沙堤辇路长。传殿高呼，令人气扬。

（众）已到府了。（丑）回避了。（众下）

（四旦、净、付上）众歌姬迎接相爷。（丑）请起，请起。今日学生在内廷蒙王爷留宴，故而归迟，有劳众美人久待了。（众女）好说，今夜月色团圆皎洁，贱妾们备有酒席，请相爷赏月。（丑）有劳你们，怎好辞得，撤宴过来。

（丑上坐）（众女奉酒介）

【**惜奴娇序**】蛾首蛾眉，效殷勤软款，高捧霞觞。如花似绮，盈盈软玉温香。清商，听皓齿清歌声嘹亮，舞霓裳似嫦娥降，笑语扬。今宵此乐，不枉人间天上。

（丑笑介）唱得好，唱得妙，听了诸位美人妙音，引得我的曲兴发作起来了。（众）我等一向不知丞相会唱，倒先献丑了。奉丞相爷一杯润喉。（丑）好个润喉，众位美人也要陪我一杯洗耳。（众）当得奉陪。（各饮介）干！（丑笑介）前日值宿朝房，听见御乐们唱一套清曲，倒也清新婉丽。我就教他们一人到朝房中来，足足唱了百十遍，第二夜又唱了百十遍，我方才学会。待我唱出来与众美人听。只是老猫声，休得见笑。（众）贱妾们焉敢，贱妾们再奉相爷一杯。（丑饮介）干！（唱【叠字锦】介）（众接唱介）

（末御营亲随上）开门！开门！（丑怒介）这是什么人？半夜三更，如此惊天动地的敲门，家丁们去问来。（外出介）你是什么样人？丞相爷问为甚么事，半夜三更，如此惊天动地的敲门？（末）俺乃大王营中差来报紧急军情事的。（外回介）

（丑）叫他进来。（外）相爷唤你进去。（末进介）报人叩头。（丑）大王差你来报何事？（末）天际雄兵猛将，统领八部军营，大同宣府远相迎，真个山摇地震，一路势如破竹，果然鸡犬无惊，团团围住紫金城……（住口介）（丑）为何不说了？（末）这一句小的不敢说。（丑）你说不妨。（末）那些兵卒纷纷嚷嚷，口口声声，必要拿住了大王并丞相，斩头沥血。为大明报仇雪恨。（丑）这事怎了？这事怎了？我们这些兵马哪里去了，怎不与他厮杀？（末）去厮杀时却大败了。大王着了忙，将金珠宝贝、锦绣绫罗装成几百垛子，带了至亲眷属，连夜逃出京城，从固关一路逃去。教丞相连夜也从固关一路追来，千万不可迟误。（急下）（丑）转来！转来！我有话问你。（末）俺也要去收拾行李，逃命要紧。（竟下）（丑）完了！完了！把一天的富贵弄得半杯雪水。（众女）当初大王做下许多天大的事，全仗军师的神谋妙算。如今还是军师设个计较出来，就可挽回天地了。（丑）自古道：天塌下来自有长人撑顶。如今长人都去了，教我矮子做出什么事来？家丁，你传令出去，命各营将校，作速整备盔甲鞍马，候我即刻发兵，迟误者枭首号令。（外）得令。（丑）家将过来，速速进去将不值钱东西都撇下，把金银宝珠、锦绣绫罗都装在牛皮哨马内，装成垛子几百个，随身应用。（小生应介）（众女）丞相爷千万带了

贱妾们去。（丑）你们除了宫髻，脱了舞衣，换了坐马，戴上边帽，我带你们去便了。（众下换衣上介）

【锦衣香】天降殃，人怎防，自作孽，恁疏旷，一心贪恋着翠舞珠歌、红裙醉乡，却将朝政尽撇漾，欢娱变作惊慌，休想为卿相。及早的山林草莽，潜投伙党，有日里火灭烟消，餐刀下场。

（外、生、小生、末）垛子已发起身，人马在门外，候相爷上马。（丑）快带马来。（众）马在此。（丑、四旦上马介）（净、付）相爷带了我们去。（丑）不要睬他！不要睬他！（丑、众下）（净、付）天杀的，起初见了我们，犹如珍宝似的值钱，后来得了这几个妖精，冷落了我们了。今日一样如此承值、奉酒、试舞、唱歌，忽然有此大变，我们一样改了装束，哪晓得带了他们去，撇下我们了。这样烂心肝黑五脏的，保佑他杀千杀万刀的，骨头不得还乡。（付）姐姐，罢哟。你不要气，不要哭，他们此去，未知可逃得性命，我们不随他去倒好，何消恁般苦恼。（净）我气他不过。（付）我们如今进去捡些细软东西装上两皮箱，捡个隐蔽所在藏好。将那些金玉珠宝缝在贴肉衣裳内，连夜逃将出去，寻个尼庵道观中住下，慢慢寻个年貌相当的嫁了他，一生一世，安安稳稳过日子，却不是好？还要跟着那矮忘八，许多人公用那指头大的东西做甚么?(净)我的娘,你好主意,就是这般,进去收拾起来便了。

【尾声】红颜薄命言非爽,好把金珠贴肉藏。早渡过苦海无边,安排别嫁郎。(急下)

作者简介

遗民外史,系化名,姓氏、生卒年、生平皆不详。

题解

《虎口余生》共四十出,叙述明末崇祯间李自成起义,陕西米脂县知县边大绶心怀国事,为坏李自成风水,掘其位于本县的祖坟。另一边,李自成一路东进,太原城破,蔡懋德自缢尽节。此前,有铁冠道人预知明亡气数,留下画图藏于通积库中,时机已到,库神引崇祯帝前往观看,崇祯帝惊疑不定。李自成接连攻下代州、保定,一路攻至卢沟桥。京城失陷,崇祯帝自缢煤山,后妃自尽,内侍王承恩死节。李自成放纵军队搜掠京城,并且派人前往捉拿边大绶。天庭褒奖一众死节者,并命群神辅佐清帝。清军入关,李自成溃败。边大绶趁机逃脱,途中遇虎,以刀将之刺死。边大绶才离虎穴,又几入虎口,自叹虎口余生。后边大绶出仕清朝,任山西巡抚,李自成孤身出逃,为众民击杀。最后,关圣帝君褒忠惩奸,崇祯帝与众忠臣归天庭,李自成等逆贼则发配无间地狱。本编选录第二十九出"守门"和第三十七出"夜乐"。

这两出文本分别叙述了李自成军队和清军攻破京师的剧情。"守门"一出提到作为京城最后一道防线的卢沟桥。卢沟桥始建于金大定二十九年(1189),明昌三年(1192)完工。明清两代曾进行多次修葺、重建。自建成后,卢沟桥一直是中原和华北平原往来北京的必经之路。著名的"燕京八景"之一"卢沟晓月"便是指拂晓时分，卢沟桥畔月色倒映水中的景观。本出末尾崇祯帝自尽之寿皇亭，修建于明代，在清代被损毁，至1956年于原址重建，位于今北京景山公园内。第三十七出中，清军围住京城，声称要"为大明报仇雪恨"，而历史上的清军在清顺治元年（1644）攻破北京时，为笼络人心，确实打着为"君父"崇祯帝报仇的旗号，这一点与史相符。

《虎口余生》今见清乾隆钞本、清乾隆嘉庆间耕读堂刻本、清同德堂刻本等。本编选用清乾隆钞本。

简注

（1）科头跣（xiǎn）足：意为不戴帽子，光着脚。

长生殿（传奇）

洪昇

第二十出　侦报

（外引末扮中军，四杂执刀棍上）

出守岩疆典巨城，风闻边事实堪惊。不知忧国心多少，白发新添四五茎。下官郭子仪，叨蒙圣恩，擢拜灵武太守。前在长安，见安禄山面有反相，知其包藏祸心。不想圣上命彼出镇范阳，分明纵虎归山，却又许易番将，一发添其牙爪。下官自天德军升任以来，日夜担忧。此间灵武，乃是股肱重地，防守宜严。已遣精细哨卒，前往范阳探听去了。且待他来，便知分晓。（小生扮探子，执小红旗上）

【双调夜行船】两脚似星驰和电捷，把边情打听些些。急离燕山，早来灵武。（作进见外，一足跪叩科）向黄堂爆雷般唱一声高喏。

（外）探子，你回来了么？（小生）我肩挑令字小旗红，昼夜奔驰疾似风。探得边关多少事，从头来报主人公。（外）分付掩门。（众掩门科，下）（外）探子，你探的安禄山军情怎地，兵势如何？近前来，细细说与我听

者。(小生)爷爷听启，小哨一到了范阳镇上呵，

【乔木鱼】见枪刀似雪，密匝匝铁骑连营列。端的是号令如山把神鬼慑。那知有朝中天子尊，单逞他将军令阃外咥嚛[1]。

(外)那禄山在边关，近日作何勾当？(小生)

【庆宣和】他自请那番将更来，把那汉将撤，四下里牙爪排设。每日价跃马弯弓斗驰猎，把兵威耀也、耀也！

(外)还有什么举动波？(小生)

【落梅花】他贼行藏真难料，歹心肠忒肆邪。诱诸番密相勾结，更私招四方亡命者，巢窟内尽藏凶孽。

(外惊科)呀，有这等事！难道朝廷之上，竟无人奏告么？(小生)闻得一月前，京中有人告称禄山反状，万岁爷暗遣中使，去到范阳，瞰其动静。那禄山见了中使呵，

【风入松】十分的小心礼貌假妆呆，尽金钱遍布盖奸邪。把一个中官[2]哄骗的满心悦，来回奏把逆迹全遮。因此万岁爷愈信不疑，反把告叛的人，送到禄山军前治罪。一任他横行猰[3]猝，有谁人敢再弄唇舌！

(外叹介)如此怎生是了也！(小生)前日杨丞相又上一本，说禄山叛迹昭然，请皇上亟加诛戮。那禄山见

了此本呵！

【拨不断】也不免脚儿跌，口儿嗟，意儿中忐忑，心儿里怯。不想圣旨倒说禄山诚实，丞相不必生疑。他一闻此信，便就呵呵大笑，骂这谗臣奈我耶，咬牙根誓将君侧权奸灭，怒轰轰急待把此仇来雪。

（外）呀，他要诛君侧之奸，非反而何？且住，杨相这本怎么不见邸抄[4]？（小生）此是密本，原不发抄。只因杨丞相要激禄山速反，特着塘报抄送去的。（外怒科）唉，外有逆藩，内有奸相，好教人发指也！（小生）小哨还打听的禄山近有献马一事，更利害哩！

【离亭宴歇拍煞】他本待逞豺狼，蓦地里思抄窃。巧借着献骅骝，乘势去行强劫。（外）怎么献马？可明白说来者。（小生）他遣何千年赍表，奏称献马三千匹，每马一匹，有甲士二人，又有二人御马，一人刍牧，共三五一万五千人，护送入京。一路里兵强马劣，闹汹汹怎提防，乱纷纷难镇压，急攘攘谁拦截？生兵入帝畿，野马临城阙，怕不把长安来闹者。（外惊科）唉，罢了，此计若行，西京危矣。（小生）这本方才进去，尚未取旨。只是禄山呵，他明把至尊欺，狡将奸计使，险备机关设。马蹄儿纵不行，狼性子终难帖，逗的鼙鼓向渔阳动也，爷爷呵，莫待传白羽始安排。小哨呵，准备闪红旗再报捷。

（外）知道了。赏你一坛酒、一腔羊、五十两花银，免一月打差。去罢。(小生叩头科）谢爷。（外）叫左右，开门。(众应上，作开门科）(小生下）（外）中军官。(末应介）（外）传令众军士，明日教场操演，准备酒席犒赏。
(末）领钧旨。(先下）

（外）数骑渔阳探使回，[杜牧] 威雄八阵役风雷。[刘禹锡]
　　胸中别有安边计，[曹唐] 军令分明数举杯。[杜甫]⁽⁵⁾

作者简介

洪昇（1645—1704），字昉思，号稗畦、稗村、南屏樵者。出身于钱塘（今杭州）望族。康熙七年（1668），至北京国子监为太学生。康熙二十七年（1688），洪昇历经十年、三易其稿的《长生殿》传奇问世，引起轰动。次年，即因在孝懿仁皇后丧葬期间演出《长生殿》而获罪，被革去太学生籍，被迫离京返乡。康熙四十三年（1704），江宁织造曹寅在南京排演《长生殿》，邀请洪昇前往指导，后在返回杭州途中，在乌镇失足落水而亡。洪昇著作颇丰，戏曲方面今存《长生殿》传奇与《四婵娟》杂剧两种。洪昇凭借《长生殿》与同时代孔尚任的《桃花扇》双峰并峙，世称"南洪北孔"。

题解

《长生殿》共五十出，以《长恨歌》为基础，集历代李杨故事之大成，传奇前半部分叙述唐明皇与杨贵妃的爱情盟誓，以及安史之乱中杨贵妃命殒马嵬坡的现世故事，后半部分写安史之乱平定后唐玄宗思念杨贵妃，面对雕像，闻铃断肠，委托方士寻找玉环魂魄踪迹。最终感动天孙织女，安排二人月宫相会。本编选录第二十出"侦报"。

"侦报"一出写灵武太守郭子仪觉察出时任范阳节度使安禄山有反心，于是派遣手下前往其驻地探听，探子返回后向其报告范阳镇中整备军马的情况。关于范阳与今天北京的历史渊源，见《燕子笺》传奇题解。

《长生殿》今见清康熙稗畦草堂刻本、乾隆内府钞本、吟香堂刻本、暖红室校本等。本编选用清康熙稗畦草堂刻本。

简注

(1) 阃外咋（chē）嚄（zhē）：阃外，意为朝廷之外；咋嚄，意为显赫、厉害。

(2) 中官：指宦官。

(3) 㩼（ào）：通"傲"，骄傲，亦有矫健之意。

(4) 邸抄：又作邸报，古代发送公文的官方报纸。

(5) 这首下场诗为集唐诗，即以不同唐代诗人的诗句连缀成意思连贯的诗作。

桃花扇（传奇）

孔尚任

第十三出　哭主

甲申[1]三月

（副净扮旗牌官上）汉阳烟树隔江滨，影里青山画里人。可惜城西佳绝处，朝朝遮断马头尘。

在下宁南帅府一个旗牌官的便是。俺元帅收复武昌，功封侯爵，昨日又奉新恩，加了太傅之衔；小爷左梦庚，亦挂总兵之印，特差巡按御史黄澍老爷到府宣旨。今日九江督抚袁继咸老爷，又解粮三十船，亲来给发。元帅大喜，命俺设宴黄鹤楼，请两位老爷饮酒看江。（望介）遥见晴川树底，芳草洲边，万姓欢歌，三军嬉笑，好一段太平景象也。远远喝道之声，元帅将到，不免设起席来。（台上挂黄鹤楼匾）（副净设席安座介）（杂扮军校旗仗鼓吹引导）（小生扮左良玉戎装上）

【声声慢】逐人春色，入眼晴光，连江芳草青青。百尺楼高，吹笛落梅风景。领着花间小乘，载行厨，带缓衣轻；便笑咱将军好武，也爱儒生。

咱家左良玉，今日设宴黄鹤楼，请袁、黄两公饮酒看江，只得早候。（吩咐介）大小军卒楼下伺候。（众应下）（作登楼介）三春云物归胸次，万里风烟到眼中。（望介）你看浩浩洞庭，苍苍云梦，控西南之险，当江汉之冲；俺左良玉镇此名邦，好不壮哉！（坐呼介）旗牌官何在？（副净跪介）有。（小生）酒席齐备不曾？（副净）齐备多时了。（小生）怎么两位老爷还不见到？（副净）连请数次，袁老爷正在江岸盘粮，黄老爷又往龙华寺拜客，大约傍晚才来。（小生）在此久候，岂不困倦。叫左右速接柳相公上楼，闲谈拨闷。（杂跪禀介）柳相公现在楼下。（小生）快请。（杂请介）（丑扮柳敬亭上）气吞云梦泽，声撼岳阳楼。（见介）（小生）敬亭为何早来了。（丑）晚生知道元帅闷坐，特来奉陪的。（小生）这也奇了，你如何晓得。（丑）常言"秀才会课，点灯告坐"。天生文官，再不能爽快的。（小生笑介）说的有理。（指介）你看天才午转，几时等到点灯也。（丑）若不嫌聒噪呵，把昨晚说的"秦叔宝见姑娘"，再接上一回罢。（小生）极妙了。（问介）带有鼓板么？（丑）自古"官不离印，货不离身"，老汉管着做甚的。（取出鼓板介）（小生）叫左右泡开岕片，安下胡床。咱要纱帽隐囊，清谈消遣哩。（杂设床、泡茶，小生更衣坐，杂捶背搔痒介）

（丑旁坐敲鼓板说书介）

大江滚滚浪东流，淘尽兴亡古渡头。屈指英雄无半个，从来遗恨是荆州。按下新诗，还提旧话。且说人生最难得的是乱离之后，骨肉重逢。总是地北天南，时移物换，经几番凶荒战斗，怎免得梗泛萍漂。可喜秦叔宝解到罗公帅府，枷锁连身，正在候审；遇着嫡亲姑娘，卷帘下阶，抱头大哭。当时换了新衣，设席款待，一个候死的囚徒，登时上了青天。这叫做"运去黄金减价，时来顽铁生光"。（拍醒木介）（小生掩泪介）咱家也都经过了。

（丑）再说那罗公问及叔宝的武艺，满心欢喜，特地要夸其本领，即日放炮传操。下了教场，雄兵十万，雁翅排开。罗公独坐当中，一呼百诺，掌着生杀之权。秦叔宝站在旁边，点头赞叹，口里不言，心中暗道：大丈夫定当如此！（拍醒木介）（小生作骄态，笑介）俺左良玉也不枉为人一世矣。

（丑）那罗公眼看叔宝，高声问道："秦琼，看你身材高大，可曾学些武艺么？"叔宝慌忙跪下，应答如流："小人会使双锏。"罗公即命家人，将自己用的两条银锏，抬将下来。那两条银锏，共重六十八斤，比叔宝所用铁锏，轻小一半。叔宝是用过重锏的人，接在手中，如同无物。

跳下阶来，使尽身法，左轮右舞，恰似玉蟒缠身，银龙护体。玉蟒缠身，万道毫光台下落；银龙护体，一轮月影面前悬。罗公在中军帐里，大声喝采道："好呀！"那十万雄兵，一齐答应。（作喊介）如同山崩雷响，十里皆闻。（拍醒木介）（小生照镜镊鬓介）俺左良玉立功边塞，万夫不当，也是天下一个好健儿。如今白发渐生，杀贼未尽，好不恨也。

（副净上）禀元帅爷，两位老爷俱到楼了。（丑暗下）（小生换冠带、杂撤床排席介）（外扮袁继咸，末扮黄澍，冠带喝道上）（外）长湖落日气苍茫，黄鹤楼高望故乡。（末）吹笛仙人称地主，临风把酒喜洋洋。（小生迎揖介）二位老先生俯临敝镇，曷胜光荣；聊设杯酒，同看春江。（外、末）久钦威望，喜近节麾，高楼盛设，大快生平。（安席坐，斟酒欲饮介）

（净扮塘报人急上）忙将覆地翻天事，报与勤王救主人。禀元帅爷，不好了，不好了！（众惊起介）有甚么紧急军情，这等喊叫？（净急白介）禀元帅爷：大伙流贼北犯，层层围住神京。三天不见救援兵，暗把城门开动。放火焚烧宫阙，持刀杀害生灵。（拍地介）可怜圣主好崇祯，（哭说介）缢死煤山树顶。（众惊问介）有这等事，是那一日来？（净喘介）就是这、这、这三月十九日。（众望北叩头，大哭介）（小生起，搓手跳哭介）我的圣上呀！我的崇祯主子呀！我的大行皇帝呀！孤臣左良玉，远在边方，不能一旅勤王，罪该万死了。

【胜如花】高皇帝在九层，不管亡家破鼎，那知他圣子神孙，反不如飘蓬断梗。十七年忧国如病，呼不应天灵祖灵，调不来亲兵救兵；白练无情，送君王一命。伤心煞煤山私幸，独殉了社稷苍生，独殉了社稷苍生！

（众又大哭介）（外摇手喊介）且莫举哀，还有大事相商。（小生）有何大事？（外）既失北京，江山无主，将军若不早建义旗，顷刻乱生，如何安抚。（末）正是。（指介）这江汉荆襄，亦是西南半壁，万一失守，恢复无及矣。（小生）小弟滥握兵权，实难辞责，也须两公努力，共保边疆。（外、末）敢不从事。（小生）既然如此，大家换了白衣，对着大行皇帝在天之灵，恸哭拜盟一番。（唤介）左右可曾备下缞[2]衣么？（副净）一时不能备及，暂借附近民家素衣三领、白布三条。（小生）也罢，且穿戴起来。（吩咐介）大小三军，亦各随拜。（小生、外、末穿衣裹布介）（领众齐拜，举哀介）我那先帝呀！

【前腔】（合）宫车出，庙社倾，破碎中原费整。养文臣帷幄无谋，豢武夫疆场不猛；到今日山残水剩，对大江月明浪明，满楼头呼声哭声。（又哭介）这恨怎平，有皇天作证：从今后勠力奔命，报国仇早复神京，报国仇早复神京。

（小生）我等拜盟之后，义同兄弟；临侯督师，仲霖监军，我左昆山操兵练马，死守边方。倘有太子诸王，中兴定鼎，那时勤王北上，恢复中原，也不负今日一番义举。（外、末）领教了。（副净禀介）禀元帅，满城喧哗，似有变动之意，快请下楼，安抚民心。（俱下楼介）（小生）二位要向那里去？（外）小弟还回九江。（末）小弟要到襄阳。（小生）这等且各分手，请了。（别介）（小生呼介）转来，若有国家要事，还望到此公议。（外、末）但寄片纸，无不奔赴。请了。（外、末下）（小生）呵呀呀！不料今日天翻地覆，吓死俺也！

飞花送酒不曾擎，片语传来满座惊。

黄鹤楼中人哭罢，江昏月暗夜三更。

闰二十出　闲话

甲申七月

（内鸣金擂鼓呐喊介）（外扮老官人，白巾麻衣背包裹急上）戎马消何日，乾坤剩此身；白头江上客，红泪自沾巾。（立住大哭介）（小生扮山人背行李上）日淡村烟起,江寒雨气来。(丑扮贾客背行李上)年年经过路,离乱使人猜。(小生见丑介)请了,我们都是上南京的,天色将晚,快些趱行。(丑)正是,兵荒马乱,江路难行,大家作伴才好。(指外介)那个老者为何立住了脚,只顾啼哭?(小生问外介)老兄想是走错了路,失迷什么亲人了。(外摇手介)不是,不是。俺是从北京下来的,行到河南,遇着高杰[3]兵马,受了无限惊恐。刚得逃生,渡过江来,看见满路都是逃生奔命之人,不觉伤心恸哭几声。(掩泪介)(小生)原来如此,可怜,可叹!(丑)既是北京下来的,俺正要问问近日的消息,何不同宿村店,大家谈谈。(外)甚妙,我老腿无力,也要早歇哩。(小生指介)这座村店稍有墙壁,就此同宿了罢。(让介)请进。(同入介)

(外仰看介)好一架豆棚。(小生)大家放下行李,便坐这豆棚之下,促膝闲话也好。(同放行李,坐介)(副净扮店主人上)村店新泥壁,田家老瓦盆。(问介)众位客官,还用晚饭么?(众)不消了。(小生)烦你买壶酒来,削瓜剥豆,我与二位解解困乏罢。(外向小生介)怎好取扰?(丑向外介)四海兄弟,却也无妨;待用完此酒,咱两个再回敬他。(副净取酒、菜上)(三人对饮介)(外问介)方才都是路遇,不曾请教尊姓大号,要到南京有何贵干？（小生）在下姓蓝名瑛，字田叔，是西湖画士，特到南京访友的。（丑）在下是蔡益所，世代南京书客，才从江浦索债回来的。（问外介）老兄是从北京下来的了；敢问高姓大名，有甚急事，这等狼狈？（外）不瞒二位说，下官姓张名薇，原是锦衣卫堂官。（丑惊介）原来是位老爷，失敬了。（小生问介）为何南来？（外）三月十九日，流贼攻破北京，崇祯先帝缢死煤山，周皇后也殉难自尽。下官走下城头，领了些本管校尉，寻着尸骸，抬到东华门外，买棺收殓，独自一个戴孝守灵。（小生）那旧日的文武百官，那里去了？（外）何曾看见一人。那时闯贼搜查朝官，逼索兵饷，将我监禁夹打。我把家财尽数与他，才放我守灵戴孝。别个官儿走的走，藏的藏，或被杀，或下狱，或一身殉难，或阖门死节。（小生）有这样忠臣，可敬，可敬。（外）还有进朝称贺，做闯贼伪官的哩。（丑）有这样狗彘，该杀，该杀。（外掩泪介）可怜皇帝、皇后两位梓宫[4]，丢在路旁，竟没人俵睐[5]。（小生、丑俱掩泪介）（外）直到四月初三日，礼部奉了伪旨，将梓宫抬送皇陵。我执幡送殡，走到昌平州；亏了一个赵吏目，纠合义民，捐钱三百串，掘开田皇妃旧坟，安葬当中。下官就看守陵旁，早晚上香。谁想五月初旬，大兵进关，杀退流贼，安了百姓，替明朝报了大仇；特差工部查宝泉局内铸的崇祯遗钱，发买工料，从新修造享殿碑亭、门墙桥道，与十二陵一般规模。真是亘古希有的事。下官也没等工完，亲手题了神牌，写了墓碑，连夜走来，报与南京臣民知道，所以这般狼狈。（小生）难得，难得！若非老先生在京，崇祯先帝竟无守灵之人。（丑问介）但不知太子二王，今在何处？（外）定、永两王，并无消息；闻太子渡海南来，恐亦为乱兵所害矣。（掩泪介）（小生问介）闻得北京发书一封与阁部史可法，责备亡国将相，不去奔丧哭主，又不请兵报仇。史公答了回书，特着左懋第披麻扶杖，前去哭临，老先生可晓得么？（外）下官半路相遇，还执手恸哭了一场的。

　　（内作大风雷声介）（副净掌灯急上）大雨来了，快些进房罢。（众起，以袖遮头入房介）好雨，好雨。（外）天色已晚，下官该行香了。（丑问介）替那个行香？（外）大行皇帝未满周年，下官现穿孝服，每早每晚要行香哭拜的。（取包裹出香炉、香盒，设几上介，洗手介，望北两拜介，跪上香介）大行皇帝呀，大行皇帝呀！今日七月十五，孤臣张薇，叩头上香了。（内作大风雷不止介）（外伏地放声大哭介）（小生呼丑介）过来，过来，我两个草莽之臣，也该随拜举哀的。（小生、丑同跪，陪哭介，哭毕，俱叩头起，又两拜介）（小生）老先生远路疲倦，早早安歇了罢。(外)正是,各人自便了。(各解行李卧倒介)(小生)窗外风雨益发不住,明早如何登程?(外)老天的阴晴,人也料他不定。(丑问介)请问老爷,方才说的那些殉节文武,都有姓名么?(外)问他怎的?(丑)我小铺中要编成唱本,传示四方,叫万人景仰他哩。(外)好,好!下官写有手折,明日取出奉送罢。(丑)多谢!(小生)那些投顺闯贼、不忠不义的姓名,也该流传,叫人唾骂。(外)都有抄本,一总奉上。(丑)更妙。(俱作睡熟介)

(内作众鬼号呼介)(外惊听介)奇怪,奇怪!窗外风雨声中,又有哀苦号呼之声,是何物类?(杂扮阵亡厉鬼,跳叫上)(外隔窗看介)怕人,怕人!都是些没头折足阵亡厉鬼,为何到此?(众鬼下)(外睡倒介)

(内作细乐警跸声介)(外惊听介)窗外又有人马鼓乐声,待我开门看来。(起看介)(杂扮文武冠带骑马,幡幢细乐引导,扮帝后乘舆上)(外惊出跪迎介)万岁,万岁,万万岁!孤臣张薇恭迎圣驾。(众下)

(外起呼介)皇帝,皇后,何处巡游,我孤臣张薇不能随驾了。(又拜哭介)(小生、丑醒问介)天已发亮,老爷怎的又哭起来,想是该上早香了。(外掩泪介)奇事,奇事!方才睡去,听得许多号呼之声,隔窗张看,都是些阵亡厉鬼。（小生）是了，昨夜乃中元赦罪之期，想是赴盂兰会[6]的。（外）这也没相干，还有奇事哩。（丑）还有什么奇事？（外）后来又听的人马鼓吹之声，我便开门出看，明明见崇祯先帝同着周皇后乘舆东行，引导的文武官员，都是殉难忠臣；前面奏着细乐，排着仪仗，像个要升天的光景。我伏俯路旁，送驾过去，不觉失声大哭起来。（小生）有这等异事。先皇帝、先皇后自然是超升天界的，也还是张老爷一片至诚，故此特特显圣。（外）下官今日发一愿心，要到明年七月十五日，在南京胜境，募建水陆道场，修斋追荐，并脱度一切冤魂，二位也肯随喜么？（丑）老爷果能做此好事，俺们情愿搭醮[7]。（外）好人，好人。到南京时，或买书，或求画，不时要相会的。（丑）正是。（小生）大家收拾行李作别罢。（各背行李下）

雨洗鸡笼翠，江行趁晓凉。乌啼荒冢树，槐落废宫墙。

帝子魂何弱，将军气不扬。中原垂老别，恸哭过沙场。

作者简介

孔尚任（1648—1718），字聘之、季重，号东塘、岸堂、云亭山人。山东曲阜人，孔子第六十四代孙。康熙二十年（1681）典田捐纳为国子监生。康熙二十三年（1684），在康熙帝于曲阜祭孔时得到赏识，破格任命为国子监博士。历任户部主事、宝泉局监铸、户部广东司员外郎。康熙三十八年（1699），《桃花扇》完稿，引起轰动。次年三月，孔尚任即被罢官，一说与《桃花扇》有关。在京赋闲两年后，还乡隐居。有诗文集传世。另与顾彩合著《小忽雷》传奇。

题解

《桃花扇》共四十出，另有"先声""余韵""闲话""孤吟"四出，实四十四出。以侯方域和李香君的悲欢离合为主线，串联起一段明末南京波澜壮阔的动荡历史。故事的最后，侯方域与李香君重逢，取出桃花扇诉说旧情，被道士张瑶星喝止，两人顿悟，念及国破家亡之巨变，遂斩断情根，毁扇后双双出家。剧中人物、事件大多于史可考。本编选录第十三出"哭主"和闰二十出"闲话"。

在这两出文本中，我们并不能看到直接发生在北京的戏剧故事，但是明末李自成攻破北京城，崇祯帝自缢，后来清军为其报仇的这场惊天巨变，却借身处南方的诸角色之口完成补全。"哭主"一出中左良玉等将官在黄鹤楼宴饮，有柳敬亭说书,席间惊闻三月十九日李自成攻陷北京,崇祯帝自缢煤山,众人恸哭,遥拜先帝。"闲话"一出的时间线来到七月十五日,西湖画士蓝瑛和南京书客蔡益所在回南京的途中路遇从北京南下的原锦衣卫堂官张薇,三人在酒店共食闲话,张薇诉说了在三月十九日后,是他寻到被弃置路边的帝后尸骸,抬到东华门外,买棺收殓。四月初三日,又执幡送殡至昌平,掘开田皇妃旧坟,将之安葬。后一人看守陵旁,早晚上香。直到五月初旬,清军进关,杀退李自成,并且按照十二陵的规格为崇祯帝修建陵寝,张薇在为帝陵亲手题写神牌和墓碑后,连夜南下,欲将当下京中情况报与南京臣民知晓。此日正是中元节,于是张薇等三人便在客店内遥祭先主。

《桃花扇》今见清康熙刻本、介安堂原刊本、兰雪堂刊本、暖红室刊本等。本编选用清康熙刻本。

简注

(1) 甲申:指崇祯十七年,公元1644年。

(2) 缞(cuī):古代丧服,臣为君、子为父、妻为夫服丧三年者穿着。

(3) 高杰:原为李自成部将,后降明任总兵,拥立南明弘光帝登基。

(4) 梓宫:特指我国古代帝后所用的棺材,有时也指还未下葬的帝后灵柩。专执朝政的权臣如霍光、曹操，也有灵柩被称为"梓宫"之例。

（5）偢（chǒu）睬：意为理睬。

（6）盂兰会：指农历七月十五日盂兰节举行的超度法会。

（7）搭醮（jiào）：指在别人设坛做法事时附搭一份。

《唐土名胜图会》中的查楼

査樓

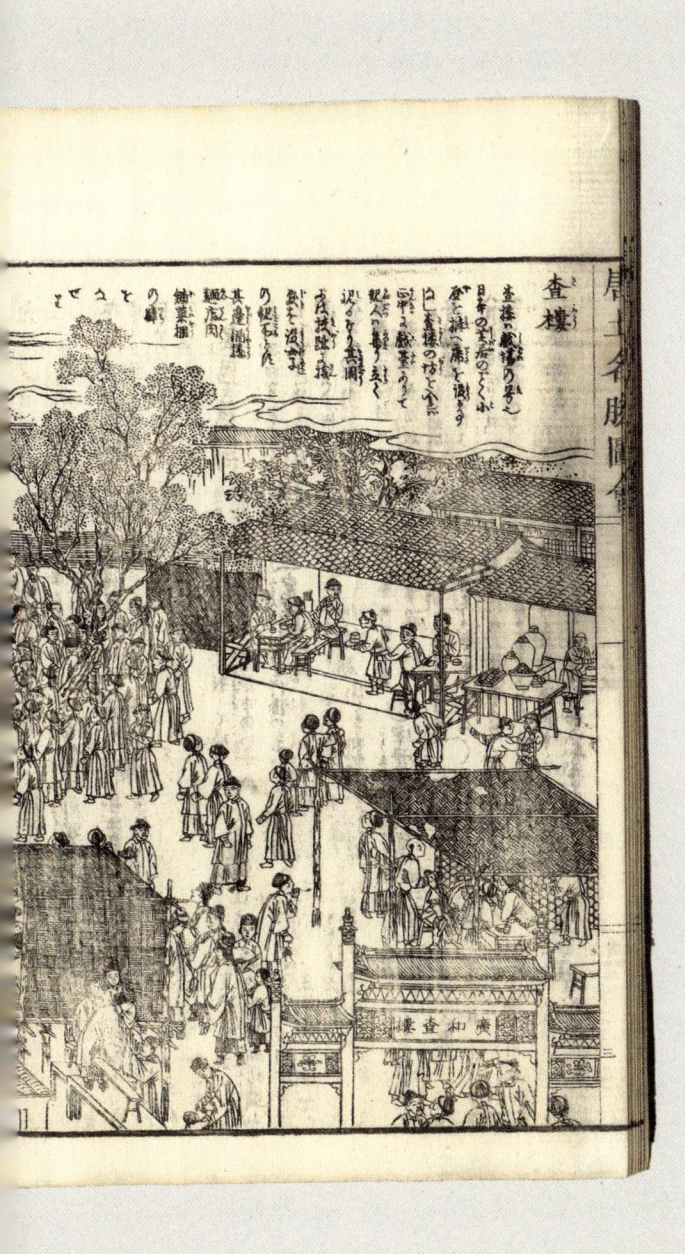

査樓ハ戲舘ノ事之
日本ノ芝居ノコトクニ
屋ヲ造リ廊ヲ設ケ
已ニ戲樓ノ外ニモ
四中ニ戲樓アリ客
來リテ觀ル茶ヲ賣
リ酒ヲ賣リ麺ヲ
賣リ其樂日常ニ
テ民ノ娛樂ヲ極
ムル場所ナリ
其劇ヲ唱フ者ハ
俳優ノ類
ニテ
○○
ノ類
ナリ

冬青树（传奇）

蒋士铨

第二十七出　浩歌

【商调引子·绕池游】（生上）无人悔祸，委蜕犹存我。做人臣恁般结果，谁能铸错，节旄都脱⁽¹⁾，望中原关山奈何。俺文天祥，拘禁天涯，奄忽三载。只这土室中地广八尺，深可三寻，单扉低小，白间短窄，兼之污下而幽暗。当兹夏日，诸气相侵。若雨潦四集，浮动床几，是为水气；泥涂半朝，蒸湛历澜，是为土气；乍晴暴热，风道四塞，是为日气；檐阴薪爨⁽²⁾，助长炎虐，是为火气；仓腐寄顿，陈陈逼人，是为米气；骈肩杂沓⁽³⁾，腥臊污垢，是为人气；圂⁽⁴⁾蛆腾翻，腐鼠糜烂，是为尸气。似这般恶气重蒸，无人不病，我则居然无恙，岂非浩然之气有以胜之乎？

【商调过曲·二郎神】平安我，困围城向荆榛危坐，有粪秽相蒸难解脱。心香自芫，辟邪方丈无多。记得少年时声伎围身，麝兰扑鼻，缀罗绮于屏风，列笙歌于几席。岂料今日躬膺天谴至此！又不是罪犯荒淫牵业果，罚受此拘闪堕落。御炉烟朝衫旧拖，为甚的教人沦

陷尸陀？笔墨在此，不免做《正气歌》一首，消遣片刻时。童儿，取我的古砚玉带生过来。（杂捧砚上，放几上即下）

【前腔［换头］】（生）嘘呵，上为星日，下为河岳，凝结氤氲今在我。张椎董笔，严头嵇血[5]云何。是天柱坤维资系络，要调理阴阳旁薄。安和，这圜扉[6]，居然安乐行窝。

（小生上）抱琴寻旧雨，对酒发狂歌。有人么？（杂上）元来是汪师傅，丞相爷在里面做诗，请进去。（下）（小生）丞相为何苦吟？（生）我在渗湿之中，无以自遣，偶作《正气》一歌，请教。

【黄莺儿】（小生看介）妙呀！痛哭当长歌，是中声，协太和。火中曾放青莲朵。丞相不嫌鄙俚，愿将此诗谱成《拘幽操》，鼓来以博一笑，如何？（生）如此妙极！（小生鼓琴介）重挑徐拨，轻移疾那，浮云柳絮随风堕。（生）费吟哦，泠泠余韵，犹自感人多。

（外引贴及童携酒上）携将故人酒，来话异乡心。此间已是，不免进入。水云在此？（小生）则堂先生同奚娘子到来。（生）今夕何夕，得遇两公。（外）水云所弹何曲？我家铉翁谬托知音，正须洗耳。（小生）方才丞相做了一首《正气歌》，我不揣愚妄，谱为《拘幽操》。（外）

妙！奚娘子你温起酒来，我三人小饮一回，好听汪先生雅操。（贴）理会得。（取炉温酒介，生、外、小生列坐介）（生）则堂先生，外间有甚消息否？（外）我前日将三百金为令妹赎身，已交付孙郎去了。外此则两宫妃守贞尽节，全太后为尼，王昭仪入道矣。（生）咳！可伤，可伤！（贴进酒介）

【猫儿坠】（生）传来新事，展转泪滂沱，埋骨燕云怨鬼多，天阴雨湿影婆娑。怜他，剪纸招魂，没个腾那。

（外、小生）告别了。（合）

【尾声】罗浮烟雨相离合，一度冰霜一度过，倒不如丁令南归鹤羽拖。（下）

第二十九出　柴市

（净引刀斧手上）白日暗幽州，山崩海倒流。孤臣扶气运。千古有《春秋》。俺元朝总管，奉旨今日处决文丞相。咳！看他平居百折不回，今日一尘不染。若论主持风教，正该成全他忠义之心，以励我国臣寮之节。惜朝内无人匡谏，以致成彼高名，玷俺君德。俺一个武臣，也不敢多口了。（杂）禀爷，午时三刻了。（净）快请文丞相到来。（杂）是！（分下）

【北黄钟·醉花阴】（刽子押生上）三载淹留事才了。展愁眉仰天而笑。眼睁睁天柱折,地维摇,旧江山瓦解冰销。问安身那家好?急煎煎盼到今朝,刚得向转轮边头一掉。

（杂）丞相爷,前面就是柴市[7]了。

【喜迁莺】（生）都认做鬼门关程途幽渺,那知是俺上青云梯磴逍遥。休也波焦,不能勾沙场自了,累伊们举手为俺劳。只因他天不饶,差派俺邯郸一觉,向血光中寻个收梢。

（杂）这是留丞相送来筵席,请爷用些。（生）那个留丞相?（杂）就是留梦炎,也是南朝来的。（生）留梦炎那贼子的酒食,怎敢排在这里!（踢翻介）

【刮地风】嗳呀!见了这狼藉杯盘和浊醪,枉铺陈旨酒嘉肴,可知是阴为恶木泉为盗。这其间多少脂膏。（杂）这是赵学士筵席,请爷用些。（生）那个赵学士?（杂）也是南朝来的,叫做赵孟頫。（生）咳!子昂也是一代文人,又为宗室,因何失足至此?可惜,可惜!俊王孙一代风骚,枉了他墨妙挥毫,为什么弃先茔,忘旧族,也修降表。图一个美官衔,学士高。全不管万千年遗臭名标。（各神暗上）

（净引杖上）来此已是法场,顷刻间为何天昏地暗起来?(作风雨介)(生)苍天,苍天,这风雷来迟了!

【四门子】呀!倘若你真心帮助人家赵,可怜他基业飘摇。也不合厓山雷电将他闹。做海底月空捞。打杀他元帅骄,殪死他将士枭,却不保全了宫闱命几条。到今日鼓乱敲,镜四招,怒轰轰何关紧要。

(净)丞相有什么遗言,告诉小官,少刻代你奏上。(生大笑介)你怎知俺的就里来。

【水仙子】呀、呀、呀、呀你舌苦饶,俺、俺、俺、俺与你那皇爷有甚瓜和葛。嘱、嘱、嘱、嘱付他宵旰[8]勤劳,切、切、切、切莫要荒淫无道。休、休、休、休似那前车覆辙撬,庶、庶、庶、庶不致依然送掉。那、那、那、那里有千秋神器牢,算、算、算、算唐虞到此多移调。但、但、但、但能勾承天眷便永宗祧[9]。

(杂)时刻已到,请丞相爷归天罢!(生大笑介)俺文天祥死得好明白也!

【尾煞】幸不到灰囊扑面排墙倒,须知俺万苦千辛才领这一刀,休笑俺个送头颅的文少保。(押下斩介,扮一龙冲上,龙神护引下。雷电风雨绕不止,净伏几下颤介)

(内官骑马上)奉旨摆设御筵,将此新封官职的神牌供起来。(设祭介,生灵上立高处,风伯撇神牌送生碎裂掷下介)(净)不好了,神牌掣上天去扯碎了!(官)待我启奏去。(驰下,神绕场不散介)(内官上)奉旨将此神牌供奉。(净)这上面写着什么?(官)哪!是宋少保信国公大丞相文山先生位。(供介,生领神下)(净)呵呀!一刻天清气朗了,吓杀人也!正是:新朝爵秩忠臣贱,异代芳名后世传。(下)

作者简介

蒋士铨（1725—1785），字心余、苕生、清容，号藏园，别署藏园居士、铅山倦客、离垢居士。江西铅山人，原籍浙江长兴。乾隆二十二年（1757）进士，授翰林院编修。乾隆二十九年（1764）辞官南归讲学。乾隆四十二年（1777）乾隆帝南巡，称彭元瑞与蒋为"江右两名士"，并多次问及。有感于此，蒋士铨复入京为官，任国史院纂修官。后因病南归，逝于南昌。蒋士铨是乾嘉年间富有影响力的诗人，与袁枚、赵翼并称"江右三大家"。工于南北曲，作有杂剧、传奇共十六种，以《红雪楼九种曲》（或称《藏园九种曲》）最为知名，《冬青树》传奇即为其中之一。

题解

《冬青树》共三十八出，叙述南宋灭亡之际文天祥、谢枋得二公以身殉国的壮烈事迹，剧名即喻文、谢二公如松柏冬青般的坚贞品格。本编选录第二十七出"浩歌"和第二十九出"柴市"。

文天祥（1236—1283），是南宋末年著名的政治家、文学家，王朝忠臣，明代追谥"忠烈"。剧中对其人物形象的塑造依托真实史料，并佐以作者的浪漫想象，虽然叙述南宋亡国之事，读来却只"觉满纸飒飒，尚余生气"（梁廷枬评）。"浩歌"一出写文天祥战败后被押送至元大都（今北京），囚禁于兵马司三年，他坚持不降，于狱中写作《正气歌》，抒发自己的满腔浩然之气。"柴市"一出写文天祥临刑时拒绝降臣留梦炎和赵孟𫖯先后送来的筵席，慷慨陈词一番后从容就义于柴市。

《冬青树》今见清乾隆红雪楼刻本、清乾隆经纶堂刻本、清嘉庆《蒋氏四种》刻本等。本编选用清乾隆红雪楼刻本。

简注

（1）节旄（máo）都脱：汉朝苏武出使匈奴被扣留，日夜手持汉节，因时间长久，汉节上的牦牛尾穗脱落。后世以此指代坚贞不屈的气节。

（2）薪爨（cuàn）：意为柴火、烹饪。

（3）骈肩杂沓（tà）：指人们摩肩接踵杂乱的样子。

（4）溷：意为厕所。

（5）张椎董笔，严头嵇血：张椎，指汉留侯张良遣人椎击秦始皇的典故；董笔，指春秋时晋国史官董狐记录赵盾弑君史实的史家直笔；严头，指巴郡太守严颜在被张飞生擒后宁断头不降的典故；嵇血，指西晋"八王之乱"时嵇绍以身护惠帝，身死，血溅帝衣，惠帝不忍换血衣的典故。

（6）圜（huán）扉：意为狱门，指监狱。

（7）柴市：文天祥就义处，在今北京宣武门外菜市口，一说为在菜市口往西的旧柴炭市。

(8) 宵旰（gàn）：意为日夜。

(9) 宗祧（tiāo）：意为宗庙，继承祖业。

［南宋］文天祥《谢昌元座右自警辞》（局部）

文天祥

文星榜（传奇）

沈起凤

第二十九出　鼓捷

【引】（老生）老气横秋，试策董醇贾茂[1]。我甘守约年近五旬，未得一第，久欲抛弃书卷，近因朝廷特开博学宏词科，搜罗贤俊，不觉老兴勃发，拉了杨、王二人，一同到京应试，且喜场期已过，试策万言，十分惬意，只是王家侄婿，受了女伴牢笼，他却信以为实，每饭不忘，切齿痛恨，若使一朝得志，必然要把此事抗疏上闻。他们许多作用，可不弄巧成拙了？幸有老夫在此，缓急可以分解。今日乃揭榜之期，未知三人中谁当获隽[2]，好生委决不下。

（生上）玉京有路愁难到，（小生上）金榜无名誓不归。（相见各坐介）（小生）老伯，今日正当揭榜，我们何不把三人得失悬拟一番？（生）我们两个，得失尚在未定，似你这样试策，条对详明，指陈剀切，再无不入彀之理。（小生）小侄此番若不中式，也不想觍颜人世了。（老生）阿呀呀，何出此言？（生）王兄一向把功名置之度外，今乃如此热中，可谓大返前辙。（小生）兄吓！小弟热中，

却不为功名起见。(老生、生)嗄,为什么呢?(小生)

【画眉序】矢志把名求,不为云衢竞驰骤,恨淮阴年少,故辱韩侯。(老生)原来为此!咳!从来世情反覆,你若衣锦荣归,他们自然把女儿送上门来了,何必介意?(小生)阿呀老伯!你是目击情形的,怎么也说出这般浑话来?缘已断怎续鸾胶,姻早悔难谐凤偶,重提此事眉儿皱。(作顿足介)仇深肯便干休?

(生)此话且不要提起,只是眼下便要揭晓,倘若有得有失,未免一人向隅[3],举座不乐,怎生想个法儿,挨过这一回才好?(小生)我已准备下了,苍头[4]。(末扮苍头上应介,小生)着你整治酒肴,可去取来,待我们畅饮。再着你在门首等候,倘有报录的到来,一概不许传禀,只在门前击鼓一通便了。(末应下)(老生、生)此法甚妙!我们且来饮酒。(合)

【前腔】共拟广寒游,折桂终须待高手。怎得似芙蓉人镜,稳步瀛洲。(内击鼓一通。小生)呀!听鼓声骤发,已有一人入彀了。(合)听着那户外雷鸣,真不异蜗中蛮斗。三人契重金兰友,知谁个擅龙头。

(内又鼓一通介)(小生)哈哈哈,鼓声又作,竟中了两个了!(老生起,背介)阿呀且住,他们多是青年饱学,必然俱已高捷。(作急状介)唔!只怕又是我这倒运的老头儿当这晦气了。

【双声子】年衰朽、年衰朽，满指望功名就。心内忧、心内忧！怕落在孙山后。似拙鸠、似拙鸠，惹笑口、惹笑口！笑刘蕡[5]下第，壮志难酬。

（小生）杨兄为何愀然不乐？（生）小弟自问有伤阴骘[6]，功名之念，已如槁木死灰，适听鼓声，不过为二公欣羡耳！（老生）咳！你们多是少年英俊，自然同步青云，那落第的不消说是我这老无耻了。（内又鼓介）呀！难道三人多得中第？这又奇了！（末上）一连三报捷，喜上两眉尖，恭喜三位老爷，俱得高中了。（小生）苍头，你快把三人的名次说来。（末）我家老爷是第一甲第一名。（生、老生）哈哈哈，吾兄竟中了状元了，恭喜恭喜！（小生）岂敢！（生）我们呢？（末）甘老爷是探花。（老生）我竟中了探花！哈哈哈！（小生）杨老爷中了几名？（末）老爷中在三甲十名，有吏部送的朝报在此。（生）取来。奉圣旨：甘守约指陈时政，不避权贵，可任言官，着即补授京畿道监察御史。王又恭条对精详，学有根柢，授翰林院修撰。以下俱赐同进士出身。（生）我自知作事不端，满拟功名无分，今日得附骥尾，已是侥幸的了。（众扮四小军上）有人么？（末）什么人？（众）礼部送有冠带宫花，请各位老爷，入朝谢恩，琼林赴宴。（末禀众进

介)仪从人们叩头,请更衣。(吹打更衣介,合)

【前腔】文如绣、文如绣,看鼎足都入彀。欣状头、欣状头,真不愧抡元手。开笑口、开笑口,功名就、功名就。喜红绫筵宴,尽是名流。

(小生)老伯,小侄谢恩回来,便连夜草成奏疏,弹劾那向家父子了。(老生)嘎,我为言路,这事自应我代你申奏了。(小生)如此足感,带马!(众作上马介,合)

【尾声】今朝得第夸辐辏[7],同向云程驰骤。一路笙歌迎状头。(下)

作者简介

沈起凤（1741—1802），字桐威，号蕡渔、蓉洲，别署红心词客。江苏吴县（今苏州）人。乾隆二十三年（1758）举于乡，后五次会试不第。乾隆四十五年（1780）、四十九年（1784），乾隆帝南巡期间，扬州盐政、苏杭织造所供大戏，多出自其手。乾隆五十三年（1788）起，任祁县、全椒教谕。著有传奇近四十种，今仅存五种，其中《报恩缘》《才人福》《文星榜》《伏虎韬》合为《沈蕡渔四种曲》。

题解

《文星榜》共三十二出，叙述吴地书生王又恭高中状元，兼娶采苹、碧云、芳芝三美的故事。本剧二十五出以前的剧情源自于蒲松龄《聊斋志异》中《胭脂》一篇，但改动甚大，其中最大的不同之处在于《胭脂》中的主角是判明冤案的清官，《文星榜》则聚焦于书生王又恭的功名与恋情。本编选录第二十九出"鼓捷"。

"鼓捷"一出写王又恭等人赴京师应"朝廷特开"的"博学宏词科"，其所指应当是清代仅仅开设过两次的博学鸿词科。唐代曾开"博学宏词科"，但其仅属于吏部科目选，与剧中王又恭等人参与的常科考试截然不同。而清代在康熙十八年（1679）和乾隆元年（1736）曾两度开设博学鸿词科，康熙博学鸿词科以诗赋取士，乾隆博学鸿词科在诗赋外增加了对论、经解、史论的考查。因此，虽然本剧的时代设定不明显，但仅就本出内容而言，三位士人入京应试之"京"对应到现实中，便只可能是指清都北京。

《文星榜》今仅见清道光间古香林刻《沈蕡渔四种曲》所收本。本编选用此本。

简注

（1）董醇贾茂：清人普遍将西汉文章美学的转变称为"董醇贾茂"，即从西京前期肆意激越的"贾（谊）茂"转向到中后期节制透彻的"董（仲舒）醇"。

（2）获隽：意为会试得中。

（3）向隅：意为面向角落，比喻孤立。

（4）苍头：意为奴仆。

（5）刘蕡（fén）：唐代宝历二年（826）进士，参加"贤良方正"举荐考试时，因秉笔直书，考官不敢授予其官职。

（6）阴骘（zhì）：意为阴德。

（7）辐（fú）辏：意为聚集，集中。

［清］梁亨《观榜图》（局部）

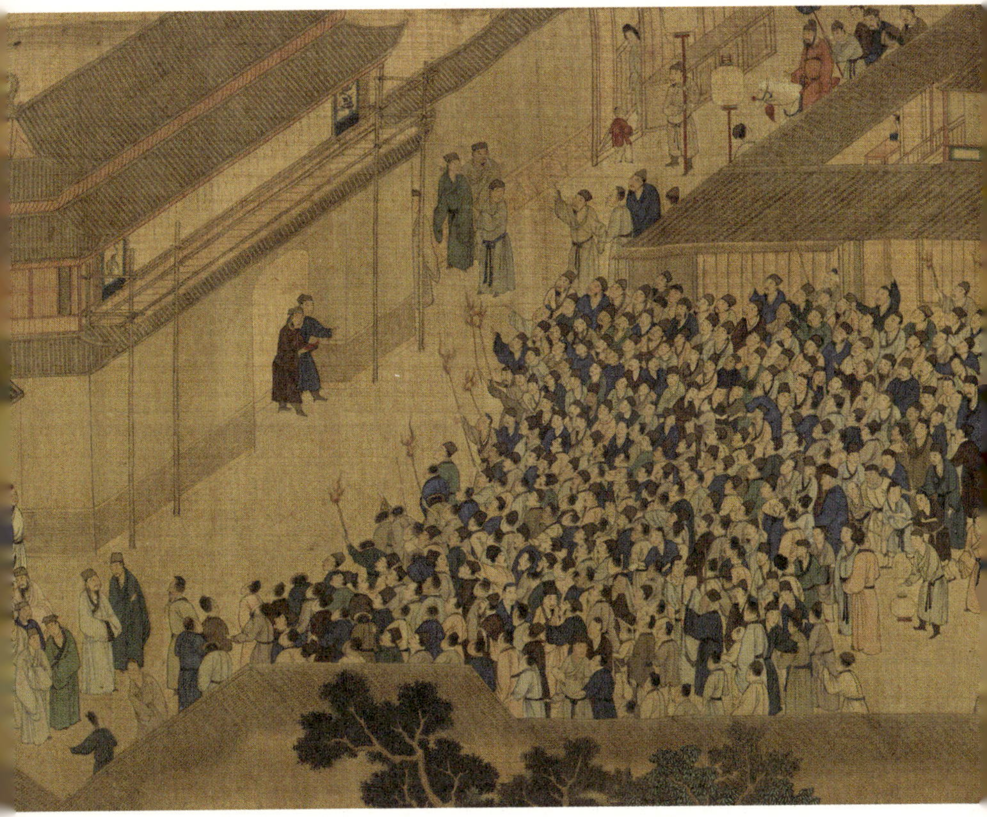

帝女花（传奇）

黄燮清

第二出　宫叹

【商调引子·风马儿】（贴、小旦引旦宫装上）顾影闲阶整绣衣，佩环声近瑶池。听东风卷入花荫里，一双幺凤不住向人啼。

（坐介）流苏宝帐郁金香，铜漏声中罢晓妆。昨夜五更寒透梦，一庭红雨饶东皇。我坤兴公主，名唤媺娖，年方三五，当今皇帝之长女，国母周皇后所产也。圣善承修，皇枝托体，陪禊期之祓水[1]，助兰馆以条桑。翠沼鸳鸯，待订氤氲之牒；上林桃李，早分雨露之华。只是运值坎坷，生逢患难，干戈四起，焰逼神京。鼙鼓一鸣，声闻内阙，将相失职；儿女担忧，梅未子而先酸，棣[2]初花而已苦。时事如此，将来不知怎生结局也！

【金络索】青销镜里眉，红湿衫中泪，风雨楼台小苑边，愁人茫茫事可知。待何为，生恐长安似弈棋。倘有些儿不测！我朱媺娖呵，都分是五更残，魄归消歇。那里有三月花幡紧护持，空悲切！帝王家世太凌夷。闹轰轰几个兵儿，醉昏昏几个官儿，伤尽了元阳气。

（内细乐，二内侍引正旦后服，二宫女持扇随上）（内侍）皇后娘娘驾到！（小旦、贴禀旦介）启公主，皇后娘娘驾到！（旦）随俺迎接！（跪接正旦介）孩儿迎接母后！（正旦）平身！（内侍）平身！（旦起立，正旦中坐，旦叩首介）母后在上。孩儿叩头，愿母后千岁！（正旦）起来。（旦起介）千千岁！（正旦）我儿，今日万岁命掌礼之官，招司仪之监，妙选良家，将你许尚太仆公子都尉周世显为配，不日便当下嫁了！（旦）母后，方今国家多故，戎务倥偬[3]，当以天下大事为重，儿女婚姻尚可俟之异日，何苦这等急迫呵！

【前腔】苍鹰击殿飞，铁骑连云起，破坏乾坤，急切难收拾。况且目下闻得这些百姓们，纷纷避难。室家不能相顾，对此茫茫，尤为心痛。民间夫与妻尽流离，那里有双宿双飞命共依。念孩儿呵，不能做平阳跃马亲锋矢，忍学那嬴女骑凰赋倡随，艰难际。红裙嫁杏不妨迟。颤巍巍一座城池，乱横横一个朝墀，且慢议姻缘事。

（正旦）虽则如此，这是你终身之事，也不可耽误了！

【前腔】妆烦阿母催，花待亲兄赐，儿女伤心大事，诚何济？匆匆理嫁资，莫延迟。打叠鸾凤一处飞，东风早遂周郎意，银汉休愆织女期，安排起，不须深锁上阳眉。是亲娘一片心儿，是亲生一个孩儿，早嫁与封侯婿。

好生保重，我回宫去也！（起行介）（旦）孩儿叩送母亲！（跪送介）（正旦）罢了，正是娇儿怜宛转，国事费忧煎！（引内侍宫女下）（旦呆立介）呀，百忙里忽闻此事，这心绪好生缭乱也！

【前腔】眉间一段悲，语杂三分喜，有个人儿添入心窝里。婚姻值乱离，好惊疑，向烽火堆中系彩丝。惟愿取聘钱十万充军费，不烦他宫女三千作嫁衣。朱媺娖吓朱媺娖，你虽身有所归，只是又添许多挂碍了。从今起，便庄生化蝶，也向他飞。渺茫茫一点情儿，荡悠悠一缕魂儿，须索要跟随你。（引贴小旦下）

第十七出　香夭

【越调引子·霜天晓角】（二侍女扶旦病装上）红尘草草，容易催人老。一十余年幻泡，残生恋到今朝。

（凭几坐介）神伤病不支，无计松眉宇。花瘦已难禁，隔帘又风雨。我坤兴公主，自赋桃夭，初周星燧，劳芳华易歇，弱质难坚，悲来填膺，病深透骨，这几日渐渐支撑不住了。忧能伤人，我不复永年矣。侍女。驸马爷因何不见？（侍女）今日到维摩庵中替娘娘祈福去了，想就回来的!(旦)咳,祈他则甚,总是要死的。这光景有限,能多见一刻也好,怎生又去了吓?

【越调过曲·小桃红】丝魂有限早应消,那更有医苦难的慈悲到也。昙花影子,偶然一现弱根苗。何必要苦牵牢?枉了你热心香,叩神曹,好夫妻终有日姻缘了,也算将来没什么难抛。只苦的病潘郎又为我鬓丝凋。(伏几睡介,生忧容上)

【下山虎】腰围暗小,泪点偷抛,不许他知道。药烟细摇,问帘内人儿可还安好?下官因公主病重,向维摩佛跟前替他祈祷。一路回来,心烦虑乱。咳,看他病象,多分是不起的了,怎生是好?(泪介)埋怨东风长恨苗,看庞儿,容渐槁;看身儿,肌渐消,只恐西施葬梦随雨飘,长簟[4]无人慰寂寥。

这里已是卧房了!(作进介)公主此时可好些么?(旦醒着介)驸马回来了么?(生)回来了!(旦)驸马,妾荷君眷爱,莫罄深情,只是苦命难留,残生就尽。不能复侍巾栉[5],妾实负君,死后幸勿以妾为念!(生泪介)公主休得如此,少不得过几日就痊好了!(旦)难矣!

【五韵美】劝儿郎,休伤悼,今生今世缘尽了,睡乡中难禁的梦儿觉。(生)还得挣扎些才好。(旦)絮飞花落,熬不过月残风晓。妾死去别的也无牵挂,不过是君肠断,妾命抛，算只有一载的夫妻，恩情难报。

驸马，妾父皇母后的梓宫，蒙熙朝盛德，合葬于田贵妃寝园。妾死之后，可将骸骨即窆[6]寝园之傍，不可忘了！（生）公主，这些事不用预愁，还是养养神罢！（旦泣介）

【五般宜】当日个撇爹娘，影离梦遥；今日个伴爹娘，墓连土交。免了我冷魄逐风飘，也得个父母儿女黄泉依靠。则一片白杨青草，有莺啼燕吊，还望你做半子的儿夫，到清明来祭扫。

（生哭）（旦昏晕，生扶住介）呀！怎的晕去了？公主醒来！

【山麻秸［换头］】这瘦骨轻难抱，为甚么气弱声低，影颤魂摇？（旦醒介）（生）好了，有些醒转来了，苗条，风摆住似一片柳丝定了，只见那云鬟微动，月眉徐展，星眼斜飘。

（旦低唱介）

【蛮牌令】苦海急难超，欲去重留牢。（生）公主醒来么？（旦）痴怀犹恋恋，絮语恁叨叨。驸马，由我去了罢！（生）这是如何舍得，你好忍也！（旦）咳，还望你心儿上将奴撇抛，另觅个好新人锦帐藏娇。郎情厚我无福消，只待化衔泥乳燕，向君屋营巢！

（生呜咽介）（旦）我好恨哪！（生）公主待恨谁来！（旦）妾当饮刃之后，竟自死了，岂不干净？如今转多挂碍，则一条苦命，怎生要做两起死吓！

【黑麻令】既然是免不过花憔月憔，问当初为甚要仙曹鬼曹？留下这不尽的愁苗恨苗。何若是不见檀郎也，免得他魂消魄消。到今日烟飘絮飘，硬丢开鸾交凤交。梦儿中顷刻恩情，吹断了琼箫玉箫。

（昏晕介）（生）不好了，又晕去了！侍女们，快扶娘娘到里边去！（侍女扶旦下，哭上）公主扶到床上，气便绝了！（生）嗳哟，痛煞我也！（哭晕，侍女扶介）（生醒唱介）

【江神子［别体］】你此后魂儿何处招，送蠛矶[7]一片灵潮。怎禁得泪珠滚出心苗，满庭风雨叫鸥鸮，不知他冷泉台可到？

（侍女）驸马爷，且免悲伤，夜已深了，到里边去安息片时，明日好料理后事！（生哭介）我的公主呵！

【尾声】画楼剩有孤灯照，冻巫山楚云飞了，只守定一被春寒直醒到晓。（掩泣下，侍女随下）

作者简介

黄燮清（1805—1864），原名黄宪清，字韵甫，号韵珊、吟香诗舫主人、两园主人。浙江海盐人。六赴乡试不中，清道光十五年（1835）中举，后会试不第。咸丰二年（1852），进京为实录馆誊录，后被任命湖北知县，因病未去，返乡里居。同治元年（1862），为湖北乡试考官，后代理宜都知县，次年任松滋知县，最后卒于武汉。诗词戏曲著述颇丰，其九种剧作中以《帝女花》传奇为最知名者。

题解

《帝女花》共二十出，叙述崇祯帝在自缢前砍杀全家，坤兴公主被砍一臂，晕厥未死，后避居于北京彰义门外维摩庵为尼，清军入关后找出坤兴公主，命其与原配驸马周世显完婚。婚后坤兴公主因亡国之痛忧思成疾，不过一年即香消玉殒。清帝将其安葬于彰义门外，谥号"长平"。驸马周世显则在安葬公主当晚，因思念公主，随之而逝。本编选录第二出"宫叹"和第十七出"香夭"。

长平公主，原名朱媺（měi）娖（chuò），初封坤兴公主，死后谥长平，于《明史》有传，清初吴伟业作有《思陵长公主挽诗》，张宸作有《长平公主诔》，黄燮清的《帝女花》传奇基本根据史书及这两篇文本编成，并为之增添诸多细节。其"宫叹"一出写家国存亡之际，公主在宫殿内忧心时局，推拒婚事。"香夭"一出写公主婚后伤神病重，与驸马互诉衷肠后撒手人寰。彰义门，即今北京广安门，明嘉靖帝在此门建好后，亲自将其命名为广宁门，至晚清时，因避道光帝名讳改为广安门。广宁门在明清时期的民间俗称为彰义门，一名彰仪门，是因为其与金代彰义门距离较近，且处于同一轴线上，所以有此别称。《帝女花》传奇中的彰义门所指即广安门，公主在亡国后避居于彰义门外的维摩庵，"香夭"一出中驸马亦曾前往此庵。不过，剧中的这座维摩庵有附会成分，因为据清代于敏中等人编撰的《日下旧闻考》可知，确有"维摩庵在小雅宝胡同"，并有明代敕碑，但是现实中的小雅宝胡同与彰义门一东一西，与本剧中"彰义门外"的地理位置并不相符。

《帝女花》今见清同治四年（1865）刻本、清光绪七年（1881）刻本等。本编选用清同治四年刻本。

简注

（1）陪禊（xì）期之祓（fú）水：指春天三月上巳节在水边举行祭礼。

（2）楝（liàn）：指楝树，落叶乔木，因树之皮、叶、花、果均苦，故俗称"苦楝"。此以楝花之苦自喻命苦。

（3）倥（kǒng）偬（zǒng）：指事情紧迫纷乱。

（4）簟（diàn）：意为竹席。

(5) 巾栉（zhì）：意为盥洗。

(6) 窆（biǎn）：意为埋葬。

(7) 蠨（xiāo）矶：地名，在安徽芜湖西江中，旧时有灵泽夫人（相传为刘备之妻孙夫人）祠在此。

编后记

薛舒丹

　　金元时期，北京从先秦时代的诸侯国国都、秦汉隋唐的边关重镇开始逐渐转型成为多民族融合背景下大一统国家的政治中心和文化中心。我国戏曲文学的发展在这一时期也趋于成熟，自元历明至清，为后世留下了浩如烟海的戏曲华彩篇章，其中包括大量与北京相关的优秀篇目。戏曲凭借其丰富的文本容量与生动的情节突破了此前诗歌辞赋、笔记杂谈等相对精炼的北京书写模式，表达中成功构建出更加复杂多元的城市空间。通过阅读元明清戏曲中与北京相关的传世文本，不仅可以欣赏古代戏曲的文辞之美，还能够领略古都北京集历史文化、政治文化和娱乐文化于一体的独特文化底蕴。

　　本书精选了二十九部具有代表性的作品，包括元代戏曲七部（其中杂剧六部、南戏一部），明代戏曲十三部（其中传奇十一部、杂剧二部），清代戏曲九部（皆为传奇）。二十七位入选作品的作者从生于金元之际的关汉卿选至卒于晚清同治年间的黄燮清，内容时间跨度从先秦战国至清代中期，主题涵盖政治军事、历史沿革、建筑规划、娱乐生活等与北京城市文化相关的各个方面。

　　北京成为国都的最早历史，可以上推到春秋战国时期的燕国都城"蓟"，从明代叶宪祖的杂剧《易水寒》与孙钟龄的传奇《东郭记》中能够发现这座先秦燕都的身影。而北京被正式称为"燕京"，则始于唐代"安史之乱"中史思明在范阳定都，改称燕京的僭越之举。明代阮大铖的《燕子笺》、沈鲸的《双珠记》，清代洪昇的《长生殿》等传奇作品中，都可以看到时任范阳节度使安禄山自范阳起兵这段历史的影子。至辽金时期，北京先为辽南京，后为金中都，这段历史在本书编选的元代曲家的作品中得到充分体现。进入元代，北京在元世祖忽必烈的规划下正式成为大一统国家的首都，数十年后，元仁宗下诏恢复中断多年的科举考试，《锦笺记》《四贤记》《霞笺记》等传奇中的主角们遂得以在元大都赴考并高中。自明成祖朱棣迁都后，明清时期的北京一直是绝对的国家中心，因此在以这段时期的北京为背景的戏曲文本中，能够看到朝堂之争、科考登第、王朝更替等与国都直接相关的诸多戏剧情节。

漫长的国都历史铸就北京厚重文化的同时，也为其注入独特的皇家气象与政治氛围，这种政治文化属性在戏曲创作中得到集中表现。既有表现重大政治变迁的作品，如关汉卿和施惠同题剧作《拜月亭》中的"贞祐南迁"、清初李玉《千钟禄（千忠戮）》传奇中的"靖难之役"，以及遗民外史《虎口余生》、孔尚任《桃花扇》和黄燮清《帝女花》传奇中的"甲申之变"等，又有反映真实忠奸斗争的作品，如明代无名氏的《鸣凤记》和清初李玉的《一捧雪》等传奇中主人公对严嵩奸党的抗争，以及李玉传奇《清忠谱》中周顺昌为魏忠贤阉党所害，身陷京师牢狱的惨烈处境，等等。而不同于较为复杂的重大变迁与忠奸斗争主题，明代戏曲作品中还有如杂剧《感天地群仙朝圣》这样主题简单，单纯为了庆贺皇帝寿辰、歌咏太平盛世的颂圣赞歌。

在相对严肃的历史文化与政治文化之外，生动活泼的娱乐文化也是北京城市文化的重要组成部分，在元明清戏曲中同样有所展现。读者从元代王实甫的杂剧《四丞相高会丽春堂》中能够看到风靡于金国朝野上下的射柳游戏与双陆博戏究竟如何开展；明代林章的传奇《观灯记》中能够跟随主角的步伐,游赏一场行人如织、流光溢彩的京师灯会;清初李玉的传奇《一捧雪》中能够在批判严世蕃奢靡生活的同时,对明清之际高度兴盛的玩古风尚与家班女乐加以留心。

如前所述,我国戏曲文学成熟发展的时期正是北京成长为多民族融合的大一统国家政治文化中心的重要时期,因此在相关戏曲作品中,"融合"也是一个不容忽略的重要侧面。无论是元代杂剧《海门张仲村乐堂》中的金汉通婚史实,还是明代邵璨传奇《香囊记》中借不同角色之口说出的"正是天生一般种族,地分两处山河""巴童戍久能番语,胡马调多解汉行"等句,抑或是清代沈起凤的传奇《文星榜》中清代南方文人进京赴试博学鸿词科,无不折射出这一历史阶段多民族文化不断交流、交往,乃至最终交融的社会现实。从这个视角来看,选编这册小书的初衷在于普及,因此对于所据底本中旧有的讹误均径行改正,不再一一出注说明。当然,本书的意义远不止于此,它还能为进一步思考中华民族文化共同体的生成及发展的重大命题提供一种行之有效的介入途径。

感谢北京大学李简教授倾注心血为本书提出完善意见并撰写前言,她是我在古代戏曲研究道路上最重要的引路人。

感谢文津出版社总编辑高立志先生、责任编辑乔天一先生为本书出版所付出的所有辛劳。

感谢北京宣传文化引导资金对本项目的大力支持。

选编本书期间我正在公派访学,在此感谢国家留学基金管理委员会的资助。

2024年5月17日

北京市社会科学基金规划项目（重点）
"曲体与金元古都文化研究"
（项目编号：21WXA001）